这是一些语言和心灵的钻石
在时光的沉淀和洗礼中
变得更加璀璨夺目
阅读吧
让它们闪耀在你的精神世界

新课标经典名著

大卫·科波菲尔

（英）查尔斯·狄更斯 著

于雷 改写

南京大学出版社

主要人物简介

大卫·科波菲尔

善良聪明，勤奋好学，有自强不息的进取精神，通过自己的不懈努力，终于获得了事业的成功、家庭的幸福。

艾妮斯

美丽善良、端庄体贴、意志坚强、观察敏锐，一副宽容博爱的心肠，是大卫的精神依托、美丽天使。

朵拉

自小失去母爱，外表美丽而头脑简单，性情孤僻、忧郁，心灵脆弱，不谙世事，是大卫心爱的妻子，是朵很快就凋谢了的"小花"。

贝西小姐

大卫的姨奶奶，装扮与性格古怪的老太太，没有淑女风范，但她善良仁慈，重感情，有不屈的意志，全力支持大卫走上成功之路。

裴果提

淳朴真挚、善良正直的渔民，大卫的奶妈。在大卫成长阶段给予无微不至的关怀，与大卫母子既是仆人又是亲人。

斯蒂福

大卫童年好友。桀骜不驯、性情暴躁，外表漂亮却内心卑劣，玩弄艾米丽的纨绔子弟，最终被淹死。

目录
CONTENTS

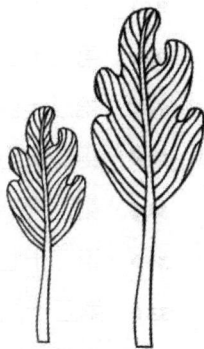

第一章

出　生

　　我出生在萨福克郡布伦德斯通镇，那是星期五的午夜十二点。左邻右舍都说那是一个艰难的日子，不错，我的父亲在六个月前就去世了，我成了一个遗腹子。

　　那是三月份一个晴朗的下午，外面刮着大风。我的母亲坐在壁炉旁边，身体很弱，情绪低落，两眼含泪望着火焰，又是胆怯又是悲伤，正在怀疑自己能不能闯过眼前这个难关。忽然她抬头看见一个陌生的女人走进花园，母亲看了两眼，就断定那是父亲的姨妈贝西小姐，名叫特洛乌德。

　　父亲一度很受贝西小姐的宠爱，可他娶了年轻的母亲，这大大刺伤了姨奶奶的心，从那以后，我的姨奶奶就没和我父亲见过面。后来她与年轻的丈夫分居，恢复了做姑娘时候的名字，在遥远的海边隐居起来了。

贝西小姐的到来使我母亲大吃一惊，吓得她匆忙从椅子上站起来，躲到屋子的角落里去了。贝西小姐从窗户对面开始，慢慢地用询问的眼光转着圈儿看，目光最后落在了我母亲身上，她皱了皱眉，向我母亲做了一个手势，让她去开门。于是，母亲小心翼翼地过去开了门。

"我想，你就是大卫·科波菲尔太太吧？"走进门来的贝西小姐问道。

"是的。"母亲有气无力地说。

"特洛乌德小姐，"来人说道，"你一定听说过这个人吧？"

母亲回答说她的确荣幸地听说过这个人。她俩就座以后，贝西小姐一言不发，我母亲尽力控制自己，还是忍不住哭了起来。

"得啦！得啦！"贝西小姐连忙说道，"别这样！好啦，好啦！"

可我母亲还是止不住，哭够了，才停下来。

"孩子，把帽子摘下来，"贝西小姐说，"让我看看你的模样。"

母亲非常怕她，不敢拒绝她这个奇怪的要求。于是按照她的吩咐，把帽子摘了下来，不过手抖得厉害，弄得满脸都是又浓密又漂亮的头发。

"哎呀！上帝保佑！"贝西小姐大声说道，"你完全是个孩子呀！"

我母亲低下了头，仿佛年轻是她的错误。随后两人沉默了片刻，母亲好像觉得贝西小姐摸了摸她的头发，当她怯生生地怀着希望抬头时，却见这个女人坐在那里，皱着眉头看火苗。

"看在老天爷的份上，"贝西小姐突然问道，"告诉我房子为什么叫栖鸦楼？"

"这名字是科波菲尔先生起的，"母亲说道，"他买这所房子的时候，觉得周围有白嘴鸦，心里很高兴。"

"大卫·科波菲尔就是这样！"贝西小姐叫道，"真是十足的大卫·科波菲尔！周围根本没有鸟，却给房子取这样名字，看见几个鸟窝，就相信一定有鸟！只要对生活考虑实际一点，就不会成他那个样子！"

"科波菲尔先生已经死了。"母亲不满地说，"你要是敢在我面前说他的坏话……"

那一瞬间，我那可怜的亲爱的母亲也曾想揍我姨奶奶一顿，不过她一站起来，那想法就消失了，她又软弱无力地坐下，晕了过去。

母亲醒来时，天渐渐黑了下去，贝西小姐重新在椅子上坐下。

"你的女孩儿叫什么名字？"

"我还不敢说一定生个女孩子呢，姨妈。"母亲天真地说。

"愿上帝保佑这个孩子！"贝西小姐大声说道，"我不是说你生的那个，我是问你的女仆叫什么名字？"

"裴果提，那是她的姓。"母亲轻轻地说道，"科波菲尔先生这样称呼她，是因为她的教名和我一样。"

"来，裴果提！"贝西小姐打开客厅的门，大声喊道，"拿茶来。太太不舒服，别磨蹭！"

贝西小姐下了这样一道命令，随手把门关上，又像刚才那样坐好，两脚蹬着炉档，长裙的下摆撩了起来，两手交叉搭在一个膝盖上。

"刚才谈到生女孩儿的事，我有预感，一定是个女孩儿。听着，你一生下这个女孩儿……"贝西小姐说。

"也许是个男孩儿呢。"母亲冒昧地插嘴说。

"不要顶嘴嘛。这个女孩儿一生下来，我就要好好地照顾她，我愿意做她的教母，你就叫她贝西·特洛乌德·科波菲尔吧。她应该有很好的教养，受到很好的监护，免得她轻易相信不该相信的人。她一定要由我来看护。"

我母亲太害怕贝西小姐了，就着微弱的火光观察着她，心绪不宁，加上过于虚弱，也不知道说什么好。

贝西小姐沉默了一会，她问道："大卫待你好不好，孩子？你们在一起生活幸福吗？"

"科波菲尔先生对我太好了。我是个孤儿，在这个艰难的世界上，孤零零的，一个人过着无依无靠的日子。我在做家庭教师的时候遇到科波菲尔先生，他对我很和气，很关心我，最后向我求婚，于是我们就结婚了。"母亲简单地说。

"唉，可怜的孩子！"贝西小姐说道，她依然皱着眉沉思，聚精会神地望着炉火，"你会干什么？比如料理家务之类的。"

"会一点儿，恐怕不多。"母亲说道，"我很想懂多一点儿。科波菲尔先生在教我，他很耐心，要不是他不幸去世……"说到这里，母亲又哭起来，说不下去了。

"好啦，好啦！别再哭了。"贝西小姐说道，"你要是再哭，会病倒的，这样无论是对你还是对我的教女都是不好的。好啦！你可不能那么干！"

这番劝说起了一定作用，我母亲平静了下来，不过她越来越难受，情况越来越糟。裴果提端着茶盘和蜡烛走进来，一眼看出她多么难受，连忙把我母亲送到楼上她自己的屋里，又马上吩咐侄儿哈姆·裴果提去请护士和医生。

几分钟后祁力普医生到了，上楼后又从楼上下来，看到火炉边上打扮得怪里怪气的陌生女人，不禁大吃一惊。他大概是意识到，可能要和眼前这个陌生女人面对面坐上几个钟头，便做出彬彬有礼、善于交际的样子。

"不要着急，亲爱的夫人，"性情温和的祁力普医生，以他最柔和的语气说道，"现在没有理由再烦躁不安了。不要着急了。"

我姨奶奶只冲着他摇了摇自己的脑袋，不过她那副模样把他吓得心惊胆战。

"啊，夫人，我很高兴向你表示祝贺。现在一切都已经结束了，夫人，而且是圆满结束了。"祁力普先生再次从楼上查看下来后，和姨奶奶说道。

"她怎么样?"姨奶奶问道。她两臂交叉，帽子依然系在一只胳膊上。

"啊，夫人，我想过一会儿她就会很舒服了，"祁力普先生答道，"你要是一会儿去看她，不会有什么问题，可能对她还有好处呢。"

"我是说孩子，"姨奶奶厉声说，"她怎么样?"

"夫人，"祁力普先生答道，"我还以为你知道了呢。是个男孩啊。"

姨奶奶什么也没说，抓住帽子的带子，朝着祁力普先生的脑袋瞄准，就打了过去。随后她把帽子没有展平就戴在头上，走了出去，并且永远没有再回来。

第二章

观　察

　　我家后花园有空鸽房和空狗窝，是很好的蝴蝶保护区，那儿有一道高篱笆，有一扇上着大锁的大门。树上结了一簇簇的果子，只要卧室的格子窗开着，便会有果香飘屋子里。到了冬天，黄昏时分我们玩耍，在客厅里跳舞。

　　有一天晚上，只有我和裴果提在客厅的壁炉旁坐着。我给她念关于鳄鱼的故事，念累了，困得要命，可是我得到母亲的允许，可以等她回来再睡觉。我就用两个食指撑着上眼皮，使劲盯着裴果提，看她干活。我当时困极了，马上就要不行了。

　　"裴果提，"我突然问道，"你结过婚吗？"

　　"天哪！大大大卫少爷，"裴果提总爱这么叫我，"你怎么想起来问我结婚的事呢？"

她回答的时候显出一副吃惊的样子，倒使我清醒多了。接着她就停下了手里的活计，看着我，手里的针扯得老远，把线都拉直了。

"可是你究竟结过婚没有，裴果提？"我说，"你是一个非常漂亮的女人呀，是不是？"

"你说我漂亮？"裴果提犹豫了一下，接着又做起针线活来，"我自己从来没有结过婚，大大大卫少爷，我也不想结婚。关于这件事，我就知道这一些。"

"我想你没生气吧，裴果提，是吗？"我坐在那里沉默了一会儿，说道。

她放下了手里的活计，张开双臂，一下子把我的鬈毛头搂在怀里，使劲不放。

"我还想听一段那鳄鱼的故事，"裴果提说，那鱼的名字她还说不大准，"我还没听够呢。"

我们又谈起了那些怪物，我也又来了精神，说完鳄鱼又说龟龙。这时忽然听见花园的门铃响了，我们走到门口，看见我母亲站在那里，旁边还有一位先生，他有着漂亮的黑发和黑络腮胡子。我母亲在门槛上弯腰把我搂在怀里的时候，那位先生拍了拍我的头，可不知怎的，我不喜欢他，也不喜欢他那深沉的声音，在他摸我的时候，不愿意让他的手碰到母亲的手，可是还真碰上了。我一下子就把他的手推开了。

"大卫!"母亲轻轻责备我不该那么鲁莽,转身向那位先生致谢,感谢他劳神送她回家。

那人热情地握了握我的手,还说我是个勇敢的人,然后就走了。裴果提一直什么话也没说,什么事也没做。我们一起进了客厅,母亲有些反常,没有坐在炉子旁边的扶手椅上,却坐在客厅的另一头,哼着小曲,自得其乐,我却睡着了。过了一会儿,我醒了,可还是迷迷糊糊的,这时我发现裴果提和我母亲都在哭,在大声说着什么。我不明白她们为什么互相数落,最后我们都放声大哭起来,许久我们才怀着沉重的心情上床睡觉,好半天,我抽抽搭搭的,睡不沉。有一阵我抽泣得特别厉害,被折腾起来了,这时我发现母亲坐在被单上,弯着腰看着我。在这以后,我就在她怀里睡着了,而且睡得很香。

后来,我又见到那位先生,他到教堂去,事后和我们一起走回家,还进屋看我们养的一盆名花天竺葵。时间长了,我称呼他摩德斯通先生,再见他那黑胡子也就习惯了,不过我对他没有增加任何好感,依然有种不安的嫉妒心理。

一个秋天的上午,摩德斯通先生带我骑马,沿着路边的绿草地缓缓地跑。坐在他面前,我克制不住,时不时回头看一下他的脸,由于光线的关系,我每次看他那双浅浅的黑眼睛,都有一刹那觉得似乎是斜眼,显得很难看。我每次看他都是这样,心里有一种害怕的感觉。

傍晚，我们回到家里，母亲打发我去屋里吃茶点，随后就和摩德斯通先生顺着蔷薇篱笆散步了。他走以后，母亲问我一天是怎么过的，我如实把情况和她一一说完，母亲听了，心里美滋滋的，笑个不停。

有一天晚上，我母亲照例到外面去了。我和裴果提像往常一样坐在那里，和我们作伴的有袜子、皮尺、针线盒、蜡烛头，还有那本鳄鱼的故事。裴果提一遍一遍地看我，把嘴张开，好像要说话的样子，可又是不说，后来她终于以怂恿的语气说道：

"大大大卫少爷，跟我去亚茅斯我哥哥家待上两个礼拜，你觉得怎么样？"

"你哥哥这个人，脾气好吗，裴果提？"我脱口而出，问了这么一个问题。

"他脾气可好啦！"裴果提两手一扬，大声说道，"另外，那里有大海，有渔船，有打渔的，有海滩，还可以跟我侄子哈姆玩……"

我一听这么好玩，兴奋得脸都红了，我说这可真是太美了，不过我母亲会怎么说呢？

"哎哟，我敢和你打赌，"裴果提面对面地对我说，"她一定会让我们去。只要你同意，等她一回来，我就去问她。就这么定了。"

"可是我们走了以后，母亲她怎么办呢？"我一边说着，一边把两只小胳膊肘子放到桌子上，和她争论，"你听我说，裴果提！她不能一个人过日子啊，这你是知道的。"

"上帝保佑你！"裴果提终于一边看着我一边说，"难道你不知道吗？她打算到葛雷波太太家住上两个星期。葛雷波太太家要来好多客人呢。"

我心急火燎等着母亲回来，一见到她我就问她让不让我们去亚茅斯待两个礼拜。母亲没有我预料的那样大吃一惊，而是痛痛快快地同意了，当晚就都安排妥当了。

出发的日子很快到了，大车停在门口，母亲站在那里吻我。我和她都从未离开过的这个老地方，我是又感激又留恋，禁不住哭了起来，母亲也哭了，大车启动以后，她又跑到大门口，招呼车夫停车，好让她再亲亲我。我们走后，留下母亲一个人站在路上，摩德斯通先生走到她身旁，说她不该那么激动。我回头看看，心里很郁闷。裴果提从另一边往后看，对他也是很不满意。

第三章

拜　访

　　我们一路上绕来绕去，在一家酒店就花了很多时间，再加上在别处修车，等我们远远看见亚茅斯的时候，我已经筋疲力尽了，但特别高兴。

　　来到镇上，我觉得那街道很陌生，空气中飘着鱼的气味、沥青的气味、碎麻的气味、焦油的气味，水手走来走去，大车丁零当啷地在石头路上来来去去，一派繁忙景象。

　　哈姆在酒店门口等着我们，一见面，他就问我感觉怎么样，像见了老朋友似的，当他把我背起来，要一直把我背回家去的时候，我们就非常亲热了。他身材魁梧，圆圆的肩膀，面带稚气，还一个劲儿地傻笑，一头浅色的鬈发，看上去非常腼腆。

哈姆背着我，胳膊底下夹着我们的一个小箱子，裴果提提着我们另一个小箱子。我们穿过到处是碎木片和沙堆的巷子，经过一些厂子、店铺，随后就来到一片毫无生气的荒地。我四下张望，看看海，再看看河，可是就是看不见房子。在不远的地方，有一条黑色的船，已经报废了，扣在陆地上，船上有个铁漏斗翘着，当烟囱用，冒着一缕炊烟。除了这个，我是看不出还有什么别的能住的地方了。

"就是它，大大大卫少爷。"哈姆指着驳船说道。

侧面开了一个门，非常好看，外面加了房顶，另外还有几个小窗户，住在里边，太有意思了。

裴果提的家人向我们表示热烈欢迎，我们大吃了一顿，随后见到了裴果提的哥哥，也就是这里的一家之主裴果提先生，他代表全家殷勤好客地欢迎我们。随后，裴果提先生提着一壶热水出去洗了洗。

喝了茶以后，把门关好，屋里暖烘烘的，我觉得能想到的最美好的去处就是这个地方了。听一听海面上刮起了大风，想一想浓雾悄悄地爬过外面平平的荒地，看一看炉火，再想一想这一带仅有的一所房子，还是一条船，这一切实在是迷人。原本觉得难为情的小艾米丽和我已经熟悉了，我们俩坐在旮儿的小柜子上，哈姆教我怎样打四全牌，怎样用这副牌来算命。裴果提在做着针线活儿，而裴果提先生叼着烟斗在抽烟。

这时候我开始和他聊天，才知道哈姆不是裴果提先生的儿子，而是他兄弟乔的孩子，乔淹死后，哈姆就被裴果提先生收养了。让我吃惊的是，小艾米丽也不是裴果提先生的女儿，在他可怜的妹夫也被淹死后，小艾米丽就和裴果提先生一起生活。更令我感到意外的是，那个系着围裙织东西的古米治太太并不是他的妻子，其实裴果提先生是个光棍。裴果提一直在向我做手势，不让我再问下去，看着他们和睦地生活在一起，我深深地感到接待我的是个多么好的人。

夜晚，我听见海面上狂风怒吼，风贴着荒地猛吹过来，我昏昏沉沉地害怕起来，害怕大海会在夜里涨水。然而，早上起来，什么事情也没有发生，我就和小艾米丽一起去海边捡石子去了。

"我想，你对海一定很了解吧?"在我们离一条船不远的地方，那鲜艳的帆在她明丽的眼睛里照出了一个小影子，非常好看，我就灵机一动，说了这样一句话。

"不，"艾米丽摇头说道，"我害怕海，大海可坏啦。我看见过大海把一条船撕成碎片，那船有咱们的房子那么大呢。"

"我希望这不是那条……"

"那条淹死我父亲的船?"艾米丽说道，"不，不是那条。我没见过那条船，也不记得是否见过我父亲。"

这可真是巧合！我马上告诉她我也从没见过自己的父

亲，和母亲生活在一起，要多幸福有多幸福，我和艾米丽是一样的。

"还有一点儿不同，"艾米丽一面到处找贝壳和石子一面说，"你父亲是位先生，你母亲是位阔太太，而我父亲是捕鱼的，母亲是渔家的女儿，舅舅丹尼尔也是捕鱼的。我要是有一天当了阔太太，我就要给舅舅买好多好多东西。"

我说，裴果提先生是个好人，送些好东西给他，他是当之无愧的。

我们又继续往前走，一边走，一边拾贝壳、捡石子。海面一片平静，看到一个大浪扑过来，我就会想起艾米丽的亲人淹死的可怕情景，恨不得撒腿就跑，但艾米丽很平静。我们走到一个旧码头，艾米丽走得太靠边，我怕她掉下去。

"这个我不怕，"小艾米丽说道，"可是一刮风我就睡不着觉，一想到丹尼尔舅舅和哈姆，好像他们喊救命，我就打哆嗦。这就是我为什么很想当阔太太。但是这个我不怕，你看！"

说着，她从我身边跑开，顺着一块高悬海面的烂木头往前跑。那个轻快、大胆、跳动的小人儿一转身，又平平安安地跑回我的身边，我们俩都开心大笑起来。

那天早上，我们走了很远，捡了很多好玩的东西，看见沙滩上的海星，就小心翼翼地把它们放回水里。随后我们往回走，在放龙虾的小库房旁边，我们停下脚步，互相天真地亲了亲，就高高兴兴地进屋吃早饭了。

"活像一对小白眼圈儿。"裴果提先生说的是土话，但我知道，那是在说我们像一对画眉，是在夸我们呢。

我就这样爱上了艾米丽，虽然还是个孩子，但我相信和长大后最美的爱相比，我那时的爱一样，也是真诚而温柔，甚至比它更纯洁，更无私。这种爱很强烈，使人心灵高尚。

我和艾米丽经常在亚茅斯的荒滩上跑来跑去，欢快自在地玩上几个钟头。日子和我们一起嬉戏，仿佛时光也是个孩子，没有长大，总是贪玩。我告诉艾米丽，我喜欢她，幸好她也喜欢我，不然我只好去找把刀，把自己杀了。至于般不般配，是否太年轻，是否还有其他障碍，我们都没去考虑，那是将来的事，我们还小，还没做好长大的准备。晚上，我们亲热地并排坐在小箱子上时，古米治太太和裴果提都会赞叹不已，"天哪，多美！"裴果提先生抽着烟斗也对着我们微笑。哈姆整晚都在那里傻笑，什么也不干。

就这样，两个礼拜匆匆过去了，回家的日子来到了。

向裴果提先生和古米治太太告别，我还能忍受，可是离开小艾米丽使我很痛苦，我答应回去给她写信。分手的时候，我们难过极了，但是我一踏上回程，看到路旁越来越熟悉的景物，我就急于奔向母亲的怀抱。

第四章
改　变

那天下午很冷，天阴沉沉的，要下雨的样子。门开的时候，我又高兴又着急，希望看到我的母亲，但我看到的不是她，而是一个新来的仆人。

"怎么啦，裴果提，"我抱怨道，"我妈还没有回来吗？"

"不是，不是，大大大卫少爷，"裴果提说道，"她回来了。等一等，大大大卫少爷，我要……我要告诉你一件事。"

"裴果提！"我惊慌地问道，"出了什么事？她没有死吧，裴果提？"

裴果提喊了一声"没有"，嗓门大得惊人，然后她坐下来喘气，说我吓了她一大跳。我搂着她给她压惊，用急切的眼光看着她。

"大大大卫少爷，"裴果提说着，哆哆嗦嗦地解下了帽子，又上气不接下气地说，"你有爸爸了，你觉得怎么样?"

我打了个冷战，吓得脸色煞白，好像有股阴风吹来，联想到死人复活的事。

"是个新爸爸，去见见他吧。"裴果提说。

"我不见他。"

"还要见你妈妈呢。"裴果提说道。

我们来到那间最好的客厅，裴果提把我撂在那里就走了。母亲坐在壁炉边，摩德斯通先生在旁边坐着，我一下明白了全部事情。母亲放下手里的活计，站起来，我过去吻了母亲，又和他握了握手。我找机会溜到楼上，心爱的卧室被调换了，好像一切都变了。

我到了楼上，看着屋子，感到又茫然又生疏，坐在那里思索起来，只觉得身上发冷，情绪也不好。在悲痛中，我想起和小艾米丽多么相爱，她是那么需要我，关心我，一想到这件事，就叫人掉眼泪，哭着哭着我睡着了。

母亲和裴果提把我弄醒的时候，我还忍不住地掉眼泪，母亲认为是裴果提挑拨了我和她的关系，对裴果提暴躁地埋怨着，接着又对我发起火来。这时候，我觉得有一只手搭在我身上，我往下一溜，站在床边。那是摩德斯通先生的手，他安慰了母亲，把她拉到身边，悄悄地在她耳边说了点什么，又亲了亲她。

"下去吧，亲爱的，"摩德斯通先生说道，"过一会儿，我和大卫一块儿下去。"他看着母亲走出去，并且点头一笑，就这样把她打发了。

然后他转身以阴沉的脸色对着裴果提说："我的朋友，你要知道，她现在可是姓我的姓了。这一点，请你记住，好不好？"

裴果提怀着不安的心情瞅了我一眼，没有理他，屈膝行礼，走了出去。屋里只剩下我们两人，摩德斯通先生把门关上，在一把椅子上坐下，拉着我站在他面前，然后目不转睛地盯着我的眼睛，我也不由自主地盯着他。

"大卫，"他说，接着把嘴紧紧一闭，嘴唇都显得单薄了，"如果我有一匹马，或一条狗，非常固执，难以对付，我会揍他。你脸上那是什么？"

"土。"我说。我知道那是眼泪的痕迹，他也很清楚。

"别看你人不大，心眼倒不少，"他皮笑肉不笑地说道，只有他做的出来，"看来你对我是非常了解的。把你那脸洗一洗，少爷，然后跟我下去。"

他指着脸盆架，用头向我示意，叫我立刻服从。我按照他的吩咐洗了脸，他带我来到客厅，一只手还抓着我的胳膊，对我母亲说："克拉拉，亲爱的，我希望以后不会再弄得你难受了。我们很快就可以改变我们这位年轻人的脾气。"母亲站在客厅里，那样害怕，那样拘束。过了一会儿，我偷偷地朝一把椅子走去，她的眼神跟着我移动，那眼神显得更加忧郁了。

我们一起吃晚饭，摩德斯通先生谈到他姐姐要来和我们同住，当天晚上就到。晚饭后，我们在壁炉前面坐着，一辆马车在大门外停下。摩德斯通先生马上出去迎客，母亲跟在他后面，我战战兢兢地跟在母亲后面。母亲走到客厅门口，突然转过身来，在昏暗的暮色中把我搂在怀里，小声嘱咐我要爱这个新爸爸，要听他的话。她显得很慌张，而且怕人看见，好像在做一件不该做的事，但她也很温柔。随后她把手伸到身后，拉着我的手往外走，来到花园以后，快到他站的地方了，母亲就松开我的手，挽起他的胳膊。

来人正是摩德斯通小姐，一个面色阴郁的女人，和她弟弟一样，皮肤黝黑。她带来两只黑箱子，硬邦邦的，一点儿弹性也没有，箱子上写着她姓名的缩写字母。

大家一面以各种方式向她表示欢迎，一面陪她来到客厅。她正式认定了我母亲这位新亲戚，而且是一位至亲。随后她就看了看我，说道：

"弟妹，这就是你的孩子吧？"

我母亲说是的。

"总的说来，"摩德斯通小姐说，"我是不喜欢男孩子的。你好啊，孩子！"

我受到这样的询问之后，就回答说我很好，希望她也很好，但我态度冷淡，因此她用了四个字就把我打发了：

"缺乏教养！"

她一字一顿地说完以后，就请求带她到她的房间。从那以后，这间屋子对我来说就成了一个阴森可怕的地方。第二天清晨，鸡一叫，摩德斯通小姐就拉铃了，我母亲下来吃早饭，沏茶。摩德斯通小姐在她脸上像鸟一样啄了一下，就算是吻过她了。接着说：

"我说，克拉拉，亲爱的弟妹，你也知道，我到这儿来，就是为了尽量减轻你的负担。你这么漂亮，这么无忧无虑的，"我母亲一听这话，脸就红了，不过她也笑了，所以看来她对这个人并不反感"凡是我能管的事，就不应该加到你身上。你要是肯把钥匙交给我，亲爱的，今后这一类的事，我就都办了。"

从那以后，摩德斯通小姐就掌管着钥匙，母亲和我就与钥匙无缘了，我母亲也没有因为权利从手中溜走而毫无怨言。有一天晚上摩德斯通小姐向弟弟提出一些理家的计划，她兄弟表示同意，这时候，我母亲突然哭了起来，她说她原来还以为会征求她的意见呢。

摩德斯通先生厉声呵斥母亲，怪她不懂事，而摩德斯通小姐看着痛哭不已的母亲则提出马上离开，这惹得摩德斯通先生更为恼火，最后还是母亲妥协，求得他们谅解。

从那以后，我母亲不事先听听摩德斯通小姐的意见，就不会对任何事情发表意见，而摩德斯通小姐也不再发什么脾气了。

关于我去寄宿学校念书的事，已经谈起好几次了。这都是摩德斯通先生和他姐姐的主意，我母亲当然也是同意的。不过，对于这件事还没有最后决定，在去学校之前，我就先在家里学习功课。

吃过早饭，我来到小客厅，手里拿着课本、练习本和石板。我母亲坐在书桌旁，已经做好了准备。我递给母亲一本书，接着就高声背诵起来，因为刚读过，我背得很快。忽然一个字想不起来，卡住了。摩德斯通先生抬起头来看我。忽然又一个字想不起来，卡住了，摩德斯通小姐抬头看我。我脸红了，接着有五六个字想不起来，我停下了。摩德斯通先生让我重背，在上次顺利通过的地方卡住了，我就停下来想一想，但是我无法集中注意力想功课。摩德斯通先生动了一下，显出不耐烦的样子，摩德斯通小姐也做了同样的动作。我母亲忍气吞声地看了他们一眼，把书合上，放在一旁，想等我做完其他事，再回来背诵。摩德斯通先生从椅子上站起来，拿起书本，朝我扔过来，随后就推着我的肩膀，把我撵出客厅。

摩德斯通小姐一看到我无事可做，就会让我做新的作业。这样的情况持续了半年多，我感到和母亲越来越疏远了。幸好楼上一间小屋里，有我父亲留下的一批图书，一有空我就进去看书，而家里从来无人过问，就这样看书成了我唯一的乐趣。

第五章
离　家

　　有一天早上，我拿着书本到客厅，发现母亲焦躁不安，摩德斯通小姐沉着坚定，摩德斯通先生正往藤子棍上绑东西，那是一根很柔软很有弹性的藤子棍，看我进来，他攥了攥那棍子，又甩了甩，准备停当后，他拿起书本，我们开始背功课。从一开始，我就背得很不好，随后越来越糟。摩德斯通小姐一直以坚定的眼神注视着我们，母亲克制不住，哭了起来，被她制止了。摩德斯通先生板着面孔向他姐姐挤了挤眼，随着就拿起藤子棍，站了起来。他拉着我一本正经地慢步朝我的屋子走去，到了屋里，他像老虎钳一样把我的头夹住，我设法缠在他身上，求他不要打我，可我只能拦住他那一小会儿，他马上就朝我狠狠地打了下来，就在他抽我的瞬间，我一下咬住他夹着我的手，狠狠地咬了一口，随后他就把我往死里打。

除了我们的吵闹声，我还听见母亲和裴果提哭着跑上楼的声音。然后他走了，反锁了门，气得我在地上打滚，浑身发烧，无处不疼，只好无力地躺在地板上。过了好久，我从地板上爬起来，在镜子里看到我的脸那么肿、那么红又那么丑，连我自己也吓了一跳。身上挨打的地方，动动就疼，我忍不住又哭了起来。

天渐渐黑了，我关上了窗子，趴在床上。这时，钥匙一转，摩德斯通小姐送来面包、肉和牛奶。她把这些东西放到桌子上，什么也没说，用她那坚定的目光盯着我就出去了，以示警告，然后就走了，顺手把门又锁上了。

天黑了很久，我还在那坐着，不知道他们会如何处置我。第二天醒来，摩德斯通小姐又来了，说我能在花园里散步半个小时，说完就走，就这样我被监禁了五天。在我被关禁闭的最后那一个晚上，我听到有人小声叫我。我摸索着来到门口，低声说道：

"是你吗，裴果提？"

"是我，大卫，我的宝贝儿。"她回答道，"轻点儿，得像小耗子一样，要不就让老猫听见了。"

我明白这是指摩德斯通小姐，我也意识到情况是很严重的，因为摩德斯通小姐的房间靠得很近。

"我的母亲好吗，亲爱的裴果提？她生我的气吗？"我能听到裴果提低声哭泣，而我在这边也哭。随后她回答说："不，她没怎么生气。"

"他们要把我怎么样，亲爱的裴果提？你知道吗？"

"把你送去学校，在伦敦附近。"裴果提回答道。

"什么时候，裴果提？"

"明天。"

"我能看到我母亲吗？"

"能，"裴果提说，"明天早上。"

随后，裴果提把嘴凑近钥匙孔，说了很多真诚的话。她是那么爱我，我让她问裴果提先生一家人好，特别是小艾米丽。

第二天早上，摩德斯通小姐和平常一样出现在我面前，她告诉我说我要去学校了。她还告诉我，让我穿好衣服去楼下客厅吃早饭。我在客厅里见到我母亲，她面色苍白，两眼通红。我扑到她怀里，求她原谅我。

他们改变了母亲的看法，她也认为我是个坏蛋了。为此，我感到痛苦。临行我勉强吃了早饭，可是眼泪滴在面包上，流在茶碗里。我看到母亲有时看看我，又瞟一眼监视我们的摩德斯通小姐，然后低下头，或扭头往别处看。

走的时候，裴果提和摩德斯通先生都没露面。我以前见过那个赶车的，他把我的箱子拿出来装在车上。母亲很不舍，却被摩德斯通小姐制止。

摩德斯通小姐心眼好，她送我出去上车，一边走一边说，她希望我能悔改，否则是要倒霉的。随后我就上了车，那匹懒马也拉着车走了起来。

我们走了大约一里多路，马车突然停住了。我看见裴果提从一排树篱笆蹿出来，爬到车上。她把我搂在怀里，什么也没说。然后她腾出一只胳膊伸到口袋里，掏出几包点心，用纸口袋装着，塞进我的口袋里。她还塞给我一个钱包，一句话都没说就下车跑了。

马再次走了起来，我也哭够了，才想起来看看那个钱包。那是一个硬的皮钱包，里面有半克朗的硬币，用一块小纸包着，纸上是我母亲的亲笔字："给大卫，我永远爱你。"我再也撑不住了，不免大哭一场。

那个赶车的叫巴吉斯，沉默寡言，不喜欢聊天。为了显得礼貌，我请他吃一块点心，并和他聊起天来。他在确定我会写信给家里后，让我写信的时候帮他给裴果提捎上："巴吉斯愿意。"我答应了他。到了亚茅斯的驿站，巴吉斯就回去了，我要独自前往伦敦的学校。

终于来到了我们的目的地——白礼拜堂区的旅店，却没人来接我。我又害怕，又难过，头昏脑涨，浑身发烧。就在我烧得厉害的时候，一个人走了过来，和值班的先生嘀咕了一阵，然后，我就和这个新朋友走出了售票处。这个面色肌黄、两颊深陷的年轻人，就是萨伦学堂的老师。我已经筋疲力尽了，他带我到济贫院的费比岑太太那里，饱餐了一顿，才来到学校。开门的是个瘸子，称呼接我的老师为梅尔先生，对他却极不客气，直接把梅尔先生修好的鞋扔过来，我觉得梅尔先生很可怜。

我是假期到的学校，学生都各自回家去了，校长克里克尔先生也带着太太和小姐去了海滨。学校里空荡荡的，非常安静。

梅尔先生把我领进一间教室，就丢下我，拿着他那双不能再修的靴子上楼去了。等他回来，梅尔先生按照指示，把一块写着"小心！他咬人！"的硬纸牌拴在我的肩膀上。这个牌子让我受罪，无论到哪里，我总会觉得有人在看那块牌子。瘸子心眼坏，常管我，更增加了我的痛苦。晚上做梦，会梦见和我母亲在一起，梦见在裴果提先生家聚会……

独自一人在学校的日子单调，我又怕开学，那痛苦实在难以忍受。我每天要和梅尔先生一起做大量的功课，但我都完成了，因为没有摩德斯通姐弟两人在场，完成得还不错。做功课之前和做完功课之后，我就到处走走，不过要在那个瘸子监视之下。

我和梅尔先生一点钟吃午饭，饭后继续做功课，一直做到下午喝茶的时候。梅尔先生整天工作，一直忙到晚上七八点钟。晚上他收拾起东西，准备歇息的时候，就会拿出笛子吹上一阵。

　　梅尔先生从不和我说很多话，但也从不对我粗暴。我们大概是互相做个伴吧。他有时自言自语，发笑，攥拳，咬牙，抓头发，不知道为什么，开始我感到害怕，后来很快就习惯了。

第六章
学　堂

　　这样的生活我过了大约一个月，那个瘸子开始跑来跑去，手里拿着拖把，还提着一桶水，在做迎接克里克尔先生和那些学生的准备工作了。我和梅尔先生被他撵出来，那几天能在哪儿住，就在哪儿住，能怎么干，就怎么干。

　　有一天，梅尔先生告诉我说，克里克尔先生当晚就到。那天晚上，喝过茶后，我听说他已经回来了。睡觉前，瘸子带我去见他。

　　克里克尔先生也住在这所房子里，但要比我们住的舒服得多，他有一个小花园。经引见，我来到克里克尔先生面前，当时我心慌意乱，几乎连克里克尔太太和克里克尔小姐也没看见，别的什么也没看见，只看到克里克尔先生，他胖乎乎的，坐在扶手椅上，旁边放着一个酒杯和一瓶酒。

克里克尔先生认识我的继父，认为他是个好人，决心要把我彻底改变过来。他一边说，一边乐呵呵地拼命揪我的耳朵，疼得我直往后缩。那个讨厌的瘸子还在边上奉承着。他吩咐把我带走时候，我很高兴，因为克里克尔太太和小姐都在擦眼睛，我不但为自己，也为她们感到难过。可我心中怀着一个请求，这请求于我至关重要，就提了出来，虽然我不知道怎么会有那么大的胆量。我说：

"求求你，先生……"

克里克尔先生哑着嗓子说："啊！什么事?"两只眼睛死死盯住我，好像放出火要把我烧掉。

"我求你，先生，"我战战兢兢地说，"能不能在学生回来之前，让我把这牌子摘掉。先生，我的确非常悔恨过去做过的事。"

克里克尔先生一听这话，马上从椅子上跳了起来。没顾上那瘸子带我走，我一口气跑回宿舍，看看没人追来，我就上了床，因为已经到了睡觉的时间。我在床上不住哆嗦了两三个钟头。

第二天早上，夏普先生回来了。夏普先生是高级教师，比梅尔先生身份高。梅尔先生和他的学生一起吃饭，而夏普先生则与克里克尔先生同桌共进午餐和晚餐。他挺软弱，看上去有些体力不支的样子，头发光滑有波纹，但后来回校的学生告诉我那是假发，夏普先生每星期六下午去把它卷一次。

告诉我这事的不是别人，正是汤米·特拉德。他是第一个返校的学生。他对我作自我介绍时说，我可以在那扇大门右上角顶闩上找到他的名字。我一听这话就说："特拉德？"他说："正是。"随后他叫我把我自己和我家情况详细说一遍。

特拉德第一个返校，这对我是很有利的。他对我那块牌子感兴趣，每当有学生返校，无论他们是大还是小，他都马上向他们这样介绍我："看哪！这儿有个好玩的东西！"这下使我不会感到尴尬。也幸好大部分返校的学生都情绪低落，不像我原先想象的那样来拿我取乐。也有一些学生的确围着我手舞足蹈，当着那么多人的面，我当然下不来台，流了不少眼泪，但总的来说，比我预想中好多了。

直到詹·斯蒂福回来，我才算真正被学校接受。他以学问大者而著称，长得也很帅气，至少比我年长六岁，我被带到他面前就像被带到大法官面前一样。在操场的一个棚子里，他仔细问了我所受的惩罚，觉得很有意思，他说他认为这种做法"很可笑"。从那以后，我对他特别亲近。

当斯蒂福和我要钱的时候，我把所有的钱都交给了他。他用我的钱，买了不少东西，在我们的房间里开了一场小小的宴会。我因此知道了学校的很多秘密，听说克里克尔先生是最严厉最苛刻的老师，就知道大砍大杀，一点学问也没有，是在经营啤酒破产后，花光了老婆的钱，才改行办学的。而那个瘸子叫滕盖，固执又粗鲁，以前帮克里克尔先生做事的时候跌断了腿，并为他做过一些不光彩的事，又知道他的底细，所以跟他一起办起学来。为此，克里克尔先生还把与瘸子不和的儿子赶出了家门，从那以后，克里克尔太太和小姐就都处于悲惨的境地了。但对斯蒂福，克里克尔先生却不敢触动。

听他们讲了许多事情，比我们的宴会花的时间多，大多数客人吃喝以后就上床去睡了。我们互道晚安，斯蒂福对我说会照顾我。上床以后，我还想了他半天，在我眼里，他是拥有很大权势的人，当然也正因为如此我对他念念不忘。

第二天，学堂正式开学。克里克尔先生用过早饭走进教室时，乱哄哄的吵闹声一下变得死一般寂静，他站在门口，像故事里的巨人看着俘虏一样查看我们。

滕盖站在克里克尔先生一旁。我想，他没机会恶狠狠地叫："安静！"因为同学们都吓得一声不响，一动也不动了。

我们看着克里克尔先生，等他说话，听到的却是滕盖的声音："同学们，新学期开始了。我劝你们要以充沛的精力好好学习，要不我就以充沛的精力来处罚你们。我不会手软。我会给你们留下擦不掉痕迹。现在，都快学习去吧。"

这可怕的开场白结束后，滕盖拖着假腿咚咚地走了。而克里克尔先生却走到我的座位前，对我说，如果我以咬人出名，他也以咬人出名。然后，他把那根藤棍给我看，问我如果把棍子代替牙齿会作何感想。他问一句，就用那棍子抽我一下，疼得我扭来扭去。于是，我很快就体会到了萨伦学校的滋味，并哭了起来。

并不是只有我一个人遭遇如此。在克里克尔先生巡视教室时候，大多数学生都受到同样的提醒。那天的课还没开始，就有一半的人在扭动哭泣了。我觉得克里克尔先生很喜欢他这份职业，就像贪得无厌的人得到满足一样，他以抽打学生取乐。

特拉德真可怜！他老挨棍子，那个学期，他每天都要挨一顿棍子。挨打以后，他只是把头搭在桌子上趴一会，不知道怎地情绪就好了，又笑起来。他是最快活也最痛苦的学生，也很讲义气，他认为同学之间应当互相帮助，这是神圣的义务。为此他吃了好几次苦头，特别有一次在教堂里，斯蒂福笑出了声，执事以为是特拉德，就把他揪了出去。第二天，他可受了大罪，被关几个钟头的禁闭，可他始终没说出真正的肇事者。不过他得到了好处，斯蒂福说特拉德不是那种专打小报告的人，我们觉得这样的评语是最高的赞扬。

斯蒂福继续保护我，帮了我很大的忙，但他不能保护我免受克里克尔先生的惩罚，如果我受的罪出格了，他总说我有股劲，我认为这是他对我的鼓励，觉得他对我真好。克里克尔先生对我严加处置，也有一项好处，那就是当他想顺手给我一棍子的时候，发现那块牌子碍事，于是不久，那个牌子就被摘掉了。

有一次，我和斯蒂福交谈，无意中提到《佩里格林·皮克尔》，他就让我把看过的书一本本地讲给他听。开始我很乐意，可时间久了，早上起来会犯困。作为回报，斯蒂福给我讲解算术和练习。就这样我们的关系更加亲密，我也非常珍惜。所以裴果提给我寄来的蛋糕和两瓶樱草酒，我都请他处置。

有了斯蒂福的帮助，我的学习多少有了点进步，也踏踏实实学到一星半点的知识，虽然惩罚并未减少，但我和同学关系很好，很快乐。只是斯蒂福常找机会作践梅尔先生，看到常帮助我的梅尔先生受到伤害，我会感到痛苦。

那天是星期六，夏普先生又去卷他的假发了，学堂就由梅尔先生一人盯着。他趴在案头看书，坚持做那些无聊的事。学生们闹得很厉害，围着他转来转去，龇着牙，做鬼脸，在他身后或当他面取笑他，模仿他穿靴子，模仿他穿褂子，模仿他母亲，应该对他表示同情的地方，都被他们取笑。

"安静！"梅尔先生突然站了起来，他把一本书摔在桌子上，喊道，"这是干什么！真叫人受不了。简直叫人发疯。同学们，你们怎么能这样对待我？"

他摔的是我的书。当时我站在他身旁，顺着他的目光四下一看，所有同学都停了下来，有的突然感到惊讶，有的感到害怕，有的也许后悔了。

斯蒂福在教室的另一头，手插在口袋里倚墙而立地笑，当梅尔先生看他时，他像吹口哨似地把嘴努起。

"安静下来，斯蒂福先生！"梅尔先生道。

"你安静！"斯蒂福红着脸说，"你跟谁说话哪？管你自己的事吧。"

有人暗自发笑，有人拍了拍手。但是梅尔先生脸色煞白，所以很快又安静了下来。

"你要是利用你在这里受到的偏爱，先生，"梅尔先生嘴唇抖得厉害，"来侮辱一位绅士……"

"一位什么？他在哪儿？"斯蒂福说道。

"来侮辱一位苦命的人，他可从未得罪过你呀！先生，你不该侮辱他，你也不小了，又不是不明事理，应该明白这个道理呀！"梅尔先生说着，嘴唇抖得更厉害了，"你做事卑鄙可耻，想怎样，随你便吧，先生……科波菲尔，继续做功课吧。"

"小科波菲尔，"斯蒂福说着向前面走来，"等一下。你听着梅尔先生，你既然放肆地用卑鄙、可耻这类字眼来骂我，你就是个无耻的叫花子。"

两人站在那里，都有动手的意图，大家都愣住了。这时，我看到克里克尔先生来到了我们中间，膝盖站在他身旁，克里克尔太太和小姐站在门口往里看，很吃惊。梅尔先生把胳膊肘支在桌上，双手托腮，一动不动坐在那里。

"梅尔先生，"克里克尔先生说着抓住他的胳膊晃了晃，"我希望，你没忘记自己的身份吧?"克里克尔先生哑着嗓子，声音却很大。

"没有，先生，没有。"梅尔先生抬起头，摇了摇，两手搓来搓去，显出极为焦躁不安的样子。

克里克尔先生坐在书桌上，两眼紧盯着梅尔先生，看他摇头搓手。然后，转身对斯蒂福说："既然他不肯放下架子向我说明情况，先生，你来说说，这究竟怎么回事?"

斯蒂福迟疑了一下，用鄙视和愤怒的眼光看着他的对手。"他说我卑鄙、无耻，我也说他是叫花子。我要是冷静点，就不会这样叫了，我愿意承担后果。"

"我不该说那样的话，先生，我愿意认错，"梅尔先生说，"我当时要是冷静一点，就不会说那样的话了。"

斯蒂福笑了两声，对克里克尔先生解释道："他的母亲住在济贫院里，靠施舍过日子，他本来就是个叫花子。"

梅尔先生满脸通红，两眼盯着斯蒂福。

"如果这样说，那我认为，"克里克尔先生道，额头上的青筋胀得鼓鼓的，"你在这里的地位就完全不合适，你错把这儿当成慈善学堂了。梅尔先生，咱到此分手吧。越快越好。"

梅尔先生温柔地拍了拍我的肩膀，就走了。特拉德因不忍梅尔先生离去，又被克里克尔先生揍了一顿。

一天下午，我们已经被搞得头昏脑涨的时候，滕盖告诉我有人找我，我很慌乱，想不出会是谁。带着疑虑，我走到大门，吃惊地看到了裴果提先生和哈姆，他们紧靠着墙，挤作一团，冲着我点头哈腰。我忍不住大笑，非常高兴，最后笑得掏出手绢来擦眼泪。

随后，他们从包里拿出带来的好吃的给我。我迫不及待地问起妈妈、裴果提如何，小艾米丽、古米治太太怎么样。是裴果提告诉他们的地址，他们顺着风浪，坐着帆船来看我的。我邀请斯蒂福和我们一起分享美味，斯蒂福对裴果提讲的捕鱼人的很多故事很感兴趣，夸裴果提先生很能干。

终于，放假的日子越来越近了，很快从下下个星期变成下星期，变成本星期，变成后天、明天、今天、今天晚上——我终于上了去亚茅斯的邮车，回家去了。

第七章

假　期

　　天亮以前，我们来到一家旅店，我要在那里等到明天九点，巴吉斯来接我。见到巴吉斯的时候，我很开心，仿佛我们只分开不到五分钟。想起我帮他给裴果提传话的事，我问他是否有答复，知道他没收到任何消息，我打算见到裴果提，当面给巴吉斯传话。

　　回到了家，看到的一切都会使我想起过去那个快乐的家，现在已经无法重温旧梦，心里有种说不出的滋味。

　　巴吉斯把我箱子放在门口就走了，我顺着小路朝房子走去，看着那些窗户，每走一步都怕摩德斯通先生或摩德斯通小姐突然从哪个窗口探出头来。然而他们俩谁都没有露头。我蹑手蹑脚地走进去，听到客厅传来母亲低声唱歌声。我悄悄地走进屋里。她坐在壁炉旁，正在给一个婴儿喂奶。我一跟她说话，母亲吓了一大跳，叫了起来。她一看是我，走到屋子中间来迎我，跪在地上吻我，还把小家伙的小手搁在我的嘴唇上。

"这是你弟弟，"母亲抚摸着我说，"大卫，我的好孩子！我可怜的孩子！"她搂着我，亲了又亲，还紧紧地搂着我的脖子。这时，裴果提跑了进来，一下扑倒在我们跟前，在我们周围疯似的开心了一刻钟。

他们没想到我回来得这样快，摩德斯通先生和他姐姐去邻居家做客去了，要很晚才回来。我们一起坐在壁炉旁边吃饭，吃饭的时候，我找到机会和裴果提说了巴吉斯的事。可裴果提不愿离开母亲，也没想过嫁人，她和母亲相约，互不离开。

我们吃过茶点，清理了炉灰，剪了烛花以后，我就从那本鳄鱼故事里选了一章，念给裴果提听，借以回忆往昔时光。后来，我们谈起萨伦学堂，又谈到斯蒂福，我们都很高兴。不过，那样的夜晚，从此以后再没有过，永远在我的记忆中消失了。

第二天早上，下楼吃早饭，我十分不安，因为自从得罪了摩德斯通先生，我就一直没见过他。我犹豫不决，反复几次，才下了楼，在客厅里露了面。

他站在壁炉前，背对着炉火，摩德斯通小姐在泡茶。我进去时，他盯着我，可是什么反应也没有。

我心里一阵慌乱，不过我接着走向前去，对他说："先生，请你原谅。我很抱歉，过去做了那样的事。希望你饶恕我。"

"大卫，听见你说抱歉，我很高兴。"

他向我伸出一只手，正是我咬过那只。我情不自禁地往他手上发红的地方多看了一会，但是我一看他那副阴险的面孔，我的脸就红了，比他手上那块发红的地方还要红。我又向摩德斯通小姐打了招呼，她就开始在日历上给我放假的日子做记号了。

头一天，我看见摩德斯通小姐和母亲坐在屋里，小弟弟躺在母亲的腿上，我就走进去，小心翼翼地把他抱了过来。不想，摩德斯通小姐突然大叫一声，就晕倒了，使我惊慌失措，差一点把孩子扔在地上。恢复过来以后，她就正颜厉色地对我说，不管什么借口，今后再也不许我碰小弟弟一下。我母亲则以赞同的语气，屈服了。

我觉得他们让我别扭，我同样也使他们觉得别扭。晚上，我有时候去厨房陪裴果提坐坐。我在厨房里觉得很舒服，也很随便，没有顾虑。而在客厅里，这都是不可能的，整个客厅笼罩着让人感到痛苦的气氛，既不舒服，也不随便。摩德斯通姐弟认为，要对我可怜的母亲进行训练，而用我来考验她，是他们采用的方法之一。

摩德斯通小姐看到我闷闷不乐，很不高兴，觉得我是在装模作样。摩德斯通先生就当着我母亲的面训斥我，要我好好改变，要对他完全服从。他像命令狗一样命令我，我也要像狗一样服从他。他禁止我和裴果提她们来往，搞得我战战兢兢，母亲也只有怯怯地认同他处事高明。

我熬过的日子多么无聊，多么拘束啊！呆呆坐在那里，一坐就是几个钟头，不敢动弹，生怕摩德斯通小姐烦躁。就是散步，也摆脱不掉客厅里的影子，吃饭默不作声，晚上不敢看闲书。这是一场噩梦，一副重担，压得我头昏脑胀，思想迟钝。

寒假就这样一天天过去了。走，我并不感到难过。我早就麻木了，不过我慢慢有所恢复，盼着和斯蒂福见面，虽然他身后还跟着个克里克尔先生，怪可怕的。

巴吉斯又来到大门口接我。我吻了母亲，也吻了小弟弟，心里真难过，母亲用最大的热情拥抱了我。我上车后，忽然听到母亲叫我，我向外一看，看见她独自站在花园门口，两手把她的小娃娃举起来让我看。天气很冷，没有风，连一根头发和衣服上的一个褶子都没有飘动。只见她举着自己的孩子，聚精会神地看着我。我就这样回到了学校，永远离开了母亲。

第八章

冷　遇

我回到萨伦学堂，到三月份我生日，两个月的时间很快就过去了，令人难以置信。很多事情都没有印象，不过我却记住了那个特殊的日子。

那一天，到处弥漫着雾气，还能看到鬼魂般的白霜。教室里稀落的蜡烛冒着火苗，学生们冻得难受，用脚跺着地板。早饭后，我们玩了一会儿，刚回到屋里，夏普先生就叫我到客厅去，我以为是裴果提又捎来好吃的。我急忙到客厅，之间克里克尔先生坐在那里吃早饭，面前放着那根藤棍，还有一份报纸，而克里克尔太太手里拿着一封信，已经拆开。

克里克尔太太领着我走到沙发前，挨着我坐下，她询问了我寒假结束，离家时候妈妈的情况，又和我说到生死，让我很害怕，竟然哆嗦起来。她告诉我母亲死了，那个小弟弟也死了。我孤苦伶仃，禁不住哭了起来，偌大一个世界，我竟成了一个孤儿。她对我很好，让我留在那里待了一整天。我哭累了就睡着了，醒了，再哭一阵。哭够了，我就思索起来，我想到要回家去参加葬礼。

第二天晚上我动身回家，不是坐驿车，而是坐着名叫"农夫"的重型班车。我是下午离开萨伦学堂的，没想到竟是一去不复返。

早上九点才到亚茅斯，我向窗外张望，想找一找巴吉斯。但是，一个穿着黑衣的胖胖小老头把我接到他家。他是奥默先生，经营一家商店，经销布匹，兼营成衣，制作丧服等。他和女儿明尼帮我做了一身丧服，让我吃了早饭，还看到了我最亲爱母亲的棺材。

回到家里，我还没到屋门口，就扑到裴果提怀里去了，是她把我领进屋里去的。她一看见我，就难过得哭了起来，但她很快克制住自己，小声跟我说话，蹑脚走路，好像怕惊动了死者。她夜里也不睡觉，一直守着，只要她那可怜又可爱的美人儿还没入土，她就绝不离开。

我进来的时候，摩德斯通先生在客厅里，根本不睬我。他坐在壁炉前面扶手椅里，一边掉眼泪，一边想事情。摩德斯通小姐正在书桌前面忙活，桌上放着许多信件和单据。她用铁一样坚定的语气，小声问我丧衣尺寸的情况。这就是她的坚定性给我的全部安慰。偶尔摩德斯通先生会在屋里来回走动，好像坐立不安似的，除此之外，整个房子都很寂静。

在葬礼之前的那几天里，我很少见到裴果提。上下楼的时候，我看见她老待在停放我母亲和她的小娃娃的屋子附近。每天晚上，她来看我，坐在我床头上，等我入睡。在安葬之前一两天，她把我带到了那间房里去。我记得在床上一条白色的被单底下——周围是一片美妙的洁净和清新——似乎躺着那所屋子的肃穆的静寂化身。裴果提想要轻轻地把白布撩起来的时候，我喊道："哦，别动！"拉住她的手不放。

"很长时间，你的母亲身体一直不好。"裴果提说，"她神思恍惚，一直不开心。她生那个孩子时，我以为她会好起来的，不料她更虚弱了，一天不如一天。在她的孩子出生以前，她时常喜欢独自坐着，终日以泪洗面；在以后，她常对孩子唱歌，唱得很柔和、幽远。有一次，我听见她的歌声，竟以为那是在半空中飘荡着的一种声音，越来越远去的声音。"

"我觉得她后来变得越发胆小，容易受到惊吓，一句严厉的话，就像是打了她一样。不过她对我始终如一。对我这个傻裴果提改变什么——我那可爱的姑娘绝没有。"

说到这儿，裴果提稍稍停顿了一下，轻轻地拍着我的手。

"我最后一次看到她恢复以前的样子，是在你回家的那天晚上，亲爱的。你走的那一天，她对我说道，'我将永不能再看到我那可爱的宝贝了。'不知怎地，我有一种预感，挺灵的，我信。"

"自那以后，她努力想振作起来。有好几次，当他们说她无忧无虑，不操心，她就假装成这样，其实这样的日子已完全过去了。她一直不敢把告诉我的话告诉丈夫，对谁都不说。直到有一天晚上，就在去世前一个多星期，她对丈夫说：'亲爱的，我觉得我要死了。'"

"'这桩心事总算了结了，裴果提，'那天晚上送她去休息的时候，她对我说：'他在未来的几天内会一天天地更相信这话的，可怜的人儿，一切就完了。我真累啊。如果这算是睡觉，你在我睡着的时候就在我旁边，别离开我。愿上帝保佑我的两个孩子！愿上帝保护我那个没父亲的孩子呀！'"

"此后我从没有离开她，"裴果提说，"她时常跟楼下的那两个人说话，因为她爱着他们，不过当他们离开她的床边时，她就转头来望着我。好像我在那里才会得到安宁，不然就无法入睡。"

"在最后一夜的黄昏时分，她吻着我，说道：'如果我的娃娃也死了，裴果提，请让他们把他放在我的怀里，跟我一起安葬。'这是照办了的，因为那可怜的小家伙只比她多活了一天。她又说，'让我那最亲爱的孩子送我们到安息地吧，你告诉他，他的母亲躺在这儿的时候，曾为他祝福，不止一次，而是上千次。'"

裴果提说到这里，又沉默了一会儿，又轻轻地拍了拍我的手。

"那天晚上，夜已深了，"裴果提说，"她向我要水喝，喝完水，那可爱的人儿呀，对我微微一笑，笑得那么美！"

"到了黎明以后，太阳正在升起来时，她已经非常虚弱了。她让我转转她的身子，朝着我，那可怜的脑袋偎依在又笨又爱发火的裴果提的胳膊上，就像一个睡着的孩子似的闭上了眼睛。"

丧事过后，没听到一句关于我未来的话，也没见到任何举动。有一次，我鼓起勇气问摩德斯通小姐，我什么时候回学校去，她很冷淡地认为，我根本不需要再回去了。原来加在我身上的约束通通取消了，只要我不和摩德斯通先生在一起，他们就不管不问，我可以自由地和裴果提在一起了。

"裴果提，"一天晚上，我在厨房的炉火旁烤手，一副心事重重的样子小声说道，"摩德斯通先生比过去更不喜欢我了。他从来就不大喜欢我，裴果提，现在只要有可能，他连看都不愿意看我了。"

"也许是他心情不好吧！"裴果提说着将了将我的头发。

"不是那个原因。他心情不好，那完全是另外一回事儿。他这会儿，心情也不好，和摩德斯通小姐在壁炉旁边坐着呢。不过我要是一进去，裴果提，他就是另外一副模样了。"我说，还不由自主地学了学他拉着长脸皱眉头的样子。"他要是光心情不好，就不会那样看我了。我就光是难过，这倒使得我心肠更软了。"

裴果提沉默了一会儿。我只顾烤手，一声也没吭。最后她说："大卫。"

"什么事儿，裴果提?"

"我能想到的办法，我都试过了，我的孩子——能行的，不能行的，我都试了试——想在布伦德斯通这地方找一份合适的工作，可就是找不到，我的孩子。"

"那你打算怎么办呢，裴果提?"我还是抱着一线希望问她，"你想不想到别处去找出路呢?"

"我估计不得不到亚茅斯，"裴果提答道，"在那里落脚了。"

我一听这话，心里一阵高兴，说道："我还以为你会走得远远的呢，要是那样，我就找不到你了。亲爱的老裴果提，我会抽空到亚茅斯去看你。你不会跑到世界的另一头去吧，啊?"

"感谢上帝，不会的!"裴果提非常兴奋地大声说道。"只要你在这儿，我的小乖乖，我这一辈子会每个礼拜都来看你的。每个礼拜都会有一天来看你。"

这个许诺让我如释重负，而且还不止于此，因为裴果提接着说：

"大卫，你听我说，我要先到哥哥家再住上两个礼拜，利用这段时间，好好考虑考虑，同时也想办法恢复到以前的样子。我一直在想，眼下他们既然不想让你待在这儿，也许会让你跟我一块儿走一趟。"

这个计划让我十分开心。临走的时候，裴果提的情绪自然是很低沉的，因为许多年来，这里就是她的家，她在这里疼爱过两个人——我和我母亲——这是她一生中最疼爱的两个人。清早，她还到教堂墓地里去走了一趟。后来巴吉斯来接我们，她就上了车，坐在那里，直用手绢擦眼泪。

"你要是结了婚，裴果提，我想你一定会和现在一样喜欢我吧?"在去裴果提先生家的路上，我问道。

这个善良的人一听这话，马上情不自禁地停下脚步，把我搂在怀里，反复地说她疼我爱我，绝不会变，弄得走在前面的自家人和路上的行人大为惊讶。

在这以后，我们继续往前走，裴果提又问我："你说，你觉得怎么样，亲爱的孩子?"

"你是说结婚，和巴吉斯先生结婚的事吗，裴果提?"

"是呀。"裴果提说。

"我觉得很好，裴果提，因为你知道，这样一来你就有马有车，可以坐这套马车来看我，又不用花钱，还一准能来。"

"我这乖孩子真懂事儿!"裴果提大声说道,"这一个月,我也一直这么想。是啊,我的宝贝。到那时候,我想我就更自由了,况且在自己家里干活比在谁家干活都自在。现在要是去伺候一个生人,我还真不知道干什么好呢。再说,和他结了婚,我就离我那俊姑娘的坟不远,"裴果提带着思念的神情说道,"什么时候想去看看,就可以去看看。等我两腿一伸的时候,就埋在离我那亲爱的俊姑娘不远的地方了。"

我们两个人沉默了一会儿,什么也没说。

"不过要是我的大卫不赞成,"裴果提兴致勃勃地说,"我就不再考虑这件事了——即便他在教堂里问我三十三次,即便订婚戒指在我口袋里磨旧了,我也不再考虑这件事了。"

"裴果提,你看看我,"我说,"看我是不是真高兴,是不是真心希望你和他结婚。"我的确是打心眼儿里赞成这件事。

"好啦,我的命根子,"裴果提说着,使劲儿搂了我一下,"我白天黑夜,随时都在想,各种情况都想到了。不过我要跟我哥哥商量商量,咱们先别跟别人说,大卫,就你和我知道。巴吉斯老实忠厚,"裴果提说,"我要对他尽我的责任,要是我——要是我觉得不舒服,我想那就是我的不是了。"裴果提一边说着,一边大笑起来。

裴果提先生的小屋看上去和原来完全一样,只是在我眼里可能显得略微小了一点儿。古米治太太在门口等着我们,好像从上次以来，她就一直站在那里。屋里的一切都是原样儿，连我卧室里那蓝色缸子里的海草也没变样儿。我到外面的棚子里看了看，还是那些龙虾、螃蟹和蜊蛄，还是在那个角落里，还是那样互相紧紧地挤在一起，还是那样碰见什么夹什么。

现在这整个地方和过去一样吸引人，但是我的感受却不同。我有些失望。也许是因为小艾米丽不在家。我知道她回家的路，所以过了一会儿，我就慢慢地走着，到路上去迎她了。

不一会儿，远处出现了一个人影，我很快就认出来了，那就是艾米丽，她虽然长大了，身材却依然不高。她渐渐走近了，我看到她的蓝眼睛比原来更蓝了，两个酒窝儿更好看了，整个身材更漂亮，更有活力，这时候，我忽然有一种奇怪的感觉，使我假装不认识她，从她身旁走过，好像在看远处的什么东西。

小艾米丽毫不介意。她明明看见我了，却不回过头来叫我，而笑着向前跑去。这样一来，我不得不在后面追她，她跑得真快，等我追上她的时候，已经快到家了。

"哎哟，原来是你呀！"小艾米丽说。

"啊，你本来就知道是谁，艾米丽，"我说。

"难道你不知道是谁吗？"艾米丽说。我想吻她一下，可是她却用手捂住了她那通红的嘴唇，还说她已经不是孩子了，说着比刚才笑得更厉害，一边笑，一边跑回家去了。

她好像在拿我开心。她身上的这种变化使我感到非常惊讶。茶点摆好了，我们那个小柜子也放在了原来的位置上，可是她没有过来和我坐在一起，而情愿和那嘟嘟囔囔的古米治太太做伴去了。裴果提先生问她为什么这样，她把头发抓乱，披在脸上，把脸遮住，一个劲儿地笑，什么也不说。

"简直是只小猫儿！"裴果提先生说着，用他的大手拍了拍她。

"是小猫儿！是小猫儿！"哈姆大声说道，"大大大卫少爷，她是小猫儿！"他坐在那里冲着艾米丽格格地笑了一阵，心里又爱慕，又高兴，涨得满脸通红。

小艾米丽让他们给宠坏了，实际上，裴果提先生宠她宠得比谁都厉害。她只要把脸贴在他那扎人的络腮胡子上，让他干什么，他就干什么。她那样亲切，那样善良，又机灵，又羞涩腼腆，实在讨人喜爱，让我比过去更加喜欢她了。

艾米丽的心肠也很软。茶点过后，我们坐在炉子旁边烤火，裴果提先生抽着烟，提起我遭到的不幸，这时她眼里充满了泪水，隔着桌子，亲切地看着我，使得我对她非常感激。

"啊！"裴果提先生说着，随手抓起艾米丽的鬈发，让它像水一样在手上滑过，"你看，少爷，这也是个孤儿，还有这一个。"裴果提先生说着，用手背敲了敲哈姆的胸膛，"他也是，只是不大像就是了。"

"我要是有你做我的监护人，裴果提先生，"我说着摇了摇头，"恐怕就不大会觉得自己是个孤儿了。"

"大大大卫少爷，说得好！"哈姆非常兴奋地大声说道，"哈哈！说得好！不会觉得是孤儿了！哈哈！"说到这里，他也用手背敲了裴果提先生一下，小艾米丽也站起来亲了亲裴果提先生。

我还是睡在老地方，在船尾的一张小床上，那风也像我上次来时候一样，呼呼地从这片荒滩吹过。这一次，我不由自主地产生了一个想法：这风是在为故去的人呜咽。我想的不是海水会在夜里涌上来，把我们住的这条船冲走，我想的是自从我上次听到那风声之后，海水已经涌上来，把我这幸福的家淹没了。我记得，那风声和波涛声在我耳朵里减弱了，我在祈祷的时候就加了半句话，祈求长大以后能娶小艾米丽为妻，接着就怀着一颗爱心睡着了。

日子一天天过得和上一次差不多，不同之处——这还是一个很大的不同——就是这次我和艾米丽很少到沙滩上去溜达。她有功课要做，还要做针线活儿，每天都有很大一部分时间不在家里。不过我觉得即便情况不是这样，也不能像过去那样出去溜达了。艾米丽虽然无拘无束，一会儿想这样，一会儿想那样，像个孩子一样，她却比我想象中更像是一个小妇人了。不过一年的时间，她好像和我产生了很大的距离。我到路上去接她，她就偷偷地绕路回家，等我失望而归的时候，她就站在门口笑我。最美好的时光，就是她安安静静地坐在门口做功课，我坐在她脚边的木头台阶上，念书给她听。那个四月的下午阳光真明媚，我从没见过那个坐在旧船门口的小人儿那么妩媚，我也从没见过那样的天空，那样的海水，那样辉煌的船只驶向那金色的远方。

时间飞快，我快离开这里了，他们说裴果提要和巴吉斯先生出去玩一天，让我和小艾米丽跟他们一起去。头一天晚上，我一点儿也没睡好，老盼着和艾米丽度过美好的一天。第二天一大早儿，我们就都起来了，吃早饭的工夫，远远地看见巴吉斯先生，他正赶着一辆轻便马车，朝着他心爱的人儿跑来。

裴果提穿得和平时一样，巴吉斯先生则不然，他喜气洋洋地穿着一件新做的蓝上衣，裁缝给他留了很多富余，袖口很长，那锃亮的扣子也是最大号的。此外还有浅棕色的马裤和暗黄色的背心，我觉得巴吉斯先生还真是一位值得尊敬的人物呢！

巴吉斯先生做的头一件事就是来到一座教堂，把马随手往栏杆上一拴，就带着裴果提到里面去了，留下我和小艾米丽两个人在车上待着。我趁此机会搂住艾米丽的腰，并且向她提出，既然我很快就要走了，这一整天，我们一定要非常欢乐，非常愉快。小艾米丽表示同意，还允许我亲她，我就激动起来。她笑得那样迷人，我看她看得入神，把痛苦完全抛在脑后。

巴吉斯先生和裴果提在教堂里待了很长时间，出来后，我们就赶着车到乡下去了。走着走着，巴吉斯先生扭过头来，挤了挤眼，告诉我要在车篷上刻下"克拉拉裴果提巴吉斯"，接着就大笑起来，笑得车身直晃。总而言之，他们结婚了，他们就是为这个目的而到教堂里去的。裴果提很高兴。

晚上，我们早早地回到所住的那只旧船，巴吉斯先生和他太太向我们告别后，就舒舒服服地赶着车回自己家去了。这时我第一次感到我已经失去了裴果提。要不是小艾米丽也在这所房子里，我睡觉的时候，心里就会非常痛苦了。

第二天，我们告别了裴果提先生、哈姆、古米治太太、小艾米丽，晚上巴吉斯家里，裴果提在阁楼上给我收拾了一间小屋，她说这里永远是我的，要永远收拾得和现在一样。我从心底感谢这位亲爱的老奶妈真是忠心耿耿，所以我尽可能地向她表示感谢。

天亮后，她和巴吉斯赶车把我送到大门口，就依依不舍地走了。回到家后，我陷入孤独的境地，没人理睬我。日复一日，周复一周，月复一月，我忍受着冷漠。我要是交个朋友，就会受到监视，大概是怕我向人家抱怨。

有一天，我在外面闲逛，一边走一边想着事。在离家不远的一条小路上，一拐弯，碰见摩德斯通先生和一位先生，我不知所措，那位先生和我打招呼时，我才认出是曾经见过的昆宁先生。昆宁先生得知我待在家里，无事可做，当晚就和摩德斯通姐弟议定，要把我带到他那里干活，让我自己养活自己。

第二天，我一个孤苦伶仃的孩子，带上一个小箱子，里面盛着我的全部家当，坐在驿车上，跟着昆宁先生去亚茅斯，然后转车到了伦敦。

第九章

谋　生

于是，在我十岁那年，我成了摩德斯通—格林伯公司的一名小童工。

公司与不同的人打交道，其中一项重要的经营项目就是给一些邮船供应葡萄酒和烈性酒。这种买卖需要大量的空瓶子，因此雇了一批大人和孩子，检查空瓶子，刷洗干净，贴上标签，塞上合适的木塞，盖上印记，再把成品装箱，这一切我都得干。雇来干这种活的童工只有我一个。

我干活的地方，就在仓库的一个角落里。昆宁先生只要站在账房里那张凳子最低的一根横档上，就能从桌子旁边的窗口看见我。就在我独自谋生的第一天早上，一个年龄最大的童工奉命来教我怎么干活。他叫米克·沃克，身上系着一条破围裙，戴着一顶纸帽子。他告诉我说，我们的主要伙伴是个叫白煮土豆的男孩，我觉得这个名字怪怪的。后来发现，这是他来到仓库后，别人给他起的绰号，因为他脸色苍白，像煮熟的土豆一样。

我沦落到这般田地，内心的痛苦无法用语言表达。与这帮人一起干活，我想长大以后成为一个有学问有地位的人，这样的希望在我心中破灭了。我绝望极了，对自己所处的地位感到羞辱，觉得胸前像裂开了一个口子，就要炸开似的。

账房里的钟十二点半了，大家都准备去吃午饭。这时，昆宁先生敲了敲窗户，示意我进去，我进去后，看见一个胖乎乎的中年男子。他穿着一件棕色大衣，黑色马裤，黑色的鞋子，头很大，闪闪发光，头上没几根头发，胸膛宽宽的。他手里拿着一根手杖，衣服虽然破旧，衬衣领子倒不错，看上去很神气的样子。看我进来，便转身看我，我并不认识他。

"就是他。"昆宁先生说，他指的是我。

"这就是科波菲尔少爷啊，"那陌生人说，几分怜悯的语气中，有种难以名状的气派，"你好，科波菲尔少爷。"

"感谢上帝！"那陌生人在我向他问好后说，"我接到摩德斯通先生的一封信，他希望我能接待一位刚工作的年轻人，让他住在我家，目前我有一间空房间，本打算准备出租，但现在我很荣幸地把它留给你做卧室，科波菲尔少爷！"说完，他摆摆手，头一低，把下巴夹在领子中间。

"这位是米考伯先生。"昆宁先生对我说。

"我的地址，"米考伯先生说，"是在都会路温莎里。我……总而言之，我就住在那里。也许你在这个大都市里游览的地方不多，可能会迷路……我愿意晚上来接你，带你认识下路。"

我向他表示了由衷的谢意，他不怕麻烦，主动提出来这是太好了。于是，我们约定晚上八点钟左右见面，然后他就带上帽子，挟着手杖，哼起小调，挺起腰板，离开了账房。

那天晚上，到了约定时间，我洗了洗手，擦擦脸，随后我就跟米考伯先生一起往他家走。去他家的时候，米考伯先生让我记住街名，路口房子的样子，这样，第二天早上我就会很容易找到上工的路了。到温莎他的家里，他带我见了米考伯太太，一个消瘦而憔悴的女人，一点也不年轻了。

我的房间在屋子的尽头，是个闷气的小阁楼，墙上画满了图画，都是些蓝色的小饼，房间里家具很少。米考伯太太带着双胞胎，领我上楼看房子，她坐下后，喘着气对我说："结婚以前，和爸妈一起生活的时候，我从没想过，有一天我也要招来一位房客。可是现在，米考伯先生有困难，我们就没法考虑个人感情了，只好搁在一边。"

"你说得对，伯母。"我说。

"米考伯先生眼下很困难，生活的压力几乎都要把他拖垮了，"米考伯太太说，"真不知道他这一关是否能过去。以前和爸妈一起生活，不需要考虑这些，现在阅历多了，也明白这个字眼是什么意思了。"

米考伯太太还告诉我米考伯先生曾在海军里做过军官，不管是真是假，我至今都依然相信，米考伯先生确实在那里干过。而他现在是在给各种店铺做中间人，恐怕赚钱很少。

"米考伯先生的债主要是拼命要钱，"米考伯太太说，"不给我们留点时间想办法，那他们要承担后果，结果只会弄得越来越糟。反正石头里是挤不出血来的，现在米考伯先生身上也不会挤出还账的钱，打官司也没用。"

米考伯太太真可怜，想过不少办法，以补贴家用。临街的大门上，就挂着一个铜匾，上面写着"年轻女子寄宿学堂米考伯太太主办"，可效果不甚理想，我就没见过有年轻女子来过。倒是债主不时登门，一个个凶神恶煞的样子。碰到这种情况，米考伯先生又伤心，又惭愧，甚至有时想结束自己的生命，可债主一走，他就很快恢复过来，精心地打扮，哼着小曲，准备出去，显得更气派。

我就在这座房子里，和这家人一起，度过了我的空闲时间。我单独准备早饭，一便士面包，一便士牛奶。另外，在一个固定的柜子里，我存放了一点面包，一小块干酪，留作我晚上回来的晚餐。我知道这是我六七个先令工资里，一笔很大的开销。我整天在仓库里干活，一星期就靠这点钱维持生活，从没有人给我任何忠告、建议、鼓励、安慰、帮助或支持。

我那时是那样小，幼稚得很，根本不会独自生活。要是有钱，我就去买点煮好的咖啡，再来一片抹了黄油的面包；没钱的时候，我就到弗利特街的一家鹿肉馆瞧瞧，或者去科文特加登市场，去赏赏花。我喜欢在阿德尔菲一带溜达，看看那里黑黝黝的拱门，觉得那是一个神秘的地方。偶尔，我会走过拱门，坐在一家小旅馆门前的长凳上，看看煤炭工人跳舞。

虽然那时候我还是个小孩，但我并没有夸大那时生活的窘境，心里的孤独。我认为，要不是有仁慈的上帝，光靠昆宁先生给的那点钱，从早到晚拼命地干活，我早就成为衣衫褴褛的乞丐，在街上闲逛，也许会成为一个小强盗，到处流浪了。

昆宁先生是个粗心大意的人，又很忙，但他尽量对我另眼相待，能和我这样一个古怪的小家伙打交道，已经很不容易了。除此之外，我从没告诉任何人，我是怎么来到这儿的，我只是默默地忍受着痛苦。没人知道我究竟受了多少苦，我把一切痛苦都藏在心里，只是埋头干活。一开始我难免干不过别人，不过没多久，我就和另外两个孩子干得一样快，一样好了。

我看不到摆脱目前处境的希望，也就不去想它，不过，我并没有屈服，时时刻刻感到伤心难过。我默默忍受着这一切，就连给裴果提写信，从没透露过真情，我怕她为我担心。

米考伯先生境况不好，也使得我愁上加愁。因为我是一个人，没人疼爱，我就对他们产生了深厚的感情，不断考虑米考伯太太盘算的那些出路，为米考伯先生的债务担心不已。虽然我们年龄相差很大，但因为相同的处境，我和他俩产生了平等的友谊，后来米考伯太太就把我看成了自己人。

"科波菲尔少爷，"米考伯太太有一天晚上说，"我也不拿你当外人，所以爽快告诉你吧，米考伯先生就要大难临头了。"

我一听，心里十分难过，看了看米考伯太太那发红的眼睛，报以无限的同情。

"家里就剩点荷兰干酪了，但孩子多，不够吃的呀。"米考伯太太说，"除了这个，食品间没有任何东西了。唉！我过去和爸妈一起生活，说习惯了说食品间。我只想说，家里没有任何吃的了。"

"哎呀，"我极为关切地说着，连忙把口袋里的钱掏出来，恳求米考伯太太收下，并说算是我借给她的。可她亲了亲我，把我的钱硬塞回去，其实她并不是这个意思。

"不行，亲爱的科波菲尔少爷，"她说，"我可从没有过这样的想法。不过，虽然你年纪小，却很懂事。其实我是想让你在其他方面帮我点忙，如果你愿意，那就太感谢了。"

我赶紧让米考伯太太直说。

"我已经把一些餐具偷偷拿出去抵押了，"米考伯太太说，"现在，又有双胞胎这样的累赘，我实在没有办法。以前和爸妈在一起时，还有一点小东西可以抵押，但那是很痛苦的。米考伯先生绝对不愿去做这种事，而把这样秘密的事情托付给别人，我实在是很为难。科波菲尔少爷，你能不能帮我……"

这时，我才明白米考伯太太的意思，告诉她，只要她愿意，让我做什么都可以。当晚，我就帮她把家中几件较好的物品处理了，随后，几乎每天早上，在去摩德斯通—格林伯公司之前，我都要跑上一趟。

不过最后，米考伯先生还是大祸临头了。一天清早，他被抓了，关进了巴洛区的国王法院监狱。临走出家门时他对我说，白日之神对他来说已经陨落，我以为他的心都要碎了，感到非常难过，不过没到中午，就听说他已经在那里开心玩起九柱戏了。

米考伯先生被抓的第一个星期天，我要去看他，准备和他一起吃顿饭。快到的时候，我看见了一个看守，想起罗德里克·兰登夫在债务监狱的情形，我的眼睛模糊了，心怦怦地跳，觉得看守在我面前直晃悠。米考伯先生在大门里面等我，来到他的屋里，我们大哭了一通。随后，和米考伯先生同住的另一个债户，拿来一块羊肚儿，作为我们的午饭。这顿饭吃得颇有些吉卜赛味道，我们都很满意。探监回来，我就向米考伯太太汇报了一番，好让她放心。

就这样，我们在温莎的那所空荡荡的房子里，又过了很久。最后，米考伯先生在监狱里弄了一间房，他们就连床都搬进国外监狱了，而我则在监狱不远的地方租了一间小屋，这样就离他们很近，我认为这样，就和米考伯他们一家非常亲密，患难与共，难舍难分了。一想到米考伯先生的灾难，我觉得自己的小屋真是天堂。

在这段时间里，我依旧在摩德斯通—格林伯的仓库里，仍和开始时一样，干着普通的活儿，跟几个普通人做朋友，心里老是感到不该这样落魄，不该受这样的屈辱。在每天回家的路上，或是中午在街上溜达，我都会看到许多孩子，可是从没有结识过其中的任何一个人。我跟从前一样，过着苦恼的生活，依旧孑然一身，一切都在靠自己。仅有的一点变化，是我比以前更寒碜了。

米考伯先生的一些亲戚开始照顾他们，他们在监狱里的日子比以前强多了。我每天早上可以和他们一起吃早饭，去监狱之前，我喜欢到伦敦旧桥去溜达一会，坐在石墙上，看来往的行人，或是远望，看太阳在水面上闪光，仿佛是点燃了的金色火焰。米考伯先生根据亲戚的建议，按照破产债务人法申请破产，估计再过几个星期，就可以被释放了。

那些日子，我奔波在巴洛区和黑衣修士区之间，饭后在偏僻的街道上闲逛。后来，法院受理了米考伯先生的请愿书，根据破产债务人法，米考伯先生获释，命令一下，就可以出狱了。我们非常高兴，为他开了庆祝会，其乐融融。该睡觉的时候，大家都走了，我坐在楼梯旁的窗户前，米考伯先生拿了把椅子，和我坐在一起。

"米考伯太太怎么样了，先生？"

"很不好，"米考伯先生摇着头说，"她受不了。唉，这一天多可怕啊！现在就剩我们了，我们也什么都没了。"

米考伯先生紧紧地抓着我的手，叹着气，流起泪来。我很感动，也很失望，那个盼望已久的日子，本来该很愉快，我们应该高兴，但米考伯夫妇已经适应以前困难的日子，现在一下子从困难里解脱出来，就好像遇上沉船落了水，无所依托了。他们原有的适应能力已经消失了，今晚，他们看上去那么可怜，痛苦极了。

米考伯夫妇一家要去伦敦了，我只好和他们分开，要另找住处，和陌生人打交道，一想到这些我就无比痛苦。我和米考伯先生一家已经非常熟悉，和他们亲密无间，离开他们，我又无依无靠，心中泯灭的孤单和苦楚，再次涌上心头，我对这样的生活，实在无法忍受了。

第十章

出　逃

　　我很清楚，这样的生活是无法逃避的，除非自己逃跑。我很少收到摩德斯通姐弟的信，有时会有两三个包裹是昆宁先生收到后，转交给我的，里面装着新做或补过的衣服。每一次，包裹里都有一张字条，大意是：简·摩希望大·科认真，尽心工作，尽心尽责。丝毫看不出在他们眼里，我除了干简单的苦活以外，还能做什么别的事。

　　然而，这种苦活，我也不打算再干多久了。真的，我已经决心逃走，用一切办法去乡下，去见我在这世上唯一的亲人贝西小姐，要把我的遭遇讲给我的姨奶奶听。

　　我也不知道这不顾一切的念头是怎么钻进我脑袋的。但一钻进去，它就留了下来，形成一个信念，我一生再没有比这更坚定的信念了。我决不能说我相信它可望实现，但我已下了最大决心，要将它付诸行动。

可我连贝西小姐住哪儿也不知道，所以就给裴果提写了封长信，我借故说我听说有这么一位太太，住在某个什么地方（我随便编了个地名），所以我想知道是否确实。在那信里，我还告诉裴果提因特殊用途需要半个几尼，如果她能借给我，待我日后偿还，我将对她感激万分，我以后会把需要这钱的理由告诉她。

不久，我就收到了裴果提的回信，和往常一样充满了忠诚和爱心。她随信附上半个几尼，并告诉我贝西小姐住在多佛附近，不过她也不能肯定是住在多佛当地，还是在海斯，桑德盖特，或是福克斯通。在我去向工友询问这些地方时，竟说这些地方都在一起，我认为这些消息对我已够了，于是，决定本周末就动身。

我是个诚实的人，不愿离开摩德斯通—格林伯公司而留下一个坏名声，我决定做到星期六晚上再走，而且我刚来时预支了一星期薪水，所以到时不应该再去账房去领我的工资。为了这个缘故，我才借了半个几尼，这样我不至于无钱支付旅费了。到了星期六晚上，我们都在库房里领工钱，赶车的蒂普总爱抢先，他第一个进去领钱，我握住米克·沃克尔的手，请他领钱时告诉昆宁先生一声，我去蒂普家搬箱子。然后我对白煮土豆道声晚安，便跑走了。

我的箱子放在河对面的住处。在一张钉在桶上的地址卡上我写上了：大大大卫少爷，留在多佛马车票房，待领。我把这卡边放在口袋里，准备把箱子拿下来后拴到上面去。我一面朝住处走，一面四下张望，想找到一个帮我把箱子送到票房去的人。

一个腿很长的年轻人带着一辆很小的空驴车，站在方尖塔附近。我走过时，眼光和他的相遇，我要他把箱子运到多佛马车票房，运费是六便士。我们把箱子放到车上，那个年轻人忽然跳上车，坐在我的箱子上，加劲咕隆咕隆地飞奔起来。我拼命跟在后面追，可我喊不出声，也没胆量喊。我追了半英里路，其间至少有二十次，差点被车碾到轮子下。我一边喘，一边哭，但我并没停下脚步，就这样我朝着姨奶奶贝西小姐住的地方走去。

就在那个星期天，我在那条笔直的大路上走了二十三英里。暮色落下时，我来到罗切斯特桥，双脚疼痛，浑身无力，吃着路上买来的面包，这就是我的晚饭。我吃力地来到了查塔姆——那天晚上这地方看上去是模模糊糊一片白垩、吊桥、没有桅杆的船只，那些船有篷子，像诺亚方舟一样。我爬上一个长着草的炮台，台下有条小路，还有个哨兵在那里来回走动。我在一门炮附近躺下了，有哨兵的脚步声做伴，我感到高兴，不过他并不知道我躺在上面。我睡得很香，一觉睡到大天亮。

第二天清早，我浑身发僵，两脚疼痛。我觉察到要是保存力气走到终点，我那天就不能走太多的路，因此我决定当天的主要任务就是要把外套卖掉。于是，我脱下外套，适应下不穿上衣的滋味。就这样，我夹着那件衣裳，对各家估衣店进行了一番考察。最终，在一个老头那里换了四便士，吃了东西，恢复了精神，我又一拐一拐地赶了七英里的路。

晚上，我又找了一个草垛，靠边躺下，睡了一觉。我脚上起了泡，睡觉前，先在小河沟里洗了洗脚，又尽量用凉凉的树叶把脚裹起来。第二天清早我又上路的时候，发现沿路是连续不断的啤酒花种植场和果园。果园里一片红，几个地方，采酒花的工人已经在干活了。我觉着这一切太美了。

我终于在逃走的第六天，来到多佛附近那荒凉又辽阔丘陵地带，走进镇子，我先在船家中打听姨奶奶的消息，得到各式各样的回答。我又去向马车夫们打听，他们嘻嘻哈哈的，没有一点敬意。最后，我向店铺主人们打听，他们不喜欢我的样子，不等我开口就把我打发了。自打我逃出来以后，还从没有像现在这样痛苦，这样没着落。我已花完了所有的钱，也再无他物可卖；我又饿、又渴、又累、现在离我要达到的目的地好像和伦敦一样远。

我问来问去，一个上午就过去了。市场附近的街角有一家倒闭的店铺，我就坐在它门口的台阶上，正在考虑到另外一些地方去试试，忽见一个人赶车经过，一件衣服掉在我面前。我拣起来递给他时，看他那一脸的和气，我鼓起勇气，问他能否告诉我特洛乌德小姐住在什么地方？他用马鞭指着前面的小丘，告诉我要去的方向，并给了我一便士。

我接了钱，道了谢，买了块面包。我边吃边朝那位朋友指的方向走，走了好久，还没看到他说的那几栋房子。终于，我看到前面有些房子了，就走过去，来到一家小店，我进店后请人们告诉我特洛乌德小姐住在哪里。我是对柜台后的一个男子说这话的，当时他正在给一个年轻女子称米，可那女子把话接了过去，马上转过身来。

"找我主人？"她说，"你要找她有什么事，小家伙？"

"我有话对她说，"我答道，"麻烦你啦！"

"你是说求她帮忙？"那姑娘顶了我一句。

"不，"我说，"不是的。"可我马上想到，我来此地其实并非为别的目的呀，我很惶恐，说不出话来，我觉得我的脸发烫。

从她说的话我推断她是姨奶奶的佣人。她把米放进一个小篮，就走出了小店，一面对我说，如果要想知道特洛乌德小姐的住处，就跟她走吧。我跟着她，不久就来到一座很整洁的小房子前，那房子还有明亮亮的半圆形小窗户，房前有一个铺满石子的小四方院，里面种满了花，被精心照料，散发着芳香。

"这就是特洛乌德小姐的家，"那年轻女子说，"现在你知道，我只能说这么多了。"说着，她就匆匆往屋里走，好像要把是她带我来此地推个干干净净。我被留在花园门前站着，用忧郁的神情从门上方朝客厅的窗户看去，只见那细布窗帘半开半合，窗台上有一个圆形的绿色大屏风，也许是一把扇子，还有一张小桌和一把大椅子，这使我不禁想姨奶奶这会儿也许正神气地坐在那儿呢。

客厅窗一直寂静无声，过了一会儿，我断定她不在那里。于是，我抬头看看那上面的一扇窗，看见一个头发花白而神情和蔼的老先生，他怪怪地闭着一只眼向我点点头，又摇摇头，再笑笑，就走开了。

这位老先生的意外举动让我更加不知所措，我想走到一边，好好想想该怎么办。就在这时，从房子里走出一位女士，她帽子上系着一块手绢，手上戴着园艺手套，胸前挂着一个园子里用的大口袋，手拿一把挺大的刀。我马上就知道她是贝西小姐了，因为她昂首阔步走出来的神气，和我可怜的母亲常描述这位女士在布伦德斯通栖鸦楼的花园里的神气完全一样。

"走开！"贝西小姐一边说着，一边摇摇头，并向空中挥动那把刀做了个砍的动作，"快走开！这里不许男孩来！"

我战战兢兢地望着她，把心都提到嗓子眼了，看着她大步走到花园的一角，弯腰去挖什么东西的根时，我已没有了勇气，只好抱着豁出去的想法，于是我轻轻走过去，在她身边站下，用手指碰碰她。

"对不起，小姐。"我主动说。

她吃了一惊，抬头看我。

"对不起，姨奶奶。"

"嗯?"贝西小姐叫道，我还从没听过人们用这么吃惊的口气说话呢!

"对不起，姨奶奶。我是你的甥孙。"

"哦，天哪!"我姨奶奶说着，一下坐到了花园的小径上了。

"我是大卫·科波菲尔，从萨福克的布伦德斯通来。我出生的那晚，你去过那儿，见到了我亲爱的妈妈。她死后，我很不幸。他们不管我，什么也不教我，让我干活养活我自己，逼着我干我干不了的苦活。所以我跑到这里来找你。我刚出发就被人抢劫，只好一路走来，从动身后，我就没上床睡过觉。"说到这里，我一下子支持不住了，我的手动了一下，想让她看看我这破衣烂衫的样子，证明我确实受了不少罪，接着就放声大哭起来，这酸楚大概在我肚子里憋了整整一个礼拜了。

我姨奶奶脸上只剩下惊讶的表情，坐在碎石地上，瞪着大眼看我，见我哭起来，才站起来，抓着我的领子，把我拖到客厅里去。她做的第一件事是打开一个高厨的锁，从中取出几个瓶子，然后把每个瓶子里的东西都朝我嘴里倒一点。

她给我服用了这些滋补剂之后，见我仍旧哭个不停，就让我躺在沙发上，用披肩给我垫着头，用她自己头上的那块手绢给我垫着脚，以免我把沙发套弄脏。然后，她就坐在我前面说过的绿色大扇子或屏风后，这一来我就看不见她的脸了，只听她过一会就说一声"我的天哪！"，就像一分钟一响的求救信号炮似的。

过了一些时候，她摇铃了。"珍妮，"我姨奶奶对进来的女佣说道，"到楼上去，替我向迪克先生问好，告诉他，我有话对他说。"

见我直挺挺地躺在沙发上，珍妮有些吃惊，但她还是去执行命令了。姨奶奶背着手在客厅里走来走去，直到那从楼上窗子里对我眨眼的男人笑呵呵地走进来。

"迪克先生，"姨奶奶说，"别犯傻了，因为只要你精明，谁也精不过你。我们都知道这点。所以，无论怎样，你可别犯傻。"

这位先生一听，立刻严肃起来，朝我看看。我觉得他好像在恳求我不要提到刚才在窗口发生的事。

"迪克先生，"姨奶奶说道，"你听我说起过大卫·科波菲尔吗？好了，别装作不记得，因为你知道是怎么回事。"

"大卫·科波菲尔？"迪克先生说，看样子，我觉得他是不大记得了。

"大卫·科波菲尔？哦，对，是有一个，叫大卫。"

"那好，"姨奶奶说，"这就是他的孩子，他的儿子。要不是他挺像他的母亲，他就完全像他父亲了，要多像，有多像。"

"他的儿子？"迪克先生说，"大卫的儿子？千真万确？"

"是呀，"姨奶奶继续说道，"他干得还真不错呢，他逃出来的。迪克，现在你眼前的就是大卫·科波菲尔，我要问你，我拿他怎么办？"

"你拿他怎么办？"迪克先生怯怯地挠挠头发说，"哦！怎么办？"

"是啊，"我姨奶奶神色严肃地举着食指说，"说呀！给我出个好主意。"

"唉，如果我是你的话，"迪克先生一面有意无意地看着我，一面仔细想道，"我就……"他一说到我的事，好像灵机一动，想出一个主意来，就赶紧接着说，"我就给他洗澡！"

姨奶奶感到很高兴，却不露声色，让珍妮给我准备洗澡水。澡洗得很舒服，我开始感到因露宿野外而造成的四肢剧烈的疼痛，而且我现在累得要命，无精打采，要是让我支撑着不睡，我连五分钟都支撑不了。洗完澡，我还感到发晕、发困，过了一会，我就躺在沙发上，睡着了。醒来后，就开始吃晚饭，我一直很着急，希望知道她拿我怎么办，但她吃饭安安静静，一言不发，只是偶尔往对面看我一眼，说声

"我的天哪"，而这样一句丝毫不能消除我的疑虑。

桌布撤去后，摆上来的是种葡萄酒，我也喝了一杯那酒。姨奶奶又把迪克先生请来，让他听听我的经历，在姨奶奶一连串的问题下，我的故事全部讲出来了。迪克先生听的时候，尽量显得很有头脑的样子。在我回来时，姨奶奶老用眼睛盯着迪克先生，否则，他就睡着了。每逢他有一点笑意，姨奶奶眉头一皱，他就不笑了。

"迪克先生，"姨奶奶仍和先前一样严肃地举起食指说，"我要问你另一个问题，看着这孩子。"

"大卫的儿子？"迪克先生扬着脸认认真真又不知所措地说道。

"正是他，"姨奶奶答道，"现在你拿他怎么办呢？"

"拿大卫的儿子怎么办？"迪克先生说。

"是啊！"姨奶奶答道，"拿大卫的儿子怎么办？"

"哦！"迪克先生说，"是啊，拿……要是我，就会让他上床睡觉。"

"珍妮！"姨奶奶喊道，流露出自鸣得意的样子，和先前一样，"还是迪克先生主意好，我们就带他睡觉去。"

第十一章
决　定

第二天早晨，我下楼时，发现姨奶奶倚在餐桌上，胳臂肘就支在茶盘上，正在出神，连茶壶里的东西流了出来，浸湿了整块桌布，她也没觉察出来。直到我进来时，她才从沉思中清醒。我确信，她一定是在想我的事，因此更加焦急想知道她要如何处置我。可我又不敢露出焦急的样子，生怕会惹她生气。

"喂！"过了好久姨奶奶说道。

我抬起头，恭恭敬敬地迎接她敏锐明亮的目光，看着她。

"我已经给他写信了。"姨奶奶说。

"给谁？"

"给你继父，"姨奶奶说，"我已经给他寄了封信，告诉他认真对待，否则别怪我翻脸不认人！"

"他知道我在什么地方吗，姨奶奶？"我惊慌地问道。

"我已经告诉他了。"姨奶奶点点头说。

"你要……把我……交给他吗？"我结结巴巴地问道。

"我不知道，"姨奶奶说，"还要看情形呢。"

"啊！如果真要我回到摩德斯通先生那里，"我喊道，"我真不知道怎么办才好！"

"我现在还不知道该怎么办，"姨奶奶摇摇头说，"说实话，我不能说什么，要看情形呢。"

在收到摩德斯通先生回信之前那段时间里，我忧心忡忡，可我拼命克制，并尽可能做的所有事都让姨奶奶和迪克先生满意。终于，摩德斯通先生的回信到了，姨奶奶告诉我他第二天要亲自来和她谈，这使我大为吃惊。第二天，我裹着身怪模怪样的装束，坐在那里一分一秒地数着时间，有时情绪低落，有时恐惧上升，此起彼伏地冲突着，弄得我脸上一阵红，一阵白。我就这样坐在那儿，等着摩德斯通那张阴沉面孔，他人还未到，我就胆战心惊了。

姨奶奶比平时显得严厉，也容易被激怒一些，但我看不出她为接待客人做了什么准备。她坐在窗前干活时，我坐在一旁胡思乱想，把摩德斯通先生的造访会造成的一切后果，都想个遍。一直坐到下午很晚，午餐已被无限期推迟了，姨奶奶刚发话，准备开饭，她突然惊叫起来，说是驴子又来了。我一看，大吃一惊，只见摩德斯通小姐坐在偏鞍上，像故意似的，一直走过那片神圣不可侵犯的草地，停在房子前，向四周张望。

"滚开！"姨奶奶向窗外摇头挥拳道，"不许你到这儿来。你竟敢擅自闯进来！滚开！哦，你这不要脸的东西！"

摩德斯通小姐并没理会，继续冷静地向四周张望，这使我姨奶奶大为恼火，气得动弹不得，一时竟不能如平常那样冲出去了。

"我不管来人是谁！"姨奶奶还摇着头嚷道，依然站在圆形窗里，向窗外做绝不欢迎的手势，"我不容许人擅自闯进来。我不许这样。滚开！珍妮，把它牵走！"

摩德斯通先生站在驴子旁，想把它拉着往前走，摩德斯通小姐用阳伞打珍妮，一群看热闹的孩子使劲叫嚷着。我躲在姨奶奶的后面，看着整个混乱的场面。后来，摩德斯通小姐下了驴背，和她的兄弟站在台阶的下面，等着姨奶奶接见。因为这场混乱的战斗，姨奶奶怒气未消，十分庄重地从他们面前走过，没有理睬他们，就进了屋。后来珍妮为他们通报。

姨奶奶把我留在屋里，坐她身边一个角落，再用一把椅子在我前面拦住，好像这是一个监狱或法庭的被告席。在整个会谈过程中，我都待在那个位置上，从那里，我看到摩德斯通姐弟走进了屋子。

"哦！"姨奶奶说，"我开始还不知道我有幸和谁交手呢。可我不许任何人骑驴经过那片草地。谁也不能例外。我不许任何人那样做。"

"你的规定，对于生人来说有些不合适。"摩德斯通小姐说。

"是吗？"姨奶奶说。

德斯通先生似乎生怕又引起冲突，忙插嘴说："特洛乌德小姐！"

"请原谅，"我姨奶奶很尖锐地看了他一眼，说道，"你就是摩德斯通先生？娶了那住在布伦德斯通栖鸦楼，我已故外甥大卫·科波菲尔遗孀的那个？"

"是的。"摩德斯通先生说。

"请恕我冒昧，先生，"姨奶奶继续说道，"如果你不去招惹那可怜的孩子，那要好得多，也会少很多麻烦。"

"在这点上，我同意特洛乌德小姐所说的，"摩德斯通小姐说道，那样子很是神气，"我觉得我们那可怜的克拉拉在为人处事方面还是个孩子。"

"这正是你我感到欣慰之处，小姐，"姨奶奶说，"我们上了岁数，我们的相貌不再会为我们招惹来不幸，也没人会对我们说这类话了。"

说话间，姨奶奶让珍妮请迪克先生下楼来，并向摩德斯通姐弟做了介绍。

"这是迪克先生。我的一位老朋友，"姨奶奶口气加重了，这是暗中提示迪克先生，因为他正在咬指头，显得傻乎乎的样子，"我十分相信他。"

在这种暗示下，迪克先生把手指挪出了嘴，脸上挂上了一种严肃而认真的表情，站到这一伙人中间。姨奶奶把头侧向摩德斯通先生，听他说：

"特洛乌德小姐，一收到你的信，我认真考虑一下，认为亲自来答复，或许也更显得对你的尊敬……"

"谢谢，"姨奶奶用敏锐的目光看着他，"你不必在意我。"

"瞧他那样，"摩德斯通小姐插嘴道，就把大家注意力引到我这无法形容的装束上，"真太丢人现眼了。"

"简·摩德斯通"，他弟弟说，"请不要插嘴好不好！特洛乌德小姐，这倒霉的孩子，在我那亲爱的亡妻生前生后，都给家里引起了许多的麻烦和不安。他性格阴郁，有逆反心理，性格粗暴，脾气又倔又拗。我和姐姐都曾努力想改变他的毛病，却毫无成效。所以，我认为——我可以说，我们俩认为，因为我姐姐完全信任我——你应当听听我们认真公正地亲口说一说这孩子的情况才对。"

"我弟弟说的全是实话，根本不用什么证明。"摩德斯通小姐说，"不过，我请求再补充一句：我认为这孩子是世界上所有的孩子中最坏的一个。"

"太过分了！"姨奶奶说道。

"可事实上一点也不过分。"摩德斯通小姐说。

"哈哈！"姨奶奶说，"还有吗，先生？"

"关于对他的教育方法，"摩德斯通先生接着说，他和姨奶奶相互对视，脸色越来越阴沉，"我有自己的看法，一部分基于我对他的了解，一部分基于我对我自己收支情况。我对自己主张负责，我履行，我不再多说什么了。我曾把这孩子托付给一个朋友，给他找个体面的工作；但他不喜欢，就跑走了，成为乡下的无业游民，衣衫褴褛地到这儿向你诉冤。如果你信了他，要袒护他，我愿把我所知的一切后果和你说一说。"

"还是先说那体面的工作吧。"姨奶奶说，"如果他是你的孩子，我想，你也会送他去做吗？"

"如果他是我弟弟的亲生孩子，"摩德斯通小姐插进来道，"我相信，他的品性绝不是这样。"

"再假设，如果那可怜的孩子——也就是他的母亲——还活着，他也要去干那份体面的工作，是不是？"姨奶奶说道。

"我深信，"摩德斯通歪了歪头说，"凡是我和姐姐一致认为最好的事，克拉拉是不会有异议的。"

"唉！"姨奶奶说，"不幸的孩子！她的年金也没了吗？"

“没有了，”摩德斯通先生答道。

“那么那笔小小的财产——就是那座房子和那花园——也没她孩子的份吗？”

“那是她前夫无条件地留给她的。”摩德斯通先生开始说道，我姨奶奶则马上怀着极大的愤怒和不耐烦打断了他。

“天哪！你这个人，没必要这么对我说。无条件地留给她！大卫·科波菲尔当然是无条件地留给她。但她改嫁时，换而言之，她迈出那极不幸的一步去嫁给你时，”姨奶奶说，“说实话吧——就没人在那时替这个孩子说一句话吗？”

“我的亡妻很爱她的第二任丈夫，”摩德斯通先生说道，“毫无保留地信任他。”

“你的亡妻，先生，是一个阅历最浅，最痛苦，最不幸的孩子，”姨奶奶对他摇摇头说，“她就是那样的。现在，你还有什么要说呢？”

“不是这回事，特洛乌德小姐，”他答道，“我到这儿来要把大卫带回去，无条件地带回去。按照我认为最恰如其分的方法处置他，我来这里不是做任何应许，或对任何人做什么承诺。特洛乌德小姐，你可能对他的逃跑，对他的抱怨，心存袒护的想法。因为，我应该说，你的态度不像要和解，所以我认为你可能有那种想法。我应当请你注意：如果你袒护了他一次，你就得永远袒护他；如果你介入他和我之间，特洛乌德小姐，你就得永远介入，那我的门从此不再为他开；而你的门，我认为，自然得永远为他开着。"

姨奶奶很专注地听他讲这番话，挺直腰板坐在那里，双手叠放在膝盖上，严肃地听着他说。等他讲完，姨奶奶一动不动，只把眼睛转向摩德斯通小姐，然后才说道：

"小姐，你有什么要说的吗？"

"说真的，特洛乌德小姐，"摩德斯通小姐说道，"我能说的，我弟弟已全部说清楚了，我所知道的一切事实，他也都说得很明白了。我没什么别的要说，只是感谢你，你对我们那么客气，真的是太客气了。"摩德斯通小姐讽刺的话对我姨奶奶并没有影响。

"还是听听孩子怎么说吧？"姨奶奶说道，"你愿意走吗，大卫？"

我说不愿意，还恳求别让我走。我说摩德斯通先生和小姐从来就不喜欢我，也没对我好过。母亲爱我，但他们一直让她为我难过，我心里很明白这点，裴果提也知道。我说我受的罪大极了，无论是谁，知道我还是这么小的孩子，就不会想让我吃苦头。我乞求姨奶奶，看在我父亲的份上照顾我，保护我。

"迪克先生，"姨奶奶说，"我把这孩子怎么办呢？"

迪克先生想了想，犹豫片刻，忽然兴奋起来，面带喜色地答道："马上为他量身做衣。"

"迪克先生，"姨奶奶很得意地说，"握握手吧，你说的太在理，太难得了。请你和我一起做孩子的监护人吧。"

"为大卫的儿子做监护人，"迪克先生说，"我很高兴。"

"很好，"姨奶奶答道，"就这么定了。你知道吗，迪克先生，我一直在想，也许可以管他叫特洛乌德吧。"

"当然，当然。叫他特洛乌德，当然可以，"迪克先生说，"大卫的儿子叫特洛乌德。"

"你的意思是叫他特洛乌德·科波菲尔?"姨奶奶说。

"是的，是的。是这个意思。特洛乌德·科波菲尔。"迪克先生说，还显得有点不好意思。

这段时间里，摩德斯通先生一直站着，注视着我姨奶奶，两道浓眉皱得很紧，脸色煞白，像刚跑了一阵似的喘着气。

"再见，先生。"姨奶奶忽然对摩德斯通先生说，又转身对他姐姐说，"还有你，小姐，再见。要是再让我看见你骑着毛驴在我的草地上走，我非把你帽子打掉，在地上踩上几脚不可。"

姨奶奶出人意料地发泄这一通怒气，言辞那么激烈，摩德斯通小姐什么也没说，老老实实地挽上她弟弟的胳膊，气呼呼地走了。

就这样，我有了新名字，周围的一切也都是新的，我开始了新的生活。我从没想到我会有两个监护人：姨奶奶和迪克先生。

第十二章
学 习

　　迪克先生和我不久就成了最好的朋友。他结束了一天工作后，我俩常一块去放那只大风筝。我们的友情日益见深，他忠实的朋友也是我的姨奶奶，对我的喜爱也与日俱增。在短短几个星期里，她把叫我的特洛乌德缩略成特洛了。

　　"特洛，"一天夜晚，当她和迪克先生照平常那样下了十五子棋盘后，姨奶奶说道，"我们不应该把你的教育给忘了。"

　　她提到这事，让我听了好开心，因为这是唯一让我不安的事了。

　　"你愿意去坎特伯雷去上学吗?"姨奶奶问道。

　　我回答说我非常愿意，因为离她很近。

"好，"姨奶奶说道，"我们先去威克菲尔先生的家。"

"他办学校吗？"我问。

"不，特洛，"姨奶奶说道，"他有一个事务所。"第二天早上，姨奶奶亲自赶着小灰马，穿过多佛，腰板直直地，像是参加庆典的车把式。到了坎特伯雷，正好逢集，姨奶奶在车子、篮子、蔬菜和小贩的货摊之间，非常冷静地驾着那小灰马穿来穿去。

最后，我们来到一所古老的房子门前，这房子临街的一面很突出，也很干净。在低低的拱形门上，刻有花果环纹的老式铜门环，闪闪发亮。马车停在门前，我看到红头发的年轻人走了出来，他几乎没有眉毛，眼睛呈棕红色，瘦骨嶙峋，身上那套黑衣还看得过去，系了一条白围巾。

"威克菲尔先生在家吗，尤利亚·希普？"姨奶奶说道。

"威克菲儿先生在家，小姐，"尤利亚·希普说，"请进。"说着他用那长手指着一个房间。

我们下了车，走进一间临街的客厅，随后，房间另一头的门开了，走进一位老先生。

"贝西·特洛乌德小姐，"那位先生说，"请进。刚才正好有事，有失远迎，望请见谅。"

贝西小姐向他致谢，我们走进了他的房间。那房里有书，有文件，有白铁皮的箱子等等。

"嘿，特洛乌德小姐，"威克菲尔先生说道："是什么风把你吹来的？我希望不是什么恶风吧？"

"不是的，"姨奶奶答道，"我不是为了什么法律问题才来的。这是我的甥孙，我收养了他。我带他到这里，要送他进一个好学校，让好好受教育，也能受到很好的照顾。请告诉我：这样的学校在什么地方，情况如何，以及有关它的一切。"

"我们目前最好的学校，"威克菲尔先生沉吟道，"你的甥孙不能寄宿。"

"我想他可以寄宿在别处吧？"姨奶奶提出建议。

威克菲尔先生提议姨奶奶和他一起去看看学校，然后再做决定。等他们回来后，姨奶奶对学校感觉很好，但对那些住宿处却不满意。最后，姨奶奶接受威克菲尔先生的建议，让我暂住在他家，等有合适的住处再搬走。在姨奶奶走之前，我们见到了威克菲尔先生的小管家，他的女儿艾妮斯，她腰里挂着一个很小很小的篮子，里面放着钥匙。她看上去很稳重，正是这所古老的房子需要的管家。

姨奶奶对这样的安排十分满意。她对我说，一切都可以由威克菲尔先生为我安排，我不会感到有任何短缺不便，还对我进行了最慈祥的叮咛。

"特洛，"姨奶奶最后说，"要为你自己争气，为我争气，为迪克先生争气，愿上天保佑你！千万不要吝啬，千万不要虚伪，千万不要残忍，你要是能远离这三种罪恶，特洛，我会永远对你抱有希望。"

我用最诚恳的态度答应她，绝不辜负她的好意，也不会忘记她的教诲。

姨奶奶匆匆忙忙拥抱了我，就走出了那间房，并顺手带上了房门。一开始，我还感到惊讶，生怕自己又有什么地方惹她不快了。可我朝街上望去，看到她那样无精打采地上马车，头也不抬，看也不看，就驱车离去，这时，我才了解了她，才没有错怪她。

到了晚上五点，威克菲尔先生用晚餐时，我心情才好了起来，准备去吃饭。他只为我们俩准备了餐具，可是还没开饭前，艾妮斯就在起居室里等她父亲，陪他下楼去，并坐在他对面的桌旁。我怀疑离开女儿，他能不能吃下饭。

饭后，我们没坐在餐室而是回到起居室。在一个舒服的角落里，艾妮斯为她父亲摆上酒杯和一瓶红葡萄酒。我想，如果那酒是由别人摆的，他绝对喝不出那种滋味来。

他在那里坐了两个小时，喝了不少酒。艾妮斯则弹钢琴，做针线活，和父亲聊聊天，和我说说话。和我们在一起的大部分时间里，威克菲尔先生很快活，兴致很高，但有时当他的目光落在女儿身上，便陷入沉思，不再出声了。我猜她很快发现了这点，并总用提问或抚摸他一下，来提高他心绪。于是，他不再沉思，喝下更多的酒。

艾妮斯准备好了茶，并为大家斟上。喝过茶后，又像吃饭以后那么消磨时光，直到她去睡觉。那时，她的父亲拥抱她、吻她，等她离开后，他才吩咐在他的办公室里点上蜡烛。随后我也去睡了。

第二天早晨，吃过早饭后，我重新开始了学校生活。在威克菲尔先生陪伴下，我前往将要求学的地方。那是一座庄严肃穆的建筑，周围是个大院子，笼罩着一种庄重的学术气氛。威克菲尔先生把我介绍给我的新老师斯特朗博士。

斯特朗博士面带锈色，衣服没好好刷过，头发没好好梳过，齐膝短裤没用吊带吊起，黑色长绑腿也没好好扣上，两只鞋张着嘴像两个洞一样被扔在炉前地毯上。他那失去神采的眼睛，使我想起被遗忘了许多时候的一匹瞎眼老马。在离斯特朗博士不远处，坐着一个做针线活的女人，她长得很好看，又很年轻，斯特朗博士管她叫安妮。我想这女人该是博士的女儿，当我听到威克菲尔先生向她问候时，称她为斯特朗夫人，我不禁大吃一惊。

斯特朗博士一边和威克菲尔先生讲话，一边带我们往教室方向去。那是一个很漂亮的大厅，在学校建筑中最安静的一侧，外面正对着大约六个大石盆，可以看到一个幽静的花园。我们走进教室时，约有二十五个学生正在专心读书，他们起身向博士道早安，看到威克菲尔先生和我，就没坐下。

"各位年轻的先生，这是位新同学，"博士说道，"他叫特洛乌德·科波菲尔。"

一个名叫亚当斯的学生走下座位来欢迎我，他是班长。他系着白领带，看上去像个年轻的传教士，但他很热情和气。亚当斯带我来到我的座位上，还把我向其他教师作了介绍。他举止彬彬有礼，如果说有什么可以消除我紧张情绪的话，那就是他文雅的举止了。

不过，由于长期和同龄学生分开，加上这么久没有和任何同龄人为伴，我强烈地意识到，我的许多经历，他们根本不会知道。我的经历和我的年龄、外表全不相称，因此我觉得我以一个小学生的身份来到那里，简直是骗人。我过去所学的东西已经忘记干净，就被安排在学校最低的年级里。从头一天起，我就不停地想起以前的事，生怕他们看不起我。所以，只要新同学中有人向我接近，我便退缩。一放学，我就马上尽快离开，生怕不得已的应酬而露出马脚。

然而，威克菲尔先生那所古老的房子有一种神奇的力量，它使我夹着新课本敲门时，便觉得那惶恐渐渐变弱。等我到我那间悬空的古老房间里，沉沉的楼梯影子仿佛落到了我那些疑念和恐惧上，于是过去的一切变得模糊起来。我坐在那里认真读书，直到吃晚饭，我觉得自己还是有希望成为一个好学生的。

艾妮斯在起居室里等她父亲，有人把他拖住了，还在办公室。她用她那愉快的微笑迎接我，问我喜不喜欢那个学校。我告诉她说我会很喜欢它，可我一开始还觉得有点生疏。

"你从来没上过学吧，"我说，"是吧？"

"哦，上学！我每天都上。"

"啊，你是说在这儿，在你自己的家里上？"

"爸爸离不开我，不会让我去别的地方，"她笑着摇摇头说，"你知道的，他的管家就得待在家里。"

"我肯定，他非常爱你。"我说道。

她点点头，说了声"是的"，然后走到门口，听听他是否上来，好去楼梯上接他。他还没来，所以她又回来。

"我一生下来，妈妈就去世了，"她用她那平静的神态说，"我只是从楼下她的画像认识她的。我看到你昨天看那幅像，你想到过那是谁的吗？"

我说是的，因为那画像就很像她。

"爸爸也这么说，"艾妮斯很高兴地说道，"听！爸爸来了！"

她去接他时，和他手挽手进屋时，她那张充满朝气而平静的脸由于高兴而变得光彩。他亲切地问候我，并对我说在斯特朗博士指教下，我准会很快乐，因为博士是个非常文雅的人。

"也许有人——我倒没看到这样的人——滥用他的仁慈，"威克菲尔先生说道，"永远不要做那种事，特洛乌德。他是最不会怀疑他人的，这是优点也罢，是缺点也罢，无论事小事大，只要是和博士打交道，都应想到这点。"

我觉得，他是由于劳累或是对什么有些不满才说这番话，不过，我对这个问题并没有想下去，因为这时候说晚饭准备好了，我们就下楼去，照先前那样就座。

吃过饭以后，又上楼，一切都像头一天那样进行。在同一个角落里，艾妮斯又摆上酒瓶和酒杯，威克菲尔先生就坐下来饮酒，又喝了不少。艾妮斯弹琴给他听，坐在他身边，一面做针线活，一面谈话，又和我玩了会多米诺骨牌。按时准备好点心，该睡觉的时候，艾妮斯就去睡了。我向威克菲尔先生伸出手，也准备走了。可他拦住我，问道："特洛乌德，你喜欢和我们一起住呢，还是想去别的什么地方住？"

"和你们住在一起，"我立刻答道。

"真的？"

"如果你愿意，我就住下去！"

"嘿，孩子，我怕这里的生活枯燥得很呢。"他说道。

"我和艾妮斯一样，不觉得枯燥。先生，一点也不。"

"和艾妮斯一样，"他慢慢走到大壁炉前，然后靠在那儿说道，"和艾妮斯一样！"

那天晚上，他喝得两眼发红。"不知道，"他喃喃道，"艾妮斯是不是对我厌烦了。有一天，我会对她感到厌烦吗？不过那可不一样……非常不一样。"他陷入沉思，不说话了，我就静静地待在那里。

"枯燥的老房子，"他说道，"还有单调的生活，可我必须把她留在身边。如果想到我会死去，抛下我可爱的女儿，或者我那可爱的女儿死去，剩下我自己，如果这想法像鬼魂一样在我最高兴的时候来打扰我，那就只好沉溺于……"

沉溺于什么，他没说出来，只是慢慢踱到他先前坐过的地方，拿起空酒瓶，做了一个机械的倒酒动作，然后放下瓶，又踱回来。

"如果她在这儿的时候，我还感到痛苦，"他说道，"那她离开又会怎么样呢？不，不，不！我不能那样干。"

他在壁炉那儿靠着，沉思了很久，弄得我不知道是该冒着会打扰他的危险走开，还是静静待到他清醒。他终于清醒了，朝屋内周围看看，直到他的眼光与我的眼光相遇。

"在这里住下去吧，特洛，好吗？"他说道，又像平时一样了，好像回答我刚才说过的话一样。"我很喜欢那样，你是我们俩的伴。把你留在这儿太好了。对我好，对艾妮斯好，也许这对我们大家都好。"

"我可以肯定，这对我好，先生，"我说道，"我很高兴能留在这里。"

"好孩子！"威克菲尔先生和我握了握手，拍了拍我的肩膀，说道，"只要你喜欢，愿意在这里待多久，就待多久。"

第二天，我再去学校的时候，就不那么紧张了，第三天就好多了。就这样，我一点点地摆脱了不安，不到半个月，我在新伙伴中也很自在快活了。于是，我在游戏和学习方面都很用功，受到很多表扬。我对眼下的生活已经很熟悉，好像这种生活我已过了很久似的。

斯特朗博士的学校很出色，有一套健全的制度，凡事都依靠学生发挥他们的荣誉感和责任心，相信他们具有这样的品质。我们都觉得在维护学校的传统和尊严方面，自己也有一份责任，都自觉学习，想为学校争光。正课之余，我们有很多时间游戏，也享有很多自由，我们受到镇上的赞扬，很少发生因我们的仪表或行为方面有什么不光彩的事，而玷污了斯特朗博士及其学生的名声。

博士是全校的偶像，如果不是那样，校风肯定不会好，因为他是最善良的人，以诚待人，墙上的石盆若有心也会被他感动。看到博士和他那美貌年轻的太太在一起，是件令人愉快的事。我常看到他们在结有桃子的花园里散步。有时，我在书房或客厅里离他们更近一些看他们。我觉得她很关心博士，也很喜欢他。

斯特朗夫人的妈妈是我非常喜欢的人。她名叫马克勒姆太太，但我们学生都总叫她老将，因为她有帅才，善于指挥众多亲戚来讨伐博士。她个头不大，目光锐利，披挂起来时总戴一顶从不变样的帽子，帽上饰有一些假花，还有两只假蝴蝶，看上去像是飞落在花上的样子。一有机会她就要占博士家的便宜，数落博士的不是。斯特朗并不在意，总是坐在炉边柔软的扶手椅上，面带微笑，高声读那部永远编不完的词典手稿，他那年轻的妻子则仰着头看他，面庞俊秀，面色惨白，两眼出神，像一个梦游的人梦见可怕的东西，脸上充满了极为恐怖的神情。我记忆犹新，至今不解。

自从逃到多佛后，我曾给裴果提写了封信。在姨奶奶正式做我的监护人后，我又给她写了封长信，在信中把各种具体情况都告诉了她。当我被送到斯特朗博士的学校后，我给她又去了封信，告知我幸福的现状和前程。在最后这封信中，我附寄上半个几尼的金币，以偿还我以前向她借的钱。我这样使用迪克先生给我的钱，使我感到前所未有的快乐。

裴果提对我的信都一一答复，像公司职员一般迅速，只是不如公文信那么简明扼要。对于我长途跋涉这件事，她写了满满的四页纸，都用不连贯的感叹句开头，还让她意犹未尽。这些句子不但有些地方墨迹模糊不清，还没有结尾。不过那些墨迹模糊处比任何最好的文章都叫我感动，因为它们告诉我，裴果提在写信时曾哭个不停。我还能有什么别的要求呢？

我没怎么费劲就看出来了，裴果提对姨奶奶一时还没有什么好的印象。由于心存了那么久的反感，现在要改变，时间太短了。不过，她在信中说，我们无法真正了解一个人，贝西小姐的做法与原来大家想的完全不同，现在想来真是个教训！她显然怕见贝西小姐，只是怯生生地向她表示敬意。

她也显然怕我，生怕我不久又会再次出逃，因为她反复暗示她为我随时准备着去亚茅斯的车费。

她告诉我一件令我十分难过的消息，那就是我原来的家，家具卖了，摩德斯通先生和姐姐都走了，房子被锁起来等待出售或出租。

裴果提的信中没说到别的消息。她说巴吉斯先生是个很好的丈夫，只是仍然有点小气，可是人人都有缺点，她也有不少。巴吉斯先生也随信向我问好，我的小卧室一直为我准备着。裴果提先生很好，哈姆也很好，古米治太太身体不太好，小艾米丽不愿随信附上问候，但说如果裴果提愿意可以代替她向我问好。

所有的这些消息，我都告诉了姨奶奶，只是没提小艾米丽，因为我出于直觉，姨奶奶不会喜欢小艾米丽。我在斯特朗博士的学校还没待很多日子，姨奶奶就来看了我几次，每次都是出乎意料的时候到来，我想是为了出其不意来了解我的情况。由于看到我很努力，品行也好，又从各方面听说我在学校里进步很快，过了没多久，也就不再来看我了。而我每过三或四个星期，在星期六回多佛享受一番，这时候就见到姨奶奶了。迪克先生每两个星期来一次，星期三中午，他乘驿站的车来到这里，一直待到第二天早上。

这样的星期三总是迪克先生生活中最快活的日子，也带给我很多快乐。没多久，学校的学生人人都认识了他，他除了放风筝外，没参加过任何其他的游戏，但对我们的各项体育运动都极感兴趣。多少次，我曾看到他全身心投入到打石弹或抽陀螺的比赛上，满脸露出说不出的兴致，紧急关头时他甚至气都透不过来！多少次，在玩群狗逐兔游戏时，我曾见他在一个小坡上为全场的人呐喊鼓劲，把帽子举在一头白发的脑袋上使劲挥舞。

迪克先生受到大家欢迎，没过多久，他的名声就不只是在我们学生中流传了。他来过几次后，斯特朗博士亲自向我问了一些有关他的事，我就把我从姨奶奶那里知道的全说了。听了我的话，博士是那么感兴趣，他竟请求迪克先生下次来访时，我能向迪克先生介绍他。我为他们作了介绍。博士对迪克先生说，他要是到车站找不到我，就到学校里来，一边歇息，一边等我们上完上午的课。没过多久，这就成了习惯，迪克先生径直来到学校，如果我们下课较迟他就在院子里散步，等着我。于是，他变得越来越熟悉，会走进教室等我了。他总坐在角落的那条凳子上，于是，那条凳子就以他名字命名"迪克"了。他坐在那儿，满头白头发，不论上什么课，他都伸着脑袋认真听，他对他没法获得的知识，深怀敬意。

由于迪克先生常和我去威克菲尔先生家，过了不久，艾妮斯也成了迪克先生的朋友。我和他的友谊更是与日俱增，这友谊建立在奇特的基础上——迪克先生以我的监护人身份照顾我，却又事无巨细都找我商量，采纳我的意见。他不仅对我天生的聪明十分敬佩，还认为我从姨奶奶那儿也获得不少遗传。

我的学校岁月啊！我的生活从幼年时代悄悄地滑进了青年时代！这是我生活中不知不觉的演变。昔日河水流过的地方，现在已是干涸的河道，杂草丛生。那泥土的气息，那阴沉的氛围，那与世隔绝的感觉，那黑白两色的拱形侧楼和侧厅里回荡的风琴声，像翅膀一样带我飞回过去的时光，让我在半睡半醒的梦中翱翔。

我不再是学校中最差的一个学生了。几个月里，我就超过了好几个人。但是那个考第一名的，在我心中，是个了不起的人物，高不可攀。艾妮斯却认为就连我这么一个前途无望的人，到时候也能达到他的境地。就这样在艾妮斯的鼓励下，我升级了，生活过得很平静，无人打扰。

不知不觉，岁月流逝，班长不再是亚当斯了，他也好久不当班长了。亚当斯离开学校那么久，以至于他回来看望斯特朗博士时，除了我以外，已没几个人认识他了。亚当斯马上就要当律师，为人辩护，还要带假发呢。我发现，他比我想象中更加谦谦有礼，外表也不那么招摇，这一点叫我很惊奇。

而我现在当了班长。我往下看那一排学生，对一部分学生总会有一种关心爱护的感觉，因为他们使我想起我刚来时候的模样。当初坐在那里的小不点好像根本就不是我，我回忆起他时，就好像是生活道路上遗落在后面的什么东西，我从他旁边经过时，并不觉得那是我自己，我想到他，觉得好像是别人。这就是我进入十七岁年华的些许痕迹。

第十三章

选　择

　　我的学校生活即将结束，我该离开斯特朗博士的学校了，当时我心中不知是喜还是悲。我在那儿生活得很快乐，对斯特朗博士有了依恋之情，在那个小小世界里我地位显赫。因为留恋这一切，离开使我悲伤。

　　但我又是愿意走的，朦胧地意识到要成为一个能独立处理自己事务的年轻人，朦胧意识到独立处理自己事务的年轻人享有的重要地位，朦胧意识到风华正茂的人能看多么美好的东西，能做多么美好的事情，也朦胧意识到他必然会对社会产生的美好的效果，这一切又吸引我早日离去。这些想象的情况，在我那年少的头脑里形成了一股强大的力量。现在看来，我当时离开时似乎毫无惋惜之情。我的生活就如一部

100

长篇童话，我现在就要开始从头读起来了。

对于我的职业，姨奶奶和我已进行过多次认真的讨论。她常常提出这样一个问题："你要成为一个什么样的人？"我考虑了很久，想找到一个满意的答案。可是，我对任何事都没有特别的兴趣。我突然想到，如果有航海知识，率领船队高速远航，绕着地球探险，再胜利归来，这倒也许是最适合我去干的一项工作，但奇迹没有出现。因此，我的愿望是从事某一种职业，既不必依靠姨奶奶的资助，我又能完成任务，无论干什么，我都愿意。

"特洛，你听我说，亲爱的，"在我离开学校的那个圣诞节期间，有一天早上，姨奶奶说，"既然这个棘手的问题还没解决，我们应当尽量避免在做决定时犯错误，我想我们还是暂缓一下为好。而且，你应该努力从新的角度来考虑这问题，别太学生气了。"

"我一定这样做，姨奶奶。"

"我有一个想法，"姨奶奶继续说道，"稍微换下环境，看看外面的生活，也许有助于你理清思路，更冷静地作出判断。比如，现在你去进行一次小小旅行。比如，你再到过去待过的地方，去看望那个——那个穷乡僻壤的、名字特别难听的女人。"姨奶奶说着，揉了揉鼻子，因为她始终不能真正原谅裴果提，嫌她起了那么一个怪名字。

"这主意再好不过了，姨奶奶，我真喜欢！"

“好哇，”姨奶奶说，“真是太好了，我也喜欢这个主意。你愿意这样做，既顺其自然，又合乎情理。我非常相信，不管你做什么，特洛，都应该是顺其自然的，又合乎情理的。”

“但愿如此，姨奶奶。”

“不过，特洛，我希望你——”姨奶奶继续说，“我指的不是身体素质，而是精神面貌；你的身体素质是很好的——我希望你成为一个坚强的人。一个善良的坚强的人，有独立的意志，有自己的决心。”姨奶奶一边握着拳，一边摇着那顶帽子说，“要坚决，有个性，特洛——有个性的力量，除非有正当的理由，否则决不受任何事任何人的影响。我希望你成为这样的人。你的父母本来都有可能成为这样的人，上帝知道的，真要那样，他们也会生活得好一点。”

我表示希望成为她所说的那样的人。

“那么，为了让你从小处着手，开始依靠自己，独立行事，”姨奶奶说，“我要你独自去旅行。我也曾一度想让迪克先生与你同行，但思忖之后，决定要他留下来照顾我。”

迪克先生有那么一会儿露出了失望的样子，但照顾一个世上最奇妙的女人是光荣而体面的工作，这又使他脸上重现阳光。

按照姨奶奶的好心的计划，很快就给我准备好了行装，一个鼓鼓的钱袋，再加上一个提包，我就被亲亲热热送上了路。分别时，姨奶奶对我再三叮咛，亲了又亲，还说她的意图是让我出去看看，用心想想。因此她建议，我如果愿意，去萨福克的时候，或是从那里回来，不妨在伦敦住上几天。一句话，今后的三个星期，或一个月里，我可以自由行动。除了要我多看看，用心想想，还要保证每星期写三封信，如实向她汇报详细情况，此外，再没什么条规来约束我了。

我先到了坎特伯雷，为了向艾妮斯和威克菲尔德先生告别，也向斯特朗博士告别。艾妮斯见到我很高兴，她告诉我自从我离开后，那个家已变了样。

"我想，当我离开这里后，我自己也变了样。"我说，"我离开你，就觉得我失去了左右手。不过，这话还不确切，因为我的左右手没头脑，也没心灵。凡是认识你的人，都找你商量，听你的教导，艾妮斯。"

"我觉得，认识我的人都把我惯坏了。"她笑着回答道。

"不能这么说。那是因为你和别人不一样。你那么善良，脾气又好，天性温顺，你看问题又一看一个准儿。"

"看你说的！"艾妮斯一边做针线活，一边愉快地笑着说，"好像我就是那位拉金斯小姐了。"

"你看，听了人家的心里话，拿来开玩笑，这可不对呀，"我脸红了起来，说道，"不过以后我有心里话，还是要对你说，艾妮斯，这我永远不会改变。我要是遇到困难，或是恋爱了，只要你愿意听，我一定告诉你——即便是我认真地恋爱，也会这样。"

"哎呀，你可一向都是认真的呀！"艾妮斯又笑着说。

"哦！那是小的时候，还是个学生嘛，"我也有点害羞地说道，"时代不同了，我相信，总有一天，我也会认真得令人可怕。我奇怪的是，艾妮斯，你怎么到现在还不认真呢？"

艾妮斯边笑边摇头。

"哦！我知道你还没有！"我说道，"否则，你就会告诉我了，至少也会让我能察觉到了。可是在我所认识的人里，没有一个有资格爱你呀，艾妮斯，一定要有比我在这里见过的人更高尚，各方面更合适的人出现，我才能同意。从今以后，我要好好盯着那些追求你的人，谁要是成功了，我向你保证，我对他的要求是很高的。"

我的话还没说完，她把手在我嘴唇前面轻轻一晃，马上就到房门口迎接她父亲，把头倚在他肩上。他们都朝我看时，我觉得她脸上的表情动人极了。她美丽的容貌中充满了对他深深的爱，充满了回报他的疼爱与关怀的感激之情。

我们安排好了，要到博士家喝茶。按照习惯的时间，我们到了他家，在书房的壁炉前见到博士和他年轻妻子，还有他的岳母。博士对我的离校看得很重，好像我这一去就像去遥远的中国一样。他把我当贵宾接待，他吩咐在火炉里放块大木头，好让他看看昔日的学生在炉火照耀下满面红光。

"特洛乌德走后，我不打算再收很多新生了，威克菲尔，"博士搓着手说，"我越来越懒得动了，想过安逸些。再过六个月，我就要把那些年轻人打发走，过一种较为平静的生活。"

"这话你已经说了十年了，博士。"威克菲尔先生答道。

博士很喜欢音乐。艾妮斯唱起歌来，歌声优美，富有表现力，斯特朗夫人也这样。她俩一起唱，一起表演二重奏，这一来，我们就举行了一个很精彩的小型音乐会。

那晚，我离开博士家时，觉得他家似乎被乌云笼罩。我一方面对他那灰白的头发起敬，另一方面为他信任那些算计他的人对他同情，也对那些伤害他的人感到愤怒。想到那古老庄重、叶面宽阔的龙舌兰，已沉默不语上百年，那修剪平整的草地，那墙头上的石盆饰物，那博士散步的小路，那缭绕在上空的教堂钟声，我不再对这一切感到有什么乐趣了。仿佛我儿童时代那宁静的环境当着我的面毁掉了，它平和的气氛和光辉的声誉也随风而逝。

第二天早上，我该向那所老房子告别了，那里到处都有艾妮斯影子，我顾不上想别的了，所想的只是离别。不久以后，我肯定还会回来的，也许还可住在以前的那间小屋，而且是常来住住，但是这里生活的日子已经一去不复返了，昔日的时光已成过去。我把放在那里的书和衣物整理一下，准备寄回多佛，心情非常沉重。当我离开艾妮斯和她父亲时，不动感情，显出男子汉的气概，才得以脱身，上了马车，坐在车夫旁边，奔向伦敦。

走出坎特伯雷后，我坐高处，前面四匹马拉车，想到我已受过很好的教育，穿着体面的衣裳，口袋里装着很多钱，看到我曾经长途跋涉的地方，沿途每一个景物，不禁浮想联翩。到了查塔姆，马车驶过狭窄的街道，看到我曾经卖衣服的那条街，我感慨万千。我们终于来到离伦敦还不到一站路了，路过萨伦学堂，想起克里克尔先生在那里严酷地责打学生，这时候，我宁愿放弃一切，只要法律允许，就下车去揍他一顿，然后把所有的学生像释放笼中麻雀一样，通通放掉。

我们来到查令十字架旁的金十字旅馆，这是当时熙熙攘攘市区中的一家旧旅馆。侍者把我引到餐厅，然后，一个女仆把我带到一间小客房里。吃过午饭，我兴致来了，我决定去看戏。整个演出是神秘与现实的交织，加上诗意、灯光、音乐、观众，那五光十色的布景快速而惊人的变换，都使我心醉神迷，给我带来无限的欢乐。午夜十二点，我离开剧院，走到落着雨的大街上时，觉得有如在幻境里生活很多年，现在来到世间，充满喧嚣，火把通明，雨伞碰撞，马车挤撞，木屐嘎响，污水四溅，一片龌龊，叫人忧伤。

我一边想着戏里的情景，一边想着过去的事，觉得就像是在看一出背面投光的皮影戏，看到我童年的生活情景。不知道什么时候有一个年轻人出现在我面前，他面貌俊秀，衣着考究而潇洒。我揉揉眼睛，仔细一看，他没认出我，我可一下子认出了他。于是，我马上走上前去，怀着激动的心情对他说：

"斯蒂福！怎么不跟我说话呀？"

他看看我——他过去有时候就是这样看人——但我从他表情上可以看出，他没认出我来。

"你大概不记得我了吧。"我说道。

"我的上帝！"他突然喊道，"这不是小科波菲尔吗！"

我握住他的双手，紧紧地攥着不放。要不是不好意思，怕惹他不高兴，我非搂住他脖子大哭一场不可。

"我从来、从来、从来都没这么高兴过！我亲爱的斯蒂福，见到你，我真是高兴极了！"

"见到你，我也很高兴呢！"他亲热地握住我双手说，"喂，科波菲尔老弟呀，别太激动嘛！"不过，我觉得他看到我那么欢喜，那么动感情，也是很高兴的。

我虽努力克制自己，但还是止不住掉眼泪。我抹掉眼泪，尴尬地笑了笑，然后我们并肩坐下。

"嘿，你怎么来到这儿的？"斯蒂福拍拍我肩头问。

"我是今天从坎特伯雷坐车来的。我有个姨奶奶，住在那里，她收养了我。我刚在那儿接受了教育。你怎么来这儿的呢，斯蒂福？"

"唉，他们管我叫牛津人，"他答道，"换句话说，我过了一阵子就感觉那里闷死人。现在我是去看我母亲。你真是个可爱的伙计，科波菲尔。现在，我看着你，你还是老样子！一点也没变！"

"我一下就认出了你，"我说，"不过你的样子是比较容易让人记住的。"

他笑着用手抓了抓自己那卷曲的头发，兴奋地说："说真的，我这次来是为了尽尽孝道。我母亲住在离市区不远处，可是路很糟，我们的家也很无聊，所以我今晚就在这里过夜，不往前赶了。我到这里还不到六个小时，都花在剧院里打瞌睡和发牢骚上了。"

"我也看了戏，"我说道，"是在科文特加登剧院。演得真精彩，真好看，斯蒂福！"

斯蒂福捧腹大笑，拍了拍我的肩膀，还邀请我明天早上十点钟和他一起用早餐。我接受这一邀请，感到既荣幸，又快乐。晚上，我就怀着愉快的心情入睡了，我梦见了古罗马、斯蒂福和友谊。

早上八点时，女侍者敲我的房门，告诉我刮脸水已经准备好了，就放在门外。因为还没有刮脸的必要，我感到很痛苦，躺在床上，脸发烫。我怀疑，她在告诉我时候，自己就在笑。我穿衣服的时候，这个想法一直困扰着我。我下去吃早餐时，在楼梯上从她身边经过，我竟有种负疚的感觉。的确，我非常敏锐地感受到，我在渴望自己不这么年轻。

我下了楼，发现斯蒂福不是在餐厅，而是在一间舒适的专用套间里等我，屋里挂着红窗帘，铺着土耳其地毯，火炉烧得旺旺的，铺了干净桌布的桌上摆有精美的早餐，还是热腾腾的呢，餐具柜上的小圆镜把房间、火炉、早餐、斯蒂福和其他一切映照在其中。一开始，我还有些拘谨，因为斯蒂福那么冷静、高雅、自信，但他很亲切地照顾我，我很快就不再拘束，觉得非常舒服。

我们开始聊天，他还是那样地关心我，我高兴得不得了，就把姨奶奶怎么样叫我出去走走，我正要做这件事，以及想去哪里，都和他说了。

"这么说，你并不急于赶路，"斯蒂福说，"那就和我一起去海格特吧，在我家住一两天。你一定会喜欢我母亲，她就我一个儿子，她喜欢夸我，也喜欢谈论我，不过你不必介意，她也一定会喜欢你的。"

"我希望一切如你说的那样，那我就去看看吧。"我微笑着答道。

"哦！"斯蒂福说，"但凡喜欢我的人，她都会喜欢，这是绝对的。"

"这么说来，我相信我会受到她的喜爱了。"我说道。

"好！"斯蒂福说道，"来证明吧。我们要先花一两个钟头去城里看看风景，带你这么一个年轻的朋友去观光，真是太好了，科波菲尔！然后我们坐马车去海格特。"

我给姨奶奶写信，告诉她我有幸碰到了我喜欢的老同学，还告诉她我接受了他的邀请。然后，我们坐着出租马车在外面闲逛，看了一幅全景画，还有其他一些风景，又到博物馆中走了一遭。在博物馆中，我发现斯蒂福对什么都知道得很多，但他并不觉得有什么了不起。

"你要在大学里，一定能得到很高的学位，斯蒂福，"我说道，"如果你还没得到的话，以后一定能拿到手，他们应以你为荣。"

"我得到一个学位！"斯蒂福叫道，"我可不行！我亲爱的雏菊——我叫你雏菊，你不介意吧？"

"一点也不！"我说。

"你真是个好人！我亲爱的雏菊，"斯蒂福笑着说道，"我没那样出人头地的欲望，也没那打算。为了达到自己的目的，我已经做得够多了。像我现在这样子，可以说是够好的了。"

"但是名誉……"我正想说下去说。

"你这可笑的雏菊！"斯蒂福说，比先前笑得更厉害了，"我为什么要给自己找麻烦，就为那些蠢家伙在我面前目瞪口呆，伸出大拇指吗？让他们那样去对待别人吧。名誉是为那些家伙准备的，他们去出名好了。"

观光以后就吃饭。短短的冬日一下就过去了。当马车把我们载到海格特山顶一所古老的砖房前时，暮色已降临了。我们下车时，一个老太太站在门前，年纪不算大，举止端庄，气质高雅，她跟斯蒂福打招呼，叫他"我最亲爱的詹姆斯"，顺手把他搂在怀里。斯蒂福把我介绍这位太太，说这是他母亲。她郑重地向我表示了欢迎。

这是一幢老式住宅，有世家风范，非常清静，而且井井有条。屋里有些结实的家具，镶了框架的手工，还有一些蜡笔肖像画。从我的卧室窗口可把伦敦尽收眼底，那城市就像一团气雾一样悬浮在远处，从那团气雾里透出点点闪烁的灯火。

餐厅中还有个女人，个头不高，肤色很黑，看上去并不可爱，但仍显俊俏。她头发黝黑，眼神锐利，人很瘦，嘴唇上有道疤。斯蒂福为我做了介绍，称她达特尔小姐，而斯蒂福和他母亲都管她叫罗莎。她就住在这儿，是斯蒂福夫人的女伴。我感到她从不有话直说，而是一个劲暗示。她对每个问题都发表自己的看法，别人说了什么话，她不同意，要加以反驳，她总是拐转弯抹角地说话。

斯蒂福夫人向我谈及去萨福克的想法，我信口便说如果斯蒂福能和我去那儿，我会多么高兴。我对斯蒂福解释道，我是去看望我的老保姆，还看望裴果提先生一家，我顺便又提醒他，就是在学校时见过的那个船夫。

"哦！那个痛快爽直的家伙！"斯蒂福说道，"他有个儿子，是不是？"

"不，那是他的侄儿，可他把他认作儿子了，"我答道，

"他还有一个很好看的外甥女，他把她认作女儿。总之，在他的家里，人人都受到他的关怀和慷慨的帮助。你见到这家人，一定会非常高兴的。"

"是吗？"斯蒂福说，"嗯，我想我会的。我一定要去看看能为他们做些什么。去看看这种人怎样生活在一起，走一趟是值得的，且不说和雏菊你一起旅行也是快乐的。"

由于有了新希望而快乐，我的心也跳起来了。斯蒂福在炉前对我说，和我到乡下去这件事，他要认真考虑。不用急，一星期后去就行。他的母亲热情待客，也这么说。

我看见斯蒂福太太时刻想着儿子，一点也不觉得奇怪。除了儿子之外，她什么也不想，什么也不谈。她给我看一个小金盒，里面装着斯蒂福婴儿时的照片，盒子里还放了些他的胎发。她还给我看了他一张照片，是我最初认识他时候的样子。他现在的照片则被她挂在胸前。所有他写的信，她都收在一个小柜子里，就搁在炉边她的专用椅的地方。她本要将其中一些读给我听，我也乐意听，被斯蒂福拦住了，她只好作罢。

不久后，达特尔小姐睡觉去了，斯蒂福夫人也去歇息。我和斯蒂福又在炉旁多待了半个钟头，谈起特拉德，还有当年萨伦学堂的其他人，这才一起上楼。我住在斯蒂福房间的隔壁，屋里的火炉烧得正旺，窗前的帘子和床四周的幔帐都已拉下，整个屋子显得温暖而舒适。

斯蒂福家里有个仆人，我听说，他是斯蒂福在大学里雇的，经常跟着斯蒂福。他少言寡语，脚步轻巧，态度沉静，驯服顺从，无微不至，善于察言观色。我敢说，处于他那种地位的人，从没有看上去比他更体面的了。他叫什么名字，谁也不知道，只知道他姓黎提摩，这姓是无可挑剔的。

早晨，我起床之前，黎提摩就进了我卧室，给我送讨厌的刮脸水，把我的衣服放好。我拉起床帷朝他看，只见他体面地有条不紊地在那里干活，全不受一月份刺骨寒风的影响，连呼吸都不见白雾。我向他道早安，并问他几点钟了。他从口袋里掏出一只打猎用的怀表，我从没见过的那么体面的表，用拇指挡着，以免开得太大，他往里面看了看表盘，就像看一只问卜的牡蛎，然后把表合上，对我说："回先生的话，现在八点半。"

"斯蒂福先生很想知道你睡得好不好，先生。"

"谢谢你，"我说道，"休息得很好。斯蒂福先生好吗？"

"谢谢你，先生，斯蒂福先生也还好。"这是他的另一特点，不用很重的字眼，永远是冷静的温和词语。

"我能荣幸为你做什么吗，先生？预备铃是在九点响，九点半用早餐。"

"没有了，谢谢你。"

"该我谢你呢，先生。"他走过床边，头略略一低，以示对刚才纠正我话的歉意，然后走出去，悄悄把门关上，仿佛我刚刚睡熟，而这一觉对我性命攸关。

　　每天早上，我们都这么对话，一字不多，也一字不少。无论头天晚上我得到斯蒂福的友谊，受到斯蒂福夫人的信任，或与达特尔小姐交谈等，我成熟了很多，只要这最体面的人到我跟前，我就必然像我们那些名气不大的诗人所说，"又变成了一个小孩。"

　　一个星期非常愉快地过去了。那个星期使我得以进一步了解斯蒂福，也使我能在无数事情上称赞他。那个星期结束时，我觉得好像已和他共处了远不止一个星期。我相信，我比其他任何朋友更贴近他的心，我自己的心也由于敬慕他而温暖起来。

第十四章
旅　行

　　后来，斯蒂福还是决定和我一起去乡下，转眼就到出发的日子。开始，他还拿不定主意是否带黎提摩去，后来决定让黎提摩留在家里。这个体面的家伙，怎么安排他都行。我们向斯蒂福太太和达特尔小姐告别。我说了很多感谢的话，那关怀备至的母亲则说了很多关心的话。我最后看到黎提摩那深沉的目光，从他的眼神里，我想象那是认为我太年轻。

　　我们乘邮车去那里，经过黑暗的街道往旅店去的时候，斯蒂福说这地方像是一个美好、奇异、清静的洞，我一听就很高兴。我们一到就睡，第二天早晨很迟才吃早餐。斯蒂福兴致很高，在我起床前就去海滨散过步了。据他说，他已结识了当地半数的船夫。此外，他看到远处一所房子，烟囱正冒着烟，他断定是裴果提先生住处的地方。他告诉我，他很想闯进去，冒充是我，只是已经长大，他们认不出我罢了。

"你准备什么时候把我介绍给他们呀，雏菊?"他说道，"我一切服从你安排呢。按你的意思办吧!"

"嘿，我正在想，今天晚上，他们都向炉而坐时，斯蒂福，应该是个好机会。我希望你能看到一个温暖的家，那是个美妙的地方。"

"就这样办吧!"斯蒂福答道，"今天晚上吧。"

"我事先没让他们知道我们在这里，"我很高兴地说道，"你知道，我们一定会让他们感到意外。"

"哦，当然! 如果我们不出乎他们意外地出现，"斯蒂福说，"那就没什么乐趣了。让我们看看乡下的土样吧。"

"虽然他们的确是你说的那种人，咱也得看。"我跟着说。

"哈哈! 你现在要干什么? 我猜，你要去看你的保姆吧?"

"啊，是的，"我说道，"我得先去看看裴果提呢。"

"好吧，"斯蒂福看看他的表说道，"如果把你送去，交给她守着你哭两个小时，这时间够不够?"

我笑着回答说，我想那时间够我们哭的了，不过他也应当去，因为他会发现他人没到时名气已到了，他几乎和我一样举足轻重。

"你希望我去什么地方，我就去什么地方，"斯蒂福说道，"你希望我做什么，我就做什么。告诉我怎么去，两个小时后，我就按你的意思出现，不管是哀伤的还是滑稽的，都行。"

我把巴古斯先生的详细住址告诉他，好让他能找到。然后我就一个人先走了。外面空气很清新，地面干燥，海面有微波但平静，太阳并不热，但格外亮，一切都朝气蓬勃，充满生机。因心情欢畅，我也那么朝气蓬勃，充满生机，我竟想拦住街上行人，和他们一一握手才好呢。街道上的一切，我都没有忘记，也没看出有什么变化，只是显得窄了，也许是长大了再回去看，总是显得很窄的。

路过奥默先生的商店，我进去和他打招呼，知道小艾米丽在那里做学徒。隔着窗口玻璃，我看到她正在跟明尼的孩子玩耍，容光焕发的脸上有种任性的样子，还隐约能看到昔日羞涩的表情，更加漂亮了。我不好意思现在就见她，怕弄得她尴尬，同样也怕自己尴尬。就这样，我告别了奥默先生，向我亲爱的老裴果提家走去。

裴果提正在镶着瓷砖瓦的厨房里做饭。我刚敲下门，她就来开门，问我有何贵干。我笑眯眯地看着她，可她看着我时并没笑。我一直给她写信，可我们已经有七年没见过面了。

"巴吉斯先生在家吗，太太？"我假装口气粗鲁地问她。

"在家，先生，"裴果提答道，"可他患风湿病正躺着呢。"

"他现在不跑布伦德斯通了吧？"我问道。

"他不病时，就去那。"她答道。

"你去过那儿吗，巴吉斯太太？"

她非常留心地盯我看。我看到她两只手猛然一动，靠在了一起。

"我想打听那里的一幢房子，就是他们叫做……叫做什么来着？叫栖鸦楼的那幢房子。"我说。

她往后退了一步，又惊又疑地伸出两手，好像要赶我走似的。

"裴果提！"我对她叫道。

她叫道："我亲爱的孩子！"我们抱在一起哭了起来。我敢说，我这一辈子，即便是在她面前，也从没像现在这样尽情地哭，尽情地笑。

"巴吉斯一定会很高兴的，"裴果提用围裙擦着眼泪说，"这对他来说，比好几大包膏药还要有用。我可以去告诉他说你来了吗？你要不要上去看他呢，我的孩子？"

当然我要去的。可是裴果提虽说要去，走出门可不如她说的那么容易，因为每次她走到门口时，就回头看我，又扶着我的肩笑一阵又哭一阵。后来，为了使这问题变得容易些，我就和她一起上楼。我在外面等了一会儿，她先去通知巴吉斯先生，让他有个心理准备，然后我才出现在那位病人面前。

一见面，他就十分热诚地欢迎我。由于痛得太厉害，他不能和我握手，就请我握握他睡帽顶上的帽缨，我很真诚地照办了。我坐到床边时，他对我说，他好像又在赶着车送我到布伦德斯通去。他躺在床上，脸朝上，全身捂着被子，只剩下那张脸，像传说中的天使一样，那是我见过的最奇特的一种画面。

裴果提告诉我说巴吉斯先生比从前更"小气"了，每次从那个倒霉的箱子里取钱时，受的苦真是闻所未闻，但他依然保留着他的秘密。我告诉裴果提说斯蒂福也来了，让她准备准备，过一会儿，斯蒂福就到了。我相信，对裴果提来说，他是我的朋友还是她本人的恩人，这都没什么区别，她都满心感激地接待他。他那随和活泼的好性格，他那和蔼近人的举动，他那英俊秀气的面容，他那和各种人都能周旋的天分，还有他有兴致时能投人所好的本领，使她五分钟内就完全被征服了。

斯蒂福和我都留在那里吃晚饭，如果我说是他愿意，那可没有说出他那副求之不得、兴高采烈的高兴劲呢。他走进了巴吉斯的屋里，像阳光和空气一样，给人明亮清新的感觉。他无论做什么事情都不出声音，不费力气，不用刻意地去做，显得那么自然，那么叫人欢喜。直到晚上八点，我们去裴果提先生的旧船时候，他的表现都那么优秀。我们走在黑暗而又寒冷的沙滩上，风在耳边叹息，比我第一次来裴果提先生家的那晚更为悲惨。

"这地方真荒凉呀，斯蒂福，是不是？"

"在黑暗中真够凄凉的，"他说道，"大海咆哮着，像是要吞食我们一样。就是那条船吗？我看见那儿有灯光呢。"

"就是那条船。"我说道。

"今天早晨我看见的就是它，"他接着说道，"我一下子就奔到那儿去了，我相信是因为直觉。"

接近灯光时，我们不再说话，轻轻地朝门那儿走去。我把手放在门闩上，低声叫斯蒂福靠近我，然后走了进去。我站在那惊慌失措的一大家人中间，与裴果提先生四目相视，向他伸出了我的手，这时，哈姆大声叫道：

"大大大卫少爷啊！这是大大大卫少爷啊！"

我们大家立刻握手，相互问好，彼此都说能见面是多么高兴，七嘴八舌说开了。裴果提先生见了我们两人好不得意，好不开心，简直不知说什么好，也不知做什么好，只是一次又一次地和我握手，又跟斯蒂福握手，然后把他一头乱蓬蓬的头发揉得更乱，接着高兴而得意地大笑起来。看见他真是让人开心呀！

"哎呀，你们两位先生——都长大了——来到这里，我相信，这是我一生从没有见过的高兴事呢！亲爱的艾米丽，快过来！到这儿来，我的小精灵！这是大大大卫少爷的朋友，我亲爱的，这就是你过去听说过的那位先生，艾米丽。他和大大大卫少爷一起来看你了，无论过去还是将来，今晚是你舅舅一生最最快活的晚上，让别的夜晚都见鬼去吧！"

一口气发表了这篇演说后，裴果提先生又满怀热情，欢天喜地地用他两只大手，捧住他外甥女的脸亲了十多次，然后又满怀得意和慈爱的心情，把她的脸靠在他那宽阔的胸膛上，用手轻轻地拍了拍，好像他的手就是贵妇人的手似的。然后放开她，在她跑进我以前住过的小房间后，他把我们依次看来看去，满脸通红，气喘吁吁，显得格外满意的样子。

"如果你们两位先生——现在都长大了的先生，还是这么好的先生——"裴果提先生说道，"听了这事的原委，还不肯原谅我的心情，我一定请你们饶恕了。我亲爱的艾米丽！她知道我就要宣布了，"说到这里，他那高兴劲又上来了，"她就逃走了。能不能请你费心去照料她一会，老大姐？"

古米治太太点点头，就走了。

"如果，"裴果提先生坐在火炉旁边说道，"我一生最快活的夜晚不是今晚，我就是一只蛤蜊，而且是只煮过的蛤蜊——我没法说得更明白了。这个小艾米丽，先生，"他小声对斯蒂福说道，"就是你刚才在这儿见到的脸红的那一位。"

斯蒂福只点了点头，但他的神情是那样关切，显示出能充分理解裴果提先生。

"当然，"裴果提先生说道，"那就是她，她就是那样的。谢谢你先生。"

哈姆向我点了几下头，好像要是他，也会这么说。

"我们这个小艾米丽，"裴果提先生说道，"一直就住在我们家里，我相信虽然我是个大老粗，可我一直这么相信——这个眼睛水汪汪的小人儿是世上唯一的。她不是我的孩子，我从来没有孩子。可我爱她，爱得不能再爱。你明白吗？我爱得不能再爱了！"

"我很明白了。"斯蒂福说道。

"我知道你明白，先生，"裴果提先生说道，"再次谢谢你。大大大卫少爷能记得她过去的样子，你怎么想她过去的样子都可以。不过，你们都不很清楚，在我这对她无比怜爱的心里，她过去、现在、将来意味着什么。我是个粗人，先生。"

裴果提先生用双手挠了挠头，头发更乱了，然后一只手放到一只膝盖上继续说道：

"这儿有一个人，自艾米丽的父亲淹死的时候就认识她，在她还是个小女孩时，他就一直看着她长大。这个人看上去并不起眼，很不起眼，"裴果提先生说道，"有点像我这样粗鲁，内心有的是狂风暴雨，很爽快。不过总的说来，是个诚实的小伙子，是个好心人。"

哈姆坐在那里冲着我们笑，我觉得从没见过他笑得那样开心。

"这个有福气的捕鱼的干什么呢？"裴果提先生满面春风地说，"他的心总挂在小艾米丽身上。他听她的，成了她的仆人，他吃不香，喝不下，最后他总算让我明白是怎么回事了。你们知道，现在，我可以指望看见我的小艾米丽好好结婚了。不管怎样，现在我可以指望她嫁给一个有权保护她的老实人了。上帝保佑她，只要那人活着，我的小艾米丽就不会遭到祸殃，我就可以安心地离去了。"

裴果提先生怀着热烈朴实的感情摆着右手，好像是最后一次对着镇上的灯火告别，然后他的目光和哈姆的相遇，又和哈姆相互点头，仍像先前那样往下说：

"唉！我劝他去对艾米丽说。他年纪也不小了，可他比孩子还要怕羞，他不肯去说。于是，我就去说了。但艾米丽不嫁给他，他是一个好人！仍像过去那样对待她，做一个磊落大丈夫。就这么两年过去了，我们家完全和过去一样。"

裴果提先生的脸上表情，随他叙述的进展在各个阶段有所不同。现在，他又像先前那样露出了洋洋得意的表情。他把一只手放在我膝盖上，另一只放在斯蒂福的膝盖上。然后，他对我们俩说：

"突然，一天晚上——也就是今天晚上——小艾米丽下工回家，他也跟着她来了！你们会说，这有什么稀奇呀。不错，因为他一直像个哥哥一样照顾着她。天黑前也罢，天黑后也罢，什么时候都是这样。可是，艾米丽考虑成熟了，只要我同意，就愿意做这个捕鱼的小媳妇。你们进来时，她正说等自己学徒期满和他结婚！"

裴果提先生感到无比高兴，朝哈姆打了一拳，哈姆被打得几乎站不稳了。可是，由于感到理应对我们说点什么，他还是十分吃力地结结巴巴说道：

"她从前并不比你高，大大大卫少爷——你第一次来时——那时，我就想，她会长成什么样呢。我看着她——先生们——像花一样长大。我愿意为她献身，先生们，我觉得，我要的就是她，她胜过我——胜过我所能说的。我——我真心爱她。在所有的陆地上，在所有的海洋上，没有一个男人能爱他的女人胜过我爱她，虽然许多人嘴里说的好听，心里却是另一回事。"

看到哈姆这么一个大块头汉子，因为得到那美丽小人儿的心而发颤，我觉得好不感动。

"裴果提先生，"他说道，"你是一个地地道道的好人，你有权利享受你今晚这番快乐。我向你保证！哈姆，恭喜你啊，老兄。我也向你保证！雏菊，拨拨炉火，让它更旺些！裴果提先生，如果你把你的外甥女劝回来，我可要走了。在这样一个夜晚，在你们的火炉边，哪怕是用全印度群岛的财富来换，我也不干——特别还是空出这样一个座位。"

于是，裴果提先生就走进我住过的小屋去找小艾米丽。一开始，小艾米丽怎么也不肯出来，于是哈姆又进去了。不久，他们把她带到了火炉前，她很紧张，不知如何是好，没多久就胆大了一点，一直很少说话，只是看看听听，脸上的表情丰富起来，样子很迷人。

那晚我们过得很开心，告辞的时候已经快半夜了，临走以前，我们一起吃了宵夜，是饼干和鱼干儿，连斯蒂福从口袋里掏出的满满一瓶荷兰酒，也被我们几个男人喝得精光。我们高高兴兴地分别，他们都站在门口，尽可能为我们照路，我看见小艾米丽那双漂亮的蓝眼睛，从哈姆身后朝我们张望，她那温柔的声音冲着我们喊，叫我们路上小心。

"一个挺迷人的小美人儿！"斯蒂福挽着我的胳膊说道，"哈！这是一个怪地方，他们也是群怪人。跟他们混在一起真有一种新感觉呢。"

"我们也很幸运，"我接着说道，"赶上了看他们订婚的那快乐场面！我从没见过这么快乐的人，我们这么来看了，分享了他们纯朴的欢乐，多叫人高兴！"

"那是个很蠢的家伙，配不上这个姑娘，对不对？"斯蒂福说。

"啊，斯蒂福！你当然有资格笑话穷人！但是我知道你对他们了解有多深，善于体谅像我老奶妈那样人的爱心，巧

妙地体察这些老实的渔人的快乐。我知道，这些人的每一种
喜怒哀乐，每一种情感，都会打动你。为了这个，斯蒂福，
我更加二十倍地崇拜你、爱你！"

他停下步来，看着我的脸说道："雏菊，我相信你是诚
实的，善良的。我希望我们都是的！"说罢，他快活地唱起
裴果提先生刚才唱的那支歌来，我们就这样迈着轻快的步子
走回亚茅斯。

斯蒂福和我在那住了两个多星期。他不晕船，我就不
行，所以，他和裴果提先生乘船出海时，我总留在岸上。

我们有时怀着对布伦德斯通的兴趣，独自到那巡礼，重
访童年熟悉的旧地，回忆我所走过的每一步路，深深留恋着
我永远不能忘情的地方。我来到树下埋葬我双亲的坟墓旁，
怀着莫名其妙的怜悯之心，向它张望。由于裴果提的忠心保
护，那坟墓一直很整洁，并被修成一个花园。我在那坟墓旁
走来走去，一个钟头又一个钟头。每每此时，教堂报时的钟
声总令我吃惊，因为我觉得那好像是长眠者发出的声音。

我过去的家变化很大。那七零八落的鸦巢，早就没有乌
鸦在里面栖息。花园已荒芜，房子的一半的窗子都关着。我
们的老邻居葛雷波夫妇已去了南美洲，雨水已穿透了他们那
空宅的屋顶，浸透了外面的墙。祁力普先生又娶了一个高且
瘦的太太，生了一个小孩，也是皮包骨头，头重得挺不起
来，两眼无神，目光呆滞，好像始终不明白自己为什么要来

到世界上。

我常怀着奇特的悲喜交集的心情，在老家流连忘返，直到红红的冬日提醒我已到了回去的时刻，我才离开。可是，把那地方抛到身后，尤其是和斯蒂福一起快活地坐在烧得旺旺的火炉边餐桌旁时，再想到已去过那些地方好不愉快。晚上，我回到我那整洁的房间，一页一页翻看那本关于鳄鱼的书，满心感激地回想，有斯蒂福这样一位朋友，有裴果提这样一位老奶妈，虽我失去双亲，却有一位慈爱善良、慷慨大方的姨奶奶，是何等幸福！

我每天长途跋涉赶回亚茅斯，搭渡船是最便捷的。渡船把我载到镇与海之间的一片沙滩上，我可以从那儿一直走过去，不用在大路上绕大弯。由于裴果提先生的住所就在那偏僻的地方，距我所经之地不过一百米，我就总过去看看。斯蒂福通常在那里等我，我们一起顶着料峭的寒气，穿过越来越浓的雾。朝着镇上闪闪烁烁的灯火走去。

在我们即将离开这里的时候，斯蒂福说他想在这一带水域考领航员。"告诉你吧，我温柔的雏菊！我已经爱上这个地方，不管怎么说，"他兴奋地说，"我已经买了一条正在出售的船——裴果提先生说那是一条快船。那的确是的，我不在时，裴果提先生就是这条船的主人。"

"现在我明白你的意思了，斯蒂福！"我欢喜地叫道，"你装作给自己买，实际上是要为他做件好事。既然知道你的为人，我一开始就该明白这点。我亲爱的、好心的斯蒂福。你这样慷慨大方，我怎样才能表达出我对你的感谢呢？"

"别说了！"他红着脸说道，"越少说越好。"

"我不知道吗？"我叫道，"我不是说过，这些老实的人心中无论是高兴，还是悲伤，还是别的什么感情，你都不会漠不关心的。"

"是呀，是呀，"他答道，"这些你都对我说过的。就到此打住吧。我们已经说得够多了。"不过，他又接着说，"这条船得重新装修一下。我要把黎提摩留下来监工，这样我才会相信，船会装修好。黎提摩已到这里了，我告诉过你吗？"

"没有。"

"哦，对了！今天早上到的，带来了母亲的一封信。"

我们目光相遇时，我看出，他虽然没有移开目光，但嘴却发白了。

"那船叫什么呢？"我问道。

"小艾米丽。"

他一直目不转睛地看着我，我以为他这是提醒我，他不喜欢因为做好事就受人赞扬。我忍不住在脸上露出我对这名字多么喜欢，但我什么也不说，于是他又像往常那样微笑，似乎放下心来了。

我回到巴吉斯先生家的时候，见哈姆在房前踱来踱去，我感到奇怪，更叫我惊讶的是听哈姆说，小艾米丽就在屋里。我自然就问他，为什么他不进去却一个人在外头走来走去。我们进屋，看见马莎·恩德尔和小艾米丽在里面，我在奥默先生那里见过，她和艾米丽一起干活，干了很多日子。因为马莎曾不走正道，镇上的人都欺负她，恨不得把她踩在脚底下。马莎这次来，就是想请求小艾米丽帮她到伦敦去，那里没有任何人认识她。

艾米丽把手向哈姆伸去，我见哈姆把一个小帆布袋放到她手里。她以为是她自己的钱包，接过后就往前走了几步。她发现弄错了，又回来找他，这时他已经站在我的身边了。

"这都是你的呀，艾米丽，"我听见他这么说，"我在世上所有的东西全都是你的，亲爱的。为了你，干什么我都开心！"

她眼中充满了泪水，转过身朝马莎走去。她对马莎说了什么，我不知道。我只看到她弯下腰，把钱放进马莎怀里。她低声又说了些什么，还问够不够用。"用不完呢。"对方答道，然后握住她的手吻起来。

然后，马莎站了起来，披上头巾，并用头巾掩住脸而大哭起来，慢慢往门口走去。在离开前，她停了一下，好像想说什么，又像是要转过身来。可是她没说出任何话来，只是发出一种忧郁而可怜的哭声，她就这样走了。

刚关上门，小艾米丽急急看看我们三个，便用手捂住脸呜咽起来。她渐渐平静下来，我们就都来安慰她。一会儿说打气的话，一会儿和她开个小玩笑。终于，她抬起头来，跟我们说话，待了一会儿，她开始微笑，终于怀着羞意坐起来。那天晚上，我看到她做了一件从未做过的事——我看到她天真地吻她未婚夫的脸，两手抓着哈姆的胳膊，紧紧地依偎在他的身旁。

第十五章

职　业

　　第二天吃早饭的时候，我收到姨奶奶送来的一封信。于
是，我决定回去了，裴果提，还有她娘家所有的人，都为我
们的离开而感到伤感。奥默和乔兰一家也都出来为我们送
行。当我们提着行李上车时，有许多船员为斯蒂福帮忙，就
算我们带着一个连队的行李，也几乎用不着脚夫来帮忙了。
一句话，我们的离去使得一切有关的人都感到依依不舍，情
意绵绵。

　　"你会在这儿待很久吗，黎提摩?"当他站在那儿送车
时，我问他道。

　　"不，先生，"他答道，"大概不会很久，先生。"

　　"现在还不能说定，"斯蒂福漫不经心地说道，"他知道

他得做什么，而且一定会做。"

"他当然是这样的。"我说道。

黎提摩用手触帽以表答谢我的称赞，我顿时觉得我只有八岁大。他又触触帽，以示祝我们一路平安，于是，我们离开了他，他站在人行道上，就像埃及金字塔那样体面而神秘。

在一段时间里，我们没说一句话，斯蒂福异乎寻常地沉默。我则一心在想何时再访旧地，那时我和他们又各会有些什么变化。后来，斯蒂福总算活跃了起来，话也多了。他扯扯我胳膊说道：

"说说看，大卫。你早饭时说的那信是怎么回事呀？"

"哦！"我把信从衣袋里拿出来说道，"这是我姨奶奶寄来的。"

"她说些什么呢？需要认真考虑吗？"

"唉，她提醒我，斯蒂福，"我说道，"我这次出门旅行应当处处留心，也要动脑筋想想。"

"你已经这么做了啊，不是吗？"

"实际上，我不能说我已经刻意这么做了。对你说实话吧，我怕我都把这事忘了。"

"关于这个问题，姨奶奶是怎么说的呢？"斯蒂福看着我手中的信说道，"她有什么建议吗？"

"啊，有，"我说，"她问我可否愿意做一个代诉人，你觉得怎么样?"

"哦,我不知道,"斯蒂福无所谓地答道,"我想,你干那行和干什么别的并无丝毫区别呀。"

我忍不住又笑了,我笑他把一切职业都不放在眼里,我就把我这想法告诉了他。

"代诉人是什么呀,斯蒂福?"我问。

"哦,就是一种修士似的事务律师。"斯蒂福答道。

"但是辩护人和代诉人不是一回事吧?"我问道,因为我有点糊涂了,"是吧?"

"不一样,"斯蒂福答道,"辩护人是民法学家,他们在大学里得了博士学位。代诉人雇用辩护士,双方都得到丰厚的酬金,一起形成了一个严密而强有力的小团体。总的说来,我可以告诉你,那些人都认为自己很高贵,洋洋自得,炫耀自己的地位。"

"无论怎么说,姨奶奶这么做是值得赞扬的。"我提到这点。

斯蒂福说道:"而且值得大加鼓励的。雏菊,我劝你还是高高兴兴进博士协会吧。"

我坚定了决心这么做。然后,我又告诉斯蒂福,姨奶奶已在城里等我了,住在林肯律师学院广场一个私人旅馆里,要住一个星期。我们一路旅行好快活,遥想我做代诉人的远景,斯蒂福用各种诙谐话来模拟那时的情景。到达旅行的终点后，他就回家去了，并约定后天来看我，我则乘车去了林肯律师学院广场。姨奶奶还未睡，等着吃晚饭呢。

就算我们分别后我曾云游天下，我们重逢时也不会比这时更高兴了。姨奶奶拥抱我时便哭了起来，又强装笑脸说，如果我那可怜的母亲还在世，无疑那傻兮兮的小人儿也会落泪的。

"你把迪克先生留在家里了，姨奶奶?"我说道，"这让我很难过呀。哦，珍妮，你好吗?"

"我也感到难过，"姨奶奶擦着鼻子说道，"自打来这里后，特洛，我就一直放心不下。"

晚饭安排得很舒适，饭菜也很丰盛。吃的是一只烤鸡，一份煎肉，还有一些蔬菜。这些菜看样样都好，我吃得很多。而姨奶奶吃得很少，因为她对伦敦的食物一直有自己的看法。

"我认为这只倒霉的鸡是在地窖里长大的，"姨奶奶说道，"除了在又破又旧的菜车上，它从未见过天日。我希望这煎肉是牛肉，可我不能相信真是这样。依我看，在这里，除了垃圾，没什么是真的。"

"你不认为这鸡会是从乡下来的吗，姨奶奶?"我暗示道。

"当然不是，"姨奶奶马上说道，"货真价实地做生意，只会让伦敦的商人不痛快。"

　　我没跟她唱反调，却饱餐了一顿，姨奶奶见我这样，非常满意。餐桌收拾干净后，姨奶奶坐在我对面，喝着她那杯掺水的酒，慈祥地看着我。

　　"哦，特洛，"她开始说道，"你觉得那个做代诉人的计划怎么样？你想过没有？"

　　"我想了很多，亲爱的姨奶奶，我也和斯蒂福好好谈过了。我的确喜欢这计划，我高兴极了。"

　　"好！"姨奶奶说道，"这可真让人高兴！"

　　"我只有一个问题，姨奶奶。"

　　"只管说吧，特洛。"她忙说道。

　　"嗯，我想问问，姨奶奶，据我所知，从事这个职业，有名额限制。我想问一问，进入这个行业，是不是要花很多钱呀？"

　　"为了给你签学徒合同，"姨奶奶答道，"要花一千镑。"

　　"我说，亲爱的姨奶奶，"我把椅子朝她挪了点，说道，"就是这点让我不安，这可是一大笔钱呀。为了让我受教育，你已经花费了许多，而且在其它方面，你也是很大方，在我身上花了不少钱，尽可能好好照顾我，你已经很慷慨了。一定有别的办法，使我不用花钱就能开始生活，而且只要有决心，肯吃得苦，就会有希望，有前途的，那样不是更好吗？难道你确定付得起那么多钱吗，而且这笔钱应该这样花吗？你是我的再生父母，我真希望你能好好想想。你决定了吗？"

姨奶奶一边吃着烤面包，一边不断打量我。吃完后，她把酒杯放在壁炉上面的横板上，两手交叉放在卷起的长袍下摆上，如是答道：

"特洛，我的孩子，如果我平生有什么目的，那就是要尽力使你成为一个善良、明理、快乐的人。我已下了决心，迪克也下了决心。他对这个问题，就有极高明的见解。"

说到这儿，她停了一会，拉过我的一只手，放在她两手中间，接着说："特洛，回忆过去是没有用的，除非对现在产生什么影响。也许我本该跟你那可怜的父亲相处得更好一点，跟那个可怜的娃娃——你的母亲更好一点。你到我这儿来的时候，是个逃跑出来的小家伙，满身泥土，疲惫不堪，当时我也许就这样想过。从那时到现在，特洛，你一直替我争光，让我感到骄傲，给我快乐。"她迟疑了一下，显得迟疑、惶惑，不知说什么好了，"我的收入没有其他什么开销，又只有你这么一个孩子，虽说是我收养的，但等我上了年纪的时候，只要你知道疼我，孝顺我，能容忍我的各种怪想法、怪脾气，那么，对我这个年轻时没有过上应过幸福融洽生活的老婆子来说，你所做的，已经远远超过这个老婆子对你所做的一切了。"

这是我头一次听姨奶奶提起自己的往事。她平静安详地提起又放下，体现出一种宽容大度的高尚情操，这使我对她敬爱倍增，再没有别的什么能这样感动我了。

"现在我们一致了，也都彼此了解了，特洛，"姨奶奶说道，"我们就不必再谈这个了。吻我一下吧，明天吃过早饭后我们去博士协会。"

近中午的时候，我们动身去博士协会的斯彭洛—乔金斯事务所。在我们等候斯彭洛先生的时候，我趁机向四处打量。屋里的器具陈设都是旧式的，蒙满了尘垢，书桌上的丝绒布已完全褪了色，像个苍白憔悴的叫花子。桌上有许多文件，还有各种抄写的宣誓词卷宗，装订得很牢固，捆成一卷一卷。

我正在纳闷，这需要多少法庭，花费多少时间，才能把它们弄明白。忽然听到屋外传来急促脚步声，斯彭洛先生穿着镶白皮边的黑袍，匆匆走入。他个子不高，生着浅色的头发，穿一双无可挑剔的靴子，衣着整洁，两撇恰到好处的小胡子，无疑是花了番心思的。

姨奶奶把我介绍给他，他热情地向我介绍："科波菲尔先生，你想加入我们这行？前几天，我有幸会见特洛乌德小姐，"说到这里，他把身子倾斜一下，"我无意间提及，这里尚有一空缺。特洛乌德小姐谈到她有一个特别疼爱的甥孙，并说希望他能求得一体面职业。这位甥孙，我想，我现在有幸见到了。"

我鞠了一躬，以示承认，并说姨奶奶曾对我说到有这么一个机会，认为我会对此一试。我觉得我很愿意，所以马上就接受了这提议。在我对这职业有更进一步了解之前，我不能肯定说我会喜欢它。我认为，在我决定正式从事这职业前，我应当试试，看我能不能真正喜欢它。

"哦，当然！当然！"斯彭洛先生说道，"在我们这里，通常有一个月的试用期。不过，我个人认为，两个月——三个月——事实上无限期都行，不过我有一个合伙人，乔金斯先生。"

"先生，"我说道，"学费是一千英镑吗？"

"连印花税在内，学费是一千镑，"斯彭洛先生说道，"我曾对特洛乌德小姐提及过，我本不把金钱看得太重，我想世人很少能在这点上超过我。但乔金斯先生在这类问题上有他的看法，所以我不能不尊重他的看法。简而言之，乔金斯先生认为一千镑还太少呢。"

"我想，先生，"我说道，这时我还想为姨奶奶省点钱，"这儿有没有这种惯例，如果一个签约的见习文书特别能干，通晓业务，"我不禁脸红了，因为这话听上去太像夸自己了，"我想，在签约期内的后几年，有没有惯例给他……"

斯彭洛先生费好大劲把，他的头从领饰中伸到可以摇的程度，然后，抢在我前面回答，没等我把"薪水"二字说出。

"没有。科波菲尔先生，如果我不受约束的话，我本人对这件事怎样考虑且不说。乔金斯先生是绝不会被说动的。"

想到这个可怕的乔金斯，我就垂头丧气。可是，我后来发现他是个气质忧郁、脾性温和的人。他在这里的作用就是在幕后，一些难办的事情就被推在他的名下，因此会给人这样一种印象，他是一个顽固不化、不近人情的人。是自己不出面，却一直由别人把固执无情推诿到其名下的人。

当时我们讲定，我可以随意在某天开始我那个月的试用期，姨奶奶不用留在城里，试用期满也不必再来，因为以我为主的协议书可以不费事地送到家，由她签字。当我们讲到这里时，斯彭洛先生便提议马上就带我去法庭，好让我知道那是个什么样的地方。我也迫切想知道，于是我们去了。姨奶奶认为那个地方随时都有可能爆炸，就留了下来。

斯彭洛先生领我走过一个铺了石头的院子，院周围是些简朴的砖房。从门上那些博士的名字推断，这些房子就是官舍，里面住的就是斯蒂福对我说过的那些博学的辩护士。我一生再没见过任何地方像这里这样安逸，它温暖舒适，催人入睡，样式陈旧，昏昏沉沉。这僻静地方的梦幻气氛令我很满意，于是我们和姨奶奶会合，在我走出斯彭洛—乔金斯事务所时，那些办事员都相互用笔对我指指点点，让我觉得我实在年轻极了。

我们回到林肯律师学院广场，一路上没有再出什么事儿，只是碰到一头拉菜车的倒霉驴子，引起姨奶奶产生一些痛苦的联想。我们平安走进房间后，又对我的计划长谈了一次。我知道她归心似箭，不是担心失火，就是担心饮食，还担心扒手。她在伦敦不会有片刻安宁，我就劝她不要对我放心不下，不妨由我自己照料自己。

"到明天，我来这里住就一个星期了，也一直这么想，亲爱的，"她说道，"特洛，阿德尔菲区有一套带家具的小公寓出租，一定会很合你意。"

"哈，太合适了，姨奶奶！"我说着，脸都红了，住公寓，多神气呀，我想。

"那就快点吧，"姨奶奶说着，又把刚才刚取下的头巾戴上，"咱们去看看。"

那套住房在楼的顶层，姨奶奶很满意，因为她认为如果失火，那里离出口最近。房中有一条不大能看见东西的幽暗过道，有一间什么东西也看不见的小食品储藏室，有一间起居室，一间卧室。家具很旧，但对我来说也可以了。窗边就是河，可以看风光。看到我很喜欢那住处，姨奶奶便租了一个月，期满可续住十二个月。克鲁普太太提供铺盖和饮食，其他用品则都已备齐。克鲁普太太还明确表示，她要永远把我当作她的儿子那样爱护。我准备后天便搬入，克鲁普太太说，感谢老天，她现在找到一个她可以照顾的人了。

回去的路上，姨奶奶告诉我，她是多么充分相信，我即将开始的生活，会让我变得坚强，使我自信，而这正是我所需要的。第二天，我送她平安坐上去多佛的马车，看着她做好，珍妮坐在她旁边，这时她想到那些到处乱跑的驴子很快就要倒霉了。心里感到由衷的高兴。

第十六章
放　荡

公寓顶层的阁楼全归我使用，居高临下，我把外面的门关上时，就觉得像鲁滨逊钻进自己的堡垒一样，真是太好了！衣服口袋里揣着房门的钥匙，在城里游逛，而且可以邀请任何人上来做客，还可以有把握地说，只要自己不感到不便的话，是不会造成其他人不便的，真是妙极了！我进进出出，不需向任何人打招呼，这真是再惬意不过了。如果我想找克鲁普太太，而她又愿意见我，只要一拉铃，她就会气喘吁吁地从地底下钻出来，这真叫人高兴；不过，有些时候，我也感到无聊。

早晨，特别是晴朗的早晨，令人愉快。白天里，这生活似乎很新鲜，很自在。太阳一出来，则更新鲜，更自在。但是，当暮色低垂时，生活也好像随着徐徐落幕了。我不知道这是什么原因，在烛光下，我很少有快活的时候。这时，我就很想有人和我交谈，想念艾妮斯。她总是含笑听我倾诉心里话，见不到她，我感到极为空虚。

过了两天两夜后，我就觉得像在那里住了一年，可我一点儿都没长大，我仍如往常一样为自己年轻而苦恼。

斯蒂福没来过，我担心他生病了。第三天，我早早离开博士协会，步行到了海格特。斯蒂福太太见了我好高兴。她说，斯蒂福和一个牛津大学的朋友，到圣奥尔斯附近，去看另一个朋友了，估计明天会回来。我那么喜欢他，以至于要妒忌他的那些牛津大学的朋友了。

斯蒂福太太执意留我吃晚饭，我就留下了。我们整天谈的话题，始终围绕着斯蒂福，没有别的。我告诉她在亚茅斯的时候，大家多么喜欢他，他和大家在一起，多么讨人喜爱。达特尔小姐转弯抹角，问了很多奇怪的问题，对我们做的各种事情极为关心。那天晚上，尤其是夜里走回家时，我情不自禁地想：如果在白金汉街有她为伴，该多有趣。

第二天早上，我正在喝咖啡，吃面包卷，准备去博士协会。叫人吃惊的是，斯蒂福居然走了进来，我高兴极了。

"亲爱的斯蒂福，"我叫道，"我还以为永远也见不到你了呢！"

"我到家的第二天早上，"斯蒂福说道，"就被人强行拉走了。哎呀，雏菊，你一个老大不小的单身汉住在这里，可真稀奇！"

我颇为得意地带他参观我的住处，连储藏室也没落下。他对这地方赞不绝口。"听我说，老兄，"他还加上一句，"我真要把这地方作为我在城里的落脚点了，除非你下逐客令。"

这一句叫人听了开心。我对他说，如果他要等逐客令，那就只有等到世界末日了。

"不过你得吃点早饭！"我抓着铃绳，准备拉铃，"克鲁普太太可以再为你煮点咖啡，我这里有个单身汉用的平锅，可以为你煎点火腿。"

"不，不！"斯蒂福说道，"不要拉铃！我不能在这里吃！我马上要到科文特加登的皮亚察饭店，去和一个朋友一起吃早饭。明天一早，我们要一起走。"

"那就带他们来这里吃晚饭吧，"我紧跟着说道。"你认为他们会愿意来吗？"

"哦，当然，他们求之不得呢，"斯蒂福说道，"不过，我们会打扰你的。还是你来和我们去别的地方吃一顿吧。"

我说什么也不同意这个建议，因为我想在我的新居里热闹一下，这就是个好机会。经他那番称赞后，我对自己的住处更满意了，特别想好好利用一下。所以我们约定，晚上六点来我这里吃晚饭。

　　我按照克普鲁太太的意见，亲自到点心铺去订了菜，到科文特加登市场买了一点甜食，还在那附近的一家零售酒店订了了不少酒。下午回到家时，看见那些瓶子在食品贮藏室的地板上，摆成了一个方阵，着实让我吃了一惊。

　　斯蒂福的朋友，一个叫葛雷格，另一个叫马卡姆。他俩都很风趣活泼。葛雷格比斯蒂福稍年长点，马卡姆看上去很年轻，我想他不过二十岁。

　　"一个人住在这里，生活可以过得不错吧，科波菲尔先生。"马卡姆说道。

　　"这地方不坏，"我说道，"房间也都还宽敞。"

　　"我希望你们两个胃口都很好。"斯蒂福说。

　　"不瞒你说，"马卡姆说道，"城里某人整天都觉得饿，某人不停地吃东西。"

　　一开始我觉得有点不好意思，觉得自己太年轻而不配做东，所以晚饭开始时，我就让斯蒂福坐在上首，我则坐在他对面。一切都很顺利，我们开怀痛饮。斯蒂福为让晚宴圆满成功，表现得很出色，欢乐气氛从未中断。在整个晚饭过程中，各种几乎已经忘记的话题，涌入我的脑海，使我忘乎所以，说个没完。别人或自己讲个笑话，我都笑个不停。

　　我不断地劝大家喝酒，拿着起子不停地开新瓶，开过的放在那里半天都喝不完。我提议为斯蒂福的健康干杯。我说，他是我最亲爱的朋友，我童年时的保护者，我长大后的好伙伴，我很高兴为他干杯。我说，我无法报答他对我的情谊，也无法表达我对他的敬佩之心。最后我说，"请大家为斯蒂福祝福！愿上帝保佑他！"我为了绕过去与他握手，把玻璃杯也打碎了。

我们开始有人唱歌，开始争论，但无损于尊严。斯蒂福发表了一通关于我的演说，听着他演说，我几乎感动得掉眼泪。我向他答谢，并希望在座各位客人明天、后天、每天五点钟和我一起吃晚饭，这样我们可以长时间在一起交谈，快快活活地度过每一个夜晚。

有个人对我说道，"我们去看戏吧，科波菲尔！"看戏？当然，正合我意。走吧。不过他们得允许我，先让他们一个个出去，然后把灯关——以防失火。

突然一黑，出现点小混乱，发现门不见了。我在窗帘上摸门，斯蒂福笑着拉住我胳膊把我领了出去。我们下楼时一个跟一个，快到楼梯底层时，有人摔倒，滚了下去。另一个人说，那是科波菲尔，听他说瞎话，我很生气，但当我发现自己仰面躺在过道时，才意识到他的话是真的。

晚上，雾很重，路灯四周都带着一个个大光环！我迷迷糊糊地听到有人说，下雨了。我却认为那是霜。斯蒂福在一盏街灯下掸了掸我身上的土，帮我把帽子弄好，那帽子像是变戏法似得变出了的，因为我本来并没戴帽子啊，我想。斯蒂福问道："你没事吧，科波菲尔？"

我对他说："好……极……啦。"

过了一会，我们就坐在一个戏院的高处，那里热极了。从那里往下看，我觉得下面好像一个冒烟的大坑，挤那里的人看上去模糊不清。下面还有一个大戏台，台上还有一些人，说着一些让人摸不着的事。剧院里有许多明晃晃的灯，有音乐，有坐在下面包厢里的太太小姐，还有别的什么我就不知道了。我觉得那整所戏院都在学着游泳，我想把它稳定下来，不要晃动，但它的表现让我感到莫名其妙。

不知根据什么人的提议，我们决定去下面的礼服包厢去，那是女生们看戏的地方。随后，我被人领进一个包厢，我就座的时候，不知顺口说了点什么，就听周围有人喊"安静！"女人们还向我投来愤怒的目光，还有……噢！对了！艾妮斯也在这个包厢，就坐在我前面的座位上，身旁的一男一女我都不认识。现在，我敢说，看见她带着遗憾和惊讶的神情转过脸来看我，我却并没有看得十分清楚。

"艾妮斯！"我口齿不清地说道，"上帝……保佑……你！艾妮斯！"

"嘘！别出声！"她答道，我不明白为什么这样，"你打扰了大家看戏了。看台上吧。"

我照她的要求做，想注意台上，也想听听上面演的是什么，却是徒劳。我又慢慢地看她，见她退缩进一角，把戴着手套的手放在前额上。

"艾妮斯!"我说道,"恐怕你不舒服吧。"

"是的,是的。不要关心我吧,特洛乌德,"她答道,"听着!你马上就要走了吗?"

"我马上就要走了?"我含糊地重复道。

"是呀。"

我有种愚蠢的想法,想说我要留在这里,等着扶她下楼。我相信,我不知怎么竟把这意思说了出来,因为她仔细看了我一下后,好像明白了,便低声说道:

"如果我告诉你说,我是诚恳地请求你,我知道,你会顺从的。现在走吧,特洛乌德,为了我,请你的朋友把你送回家去吧。"

这样一来,她当时就使我清醒了许多,虽然我生她气,却也感到难为情,含糊地说声"再见",就起身出去了。他们都跟着我,我一走出包厢的门,一步就跨进了我卧室,那里只有斯蒂福陪我,帮我脱衣。我反复告诉他,说艾妮斯是我的妹妹,我还请他拿开瓶器来,好让我再开一瓶酒。

然而第二天,我清醒了以后,我感到多么痛苦,多么悔恨,多么羞愧啊!别提了。我知道自己犯下了一千种过失,但都不记得了,只是回忆起艾妮斯投向我的那难忘的眼神,永远无法弥补了!所以一看见我们寻欢作乐的那间屋子就觉得恶心,因为我不知道——我真是畜生——她怎么来到伦敦,又住在什么地方。我的头疼得快要裂开了,我出不去,连起床的力气都没有！哦，这是怎么样的一天啊！

我在头疼、恶心又悔恨的情况下，度过了可怕的一天。在这一天里，我觉得脑子里有些糊涂，甚至弄不清我举行晚宴的具体日子，仿佛几个大力神利用一个巨大的杠杆，把前天往前挪了好几个月。第二天清晨，我来到门口，正要出去，忽然看见一个仆役手拿封信上楼。他慢条斯理地走着，可一见我正在楼梯顶上栏杆旁看他，他就快步跑起来，并做出已跑得气喘吁吁的样子，上来了。

"特洛乌德·科波菲尔先生。"仆役用小手杖碰碰他的帽子，说道。

我几乎不敢承认那就是我的名字，因为我相信那一定是艾妮斯的来信，心里感到非常不安。不过，我告诉他，我就是特洛乌德·科波菲尔先生。他相信了，一面把信交给我，一面说要等回信。我把门关上，让他在外面楼梯口等着，然后走回我自己的房间。我是那样激动，不得不先把信放在我的餐桌上，又看看那信封，才下决心拆开。

我把信拆开一看，果真是艾妮斯写来的一封短信，写得非常客气，非常和善，只字未提我在戏院中的表现。信中所写的不过是："亲爱的特洛乌德，我住在霍尔本区的伊利大楼，在爸爸的代理人沃特布鲁克先生家，你今天可以来看我吗？时间由你定。——永远爱你的艾妮斯"我给她写回信，老是不满意，写了很长时间，不知那仆役作何感想，也许他还以为我是在学写字呢。试了几次后，我终于写道："亲爱的艾妮斯，你的信真是文如其人，除此之外，我还能说出什么更能赞扬的话呢？四点钟到。——爱你的忧愁的特·科"这封信写好以后，刚交出去，我心里就七上八下的，想把信收回来，可是那仆役已经走了。

我三点半就离开了办公室，几分钟之后就在约定的地点附近转，但到点时我还在犹豫，离约定时间足足过了一刻钟，才鼓足勇气，不顾一切地，在沃特布鲁克先生家门口拉了一下装在左边门柱上的私人用铃。我跟着引路的人来到一间漂亮但不宽敞的客厅里，艾妮斯正坐在那里织钱包。

她看上去是那么文静，那么善良，不但使我清楚地回想起我在坎特伯雷镇上念书的时候，曾经有过的那种高尚而清新的生活，也使我回想起那天晚上，自己那副污秽、愚蠢、满身烟味的丑恶的样子。现在，没有别人在场，我克制不住自己，感到又悔恨，又可耻，总而言之，我出了一次洋相。我不能否认我当时流下了眼泪。

"艾妮斯，如果那天不是你，而是别人，"我说着把头扭到一边，"我就绝不这么认真再想这件事了。怎么就那么巧，让你看见了呢！我要是在那之前死了就好了。"

"坐下吧，"艾妮斯兴致勃勃地说。"你别不开心啊，特洛乌德。你要是连我都信不过，那你信谁呢？"

"啊，艾妮斯，"我答道，"你是我身边的天使！"

我觉得她虽然笑了笑，却流露出悲哀的神情。她摇了摇头。

"是的，艾妮斯，我的天使，你永远是我身边的天使！"

"特洛乌德，如果我是的话，"她答道，"那么我就有一件事，非常想做。"

我用询问的眼光看了看她，不过我已经猜出了她的意思。

"那就是提醒你，"艾妮斯说道，她的眼睛紧紧地盯着我，"你要防备你身边的恶魔。"

"亲爱的艾妮斯，"我说，"你是指……指斯蒂福?"

"我是指他，特洛乌德。"她答道。

"艾妮斯，要是这样，那你就太冤枉他了。他要是我身边的恶魔，或是别人身边的恶魔，那岂不是不公平！他是我的向导！是我的靠山！是我的朋友！亲爱的艾妮斯！要是仅凭那天晚上，你看见我的样子来衡量他，也不像你做事的风格。"

"我不是凭我那天晚上看见你的样子来衡量他的。"她心平气和地答道。

"那你凭的是什么?"

"凭的是许多事情，这些事情本身都是小事，但是放在一起，就不像是小事了。我衡量他的依据，一部分是你告诉我的，关于他的情况，特洛乌德，还有你的性格和他对你的影响。"

在她那温柔的声音里，好像总有些东西触动了我的内心。她是那样地认真严肃，饱含感情，使我屈服。我坐在那里默默地看着她，她低头看着手里的活计。此时，我一向对斯蒂福的情感，随着她的声音黯然失色起来。

"我一向深居简出，对外面世界了解得很少，"艾妮斯说着抬起头来，"现在这样很有把握地规劝你，甚至提出这么强硬的意见，对我来说，是非常大胆的。但是我知道，我之所以这样做，特洛乌德，是因为我真正记得我们是一起长大的，是因为我真正关心你，以及和你有关的一切事情。这就是我为什么这样大胆。我敢肯定，我的话是对的。我非常有把握。在我跟你说话的时候，我觉得好像不是我，而是别的什么人在跟你说话。我可要告诉你，你交了一个危险的朋友。"

我依然看着她。她已经不再说话，可我还在听，渐渐地，已被我牢记心中的斯蒂福形象，开始有了动摇。

"我也不是不讲道理，"艾妮斯过了一会儿说道，这时她已经恢复了原来的语调，"指望你会，或者你能立刻改变已经变成你信念的某种感情，那是很困难的，更不能指望你，立刻改变你那相信别人的天性。我只要求你，特洛乌德，如果你还会想到我——我的意思是说，"说到这里，她温柔地笑了笑，因为我想打断她，而她也知道我为什么要打断她，

"假如你还常常想起我，那就想想我刚才说的话吧。你能原谅我做的这一切吗？"

"等你公平对待斯蒂福的时候，"我答道，"等你像我一样喜欢他的时候，艾妮斯，我就会原谅你了。"

"非到那时候不可吗？"艾妮斯说道。

在我提到斯蒂福的时候，我看见有一片阴影从艾妮斯脸上掠过，但是她仍然以微笑回答了我的微笑，所以我们又和过去一样，还是无保留地互相信任。

"艾妮斯，"我说，"你什么时候原谅我那天晚上的事儿呢？"

"等我想起来，再说吧。"艾妮斯说。

她本想结束这个话题，但我满脑子都在想着那事，不肯罢休。于是，我告诉她全部情况，说完后，我感到非常轻松。

等我一说完，艾妮斯就转换了话题。她向我谈到了尤利亚·希普，我们都认为他是个卑躬屈膝的小人，他居然想要和威克菲尔先生合伙。我赶紧让艾妮斯阻止她父亲，以免他失去理智。我还没说完，艾妮斯就摇摇头。这时，她仍在看着我，看到我很激动，她微微一笑。

"尤利亚，"她犹豫了一下，说道，"他已经成为爸爸离不开的一个人。这人心里有自己的盘算，很会观察。他掌握爸爸的弱点，把爸爸控制得非常厉害。他虽常说他是非常卑贱，非常感激爸爸，但实际上他地位很高，权力很大，我怕他滥用权力。"

我说他是一条恶狗。说完，我就感到非常痛快。可艾妮斯说她为了威克菲尔先生过上平静的生活，宁愿做出牺牲，说着，眼泪就流了下来。我从没见艾妮斯哭过，只能傻里傻气地对她说："我劝你，艾妮斯，不要这样！不要这样，我的好妹妹！"

没等艾妮斯再说什么，屋门开了，沃特布鲁克太太大模大样地走了进来。她看到我是个谦逊的年轻人，对我态度就温和起来，并邀请我明晚去吃饭。

第二天晚上，我到沃特布鲁克先生家去赴宴。大门开着，我进去后，发现有几个熟人，尤利亚·希普也在，但最令我意外的是，在那儿，我遇见了一位萨伦学堂时一位老同学——特拉德。他躲在角落里一个不显眼的地方，并没有和我相认，倒是沃特布鲁克先生告诉我一些关于他的情况。

"特拉德，"沃特布鲁克先生说，"是个年轻人，正在学法律。他是一位同行推荐给我的。哦，是这样的。他有一种才能，擅长写案情摘要，能把一个案子写得清清楚楚。一年之中，我总会给他些活儿干，一些活儿相当可观。哦，是这样的，是这样的。"沃特布鲁克先生就是这样，生活中已经征服了一个个高峰，现在正站在堡垒的最高处，以哲学家的眼光和赞助者的身份，来俯视待在下面壕沟里的人。

宴会进行时，我和特拉德是分开坐的，各在一个角上，离得很远。大家看上去文质彬彬，但谈话却带有血腥气，把宴会搞得像恶魔的晚宴。他们谈论的那些重大话题，对我这样的局外人来说，感到很压抑，主人却感到骄傲。

饭后我又到楼上去，见到艾妮斯，和她坐在一个角落里说话，感到非常高兴。这时，我还把特拉德介绍给她。特拉德有些腼腆，但很随和，还像过去一样善良。因为他要早走，明天一早就上路，要去一个月，我本想多跟他聊聊，也没来得及。不过我们交换了地址，而且约定，等他下次到城里来的时候，我们再好好地聚一聚。他听说我知道斯蒂福的情况，很感兴趣，谈起他来，非常热情，我就让他把他对斯蒂福的看法告诉艾妮斯。艾妮斯只是看着我，在只有我看她的时候，轻轻地摇了摇头。

我认为艾妮斯和周围的人在一起，是不会感到很自在的，所以，当我听说她过几天就要回去的时候，为她感到高兴。但这样一来，我不久就又要和她分离，心里不免有些难过。因此我一直待在这里，等客人都散了才走。和她说说话，听她唱歌，实在叫人高兴。回想起她把那所沉闷古老的房子变得那么美好，回想起我在那里度过的幸福时光，我希望可以在这里待到半夜，可是等到沃特布鲁克先生交往的明星全部散去，我就没有借口再留下去了，虽满心不愿意，也只好告辞了。

我下楼的时候，尤利亚还没有走，他紧跟在我身后，虽不喜欢他与我作伴，但一想到艾妮斯对我的恳求，要我好好对待他，不要生气，我还是请他到我的住处去喝杯咖啡。

"谢谢你，科波菲尔少爷！自从你头一次跟我说话，我那卑贱的地位就已经提高了，但就是这样，我仍然很卑贱。我要是跟你说点知心话，你不会觉得我更卑贱吧，科波菲尔少爷？"

"哦，不会，"我经过一番努力才说出来。

"谢谢你！"他从口袋里掏出手帕，擦起手心来，"艾妮斯小姐，科波菲尔少爷……"

"怎么啦，尤利亚？"

"哦，听到有人这么自然地叫我尤利亚，我真快活！"他大声说，接着浑身抖动了一下，像快要干死的鱼，"今天晚上你是不是觉得她很漂亮，科波菲尔少爷？"

"我觉得她从来都是这个样子，在各个方面，都比其他人高出一筹。"

"哦，谢谢你！你说得太对了！"他大声说道。

我注意到他脸上有种表情似乎张显着他有很大的权力，不禁有种疯狂的想法，要把烧红了的通条，从火炉里抽出来，刺透他的胸膛。但艾妮斯的形象，却依然留在我的脑海里。看着他斜着身子坐在那里，听到他把艾妮斯称作"我的"，他那丑恶的灵魂，使我感到头晕。亲爱的艾妮斯，人品那么好，对人那么善良，我都想不出谁能配得上她，怎么会留给他这样一个坏蛋做老婆呢！

时间居然过得很快，夜里一点半了，那个卑鄙的尤利亚回不去了，只好睡在我的火炉旁。那天晚上我心情非常沉重，就觉得有块石头压在胸口上，仿佛我留了一个魔鬼在这里过夜。在我半睡半醒的时候，那通条又出现在我的脑海里，烧得通红，老也不消失，我真想把它从火炉里抽出来，刺透他的胸膛。那漫长的夜晚，一直让我沉闷难熬，昏暗的天空也见不到一丝曙光。

后来，我没有再见到尤利亚。直到艾妮斯离开伦敦那一天，我去车站与艾妮斯告别，给她送行，才看到他也在那里，准备坐同一辆马车回坎特伯雷镇去。

第十七章

情　网

　　时间一天一天，一周一周，悄悄地溜过去了。我按照合同，正式成了斯彭洛—乔金斯事务所的一名学徒。除去房租和各种开支，姨奶奶每年给我九十英镑。在那间租住的公寓里，我仍觉得这儿的晚上寂寞得可怕，时间过得特别慢，不过在这种情绪低沉的日子里，我喝咖啡消磨时光，心情倒也能平静下来，只是要计算所喝咖啡的话，恐怕得以加仑计算了。

　　在我正式开始学徒的第一天，我带去一些三明治和雪利酒，款待办公室的那些文书们，晚上独自一人去看了一场戏，此外没有别的庆祝活动。签约的那天，办完一切手续后，斯彭洛先生就对我说，他本想带我去诺乌德，到他的家里去，庆祝一下我跟他确立的师徒关系。可是由于他女儿刚在巴黎完成学业，就要回来，家里的事还没有安排就绪，所以暂时不能请我。不过他说，待他的女儿回来，他希望有幸招待我。我知道他一直鳏居，只有一个女儿，我当即对他表示感谢。

斯彭洛先生没有食言，一两个星期之后，他又提起了这件事，说如果我肯赏光的话，下周六就请我去他家，一直待到星期一，那他就太高兴了。我当然说我非常高兴，于是说定，他用他的四轮敞篷马车把我载去，然后再把我送回来。

就这样，斯彭洛先生和我，一起坐着他的四轮敞篷马车，驱车去他家。一路上，我们谈得很愉快，斯彭洛先生向我透露了一些关于我职业的情况。他认为这是世界上最文雅的职业，绝不能和律师混为一谈，我的职业外人难进，办法多样，待遇优厚。随后，他赞扬起博士协会来，说它非常精干，令人称赞。我聚精会神地听他讲那些大道理，又谈谈话剧，说说拉扯的那两匹马，最后终于来到斯彭洛先生的家门口。

斯彭洛先生家有一个非常漂亮的花园。此时虽然不是一年中赏花最好的季节，但那个花园收拾得仍很美丽，使我十分着迷。花园里有一片漂亮的草坪，稀疏错落的树木，那条弯曲的小路暮色中隐约可见，路上面搭着棚架，供那些花草在生长的季节攀附在上面。

我们走进灯烛辉煌的住宅，里面喜气洋洋。门厅那儿，有着各色各样的礼帽、便帽、大衣、披肩、手套、马鞭和手杖，等等。"朵拉小姐在哪儿？"斯彭洛先生问仆人。

　　"朵拉！"我心里想，"多美丽的名字啊！"

　　我们走进靠门口的一间屋，这时我听到有个声音传来，"科波菲尔先生，这是我女儿朵拉，这是我女儿朵拉的知心好友！"毫无疑问，这声音是斯彭洛先生的，可是我没听出来，没顾不上去分辨是谁的声音了。因为，刹那之间，一切都化为乌有，我命里注定的事，就这样一下子到来了。我成了一个俘虏，一个奴隶。我爱朵拉·斯彭洛，爱得快要疯了。

　　在我的眼里，她不是一个凡间女子，而是一位仙女，一个精灵，我也说不清她到底是什么，无人见过，但人人爱慕。我一下子就坠入了爱情的深渊，在这深渊的边上，我没有停留，没有往下看，也没有往后望，还没来得及对她说一句话，就一头扎下去了。

　　我刚鞠了一个躬，嘴里正嘟囔了一句什么，就听到一个非常熟悉的声音说："我以前见过科波菲尔先生。"

　　说话的不是朵拉。肯定不是，而是她的那位知心好友——摩德斯通小姐！

　　我觉得我当时并没怎么感到吃惊，那是因为发生这样出乎意料的事情，我已没有能力吃惊了。当然，在这个世界上，除了朵拉·斯彭洛，也没有什么值得我吃惊了。我只是说："你好吗，摩德斯通小姐？愿你一切都好。"

她回答我说："很好。"

我又问："摩德斯通先生好吗？"

她回答说："我弟弟很健壮，谢谢你。"

我想，斯彭洛先生看见我们互相认识，大概有些诧异，便接了话。

"我很高兴，科波菲尔，"他说，"原来你跟摩德斯通小姐认识啊！"

"科波菲尔先生和我是亲戚，"摩德斯通小姐严肃地说道，"我们从前有过一段交往。那还是在他小的时候。后来情况变化，我们分开了。现在我几乎都认不出他来了。"

我说，我可无论在哪里都认得她。这完全是实话。

"摩德斯通小姐是个好心人，"斯彭洛先生对我说，"她接受我的邀请，做我们朵拉的贴身女伴——如果我可以这样说的话。我女儿朵拉不幸没了母亲，多亏有摩德斯通小姐来给她作伴，做她的保护人。"

这时，我脑袋里忽然闪出一个念头，摩德斯通小姐就是那种可以随身携带，叫做保命器的器械，其目的就是为了攻击，而不是自卫。不过除了朵拉，我对任何别的事物都不多想。现在，我已记不起还有谁在座，一点也不知道吃的是什么。我的印象是，我吃的全是朵拉。大概有六盘菜，根本没动，就撤去了。我挨她坐着，我跟她谈话。她那轻柔细小的声音，听了让人高兴，她那活泼快乐的微笑，是那么动人，她的一举一动都那么可爱，那么迷人，使我这样一个神魂颠倒的青年，不觉就要拜倒在她群下，甘心做她的奴隶。她较小柔美的身材，让我觉得更加可珍贵。

当我们走进客厅时，我看到摩德斯通小姐那冷酷的脸色，不禁有些紧张，生怕她在我钟爱的对象面前说我的坏话，不过，我的担心是多余的。

"大卫·科波菲尔，"摩德斯通小姐向我招手示意说，"跟你说句话。"我跟她来到一个窗口。

"大卫·科波菲尔，"摩德斯通小姐说，"有关过去的家务事，我就不多说了。那并不是什么让人开心的话题。"

"绝对不是，小姐。"我回答说。

"绝对不是，"摩德斯通小姐表示同意，"我不想重提过去的不快，还有过去所受的侮辱。我曾受过一个人的侮辱——一个女人的侮辱，说起来叫人难过，她丢尽了我们女人的脸。提起这女人，就不能不让人感到恶心，感到憎恨，所以我就不想再提她了。"

一听她数落我姨奶奶，我心里大为恼火，但是我却只是说，要是摩德斯通小姐愿意，确实还是不要提为好。我又补充说，要是有人不客气地提到她，我是不会客气的。

摩德斯通小姐闭起眼睛，轻蔑地把脑袋一歪，慢慢地睁开眼睛，接着说："大卫·科波菲尔，我用不着掩饰。你小时候，我对你有看法，不喜欢你。也许我的看法不对，或者是你长大后学好了，不该再对你有成见。不过，这已经不是问题的重点。我是出生在一个家教很严的家庭里，不是那种随机应变的人。我想，我对你可以有我的看法，你对我也可以有你的看法。"

这次轮到我把脑袋一歪了。

"不过，咱们没必要，"摩德斯通小姐说，"在这儿发生冲突。在目前的情况下，无论从哪方面看，都是以不发生冲突为好。既然机缘巧合，让我们又碰到了一起，而且以后在别的地方，也许还会有碰到的时候，我觉得，我们在这儿还是以远亲相待吧。家庭的情况使我们只好这样相处，咱俩都没有必要把对方弄成别人议论的话题。你看如何？"

"摩德斯通小姐，"我回答说，"我觉得，你跟摩德斯通先生都折磨过我，待我母亲也极不厚道。只要我活着，我会永远记得的。不过对你的主张，我完全同意。"

摩德斯通小姐又把眼睛一闭，把脑袋一歪。随后用她那冰冷僵硬的手指指尖，在我的手背上碰了一下，算是同意，便走开了。

晚上，我的那位女皇——朵拉唱了几首迷人的歌谣，随后，我们弹着吉他，跳起了舞，我沉浸在幸福之中，精神恍惚，心中充满着强烈的爱。

那是个晴朗的早晨，曙色初呈，我想我得到外面去散散步，在那些架有拱形棚架的小径上，把她的倩影好好回味一下。走过门厅时，碰到她的小狗吉卜——是吉卜赛的简称。我蹑手蹑脚地走近它，因为我连它也爱上了。可是它露出全副牙齿，钻到一把椅子底下，发出愤怒的低吼，一点也不容我跟它亲密。

花园里幽静而清凉。我一边走，一边想，要是我一旦能跟这位美女订了婚，不知道会有多么幸福。我是一个多愁善感的小傻瓜，不过却有一颗纯洁的心。

我走了没有多久，就在一个拐角处碰见了她，刹那间感到浑身发麻，手在不停地颤抖。

"你……出来得……真早啊，斯彭洛小姐！"我说。

"屋子里太闷了，"她回答说，"摩德斯通小姐真是荒唐！她非要说得等空气变暖了，才能出来。空气变暖！"

"星期天早上，我不练琴，总得做点什么。所以昨天晚上我对爸爸说，我一定要出来。而且，这是一天当中最亮堂的时刻。你说是不是？"

我不知哪里来的胆子，回答说："是的，现在这会儿是非常亮堂了，可是一分钟之前，我还觉得黑暗一片呢！"

"你这是句恭维话吧？"朵拉说，"还是天气真的变了？"

我结巴得更厉害了，回答说，"我这不是恭维，说的是事实。其实天气并没什么变化，只不过是我自己的心情发生变化罢了。"我不好意思地补充了这么一句，是想以此来解释得更明白一点。

她摇了摇头，让鬈发披散下来，遮掩住脸上的红晕。啊，我从来没有见过这样的鬈发，怎么能见到呢？从来没有人有过这般的鬈发呀！至于鬈发上的草帽和蓝丝带，要是能挂在我白金汉街的房间里，那该是怎样的一件无价之宝啊！

"你刚从巴黎回来，是吧？"我问道。

"是的，"她说，"你去过那儿吗？"

"没有。"

"哦，我希望你也能去一趟！你一定会很喜欢那里的！"

她居然希望我去巴黎，但就目前情况来说，我是不会离开英国的，再大的诱惑，我也不会动心。痛苦眼看就要在我脸上露出了痕迹，这时，那条小狗跑了过来，这才给我解了围。

"你跟摩德斯通小姐不是很熟吧，是不是？"朵拉说道，"我的宝贝！"末了一句是对狗说的。哦！要是对我说就好了啊！

"是的，"我回答说，"一点也不熟。"

"她真是让人讨厌！"朵拉噘起小嘴说，"我真不知爸爸是怎么想的，找了这么个讨厌的东西来跟我作伴。谁要人来保护？我根本不需要人来保护。吉卜会保护我的，它要比摩德斯通好多了——你会保护我吗，吉卜，亲爱的？"

她吻了吻它那圆圆的脑袋，可是它只是懒洋洋地眨了眨眼。

"爸爸说她是我的知心朋友，可是我敢说，她根本不是这种人。是不是，吉卜？吉卜跟我，我们俩才不跟这样蛮横的人说贴心话哩。我们只能对自己喜欢的人说贴心话，而且我们要自己找朋友，我们才不要别人替我们找朋友呢！是不是，吉卜？"

作为回答，吉卜发出了一种很惬意的声音，有点像煮茶时水壶发出的声响。而对我来说，她的每一句话，都像是在旧镣铐上再加一副新镣铐。

"多令人痛苦啊，就因为我没有一个慈爱的妈妈，结果非得让摩德斯通小姐这样一个令人生厌的老东西来，成天跟在我们身边，真是太倒霉了——是不是，吉卜？不过，没关系，吉卜。我们不跟她好，不理她就是了，我们自己爱怎么开心就怎么开心。我要捉弄她，绝不讨好她——是不是，吉卜？"朵拉淘气地把小狗举起来，让它闻闻花的香味。

这时，摩德斯通小姐出现了，她一直在找我们俩，见到我们，她伸过她那令人作呕腮帮子，让朵拉吻了吻，然后把朵拉的胳臂一挽，领我们去吃早餐，那样子，就像去参加一个士兵的葬礼。

我们就这样安安静静地过了一天。没有客人，只是散散步，四个人一起吃了一顿晚饭，晚上就看看书，看看画。

第二天，因为海事法庭有件关于打捞的案件需要处理，所以，一大早我们就要离去。吃过早饭，我上了马车，在马车里挥帽与她告别，而她抱着吉卜站在台阶上，望着我，我心中悲喜交集。

此后的日子里，我不断做着美梦，每天去上班，不是去处理公务，而是在思念朵拉，十分痛苦。有时偶尔能见到她，但因为有摩德斯通小姐陪伴，我说不上几句话，过后总觉得没有说到点子上。于是，我就希望斯彭洛先生能再次邀请我去做客，但这种愿望始终没有实现。

克鲁普太太是个眼光敏锐的女人，很快就发现了我低沉的情绪，她断定我正陷入恋爱的深渊，但我却说她在瞎猜。

"先生，"克鲁普太太用严肃的口吻说道，"除了你之外，我还伺候过其他年轻的男人，当他对穿着，对头发走向一个极端的时候，无论他性格如何，都是与女士有关。"

克鲁普太太摇了摇头，显得那么自信，我一时哑口无言。

"科波福尔先生，"克鲁普太太总是这样叫我，"我是有孩子的人，要是多管闲事，请你原谅！不过你还是个年轻人，科波福尔先生，我劝你还是振作起来，先生，提起精神来，去做点自己喜欢的事，比如玩玩九柱戏，那玩意对健康有利，又能分散你的注意力，对你会有好处的。"克鲁普太太说完这些话，这就走了，当她身影消失在黑洞洞的门口时，我觉得她未免有点冒昧。

不过，第二天我突然想起，要到特拉德那里去一趟。当天下午我就去看望老同学了，他住的那条街臭气熏天，污水横流，一下使我想起，我和米考伯夫妇在一起的日子。

特拉德看到我特别高兴，非常热情地带我到他那个小房间里去。房间在屋子的正面，家具不多，却极整洁。他的桌上摆满了材料，在屋角，有一大块白布盖得整整齐齐，看不出是什么东西。

"特拉德，"我坐下后，又跟他握了握手说，"见到你，我真高兴。"

"我看到了你也很高兴呢，科波菲尔，"他答道，"见到你，我实在是高兴。能在伊利巷与你相遇，我就高兴极了，而且我相信，你也一样会高兴极了的，所以就给了你这里的地址，而不是我的事务所的地址。"

"哦！你有事务所呀？"我说。

"嗯，是这样的，我租了一个写字间和一条走廊的四分之一，还雇着一个四分之一的文书，"特拉德答道，"我和另外三个人合租的事务所，为了像个办事的样子，我们一起雇了一个文书，费用平摊，我每礼拜给他半个克朗。"

他微笑着对我这样解释，我仿佛看到他原先那单纯而善良的品性，还有原先那点倒霉的运气。

"我平时是不会将这个住址告诉别人，科波菲尔，"特拉德继续说，"你知道，并不是因为我爱面子。只不过那些要找我的人，不愿到这边来罢了。而我对这种情况自然知道，为了解决这种局面，我正在克服困难，加倍努力。"

与沃特布鲁克先生和我所说的一样，特拉德正在学习法律，他做学徒已经有一段时间了，只不过他花了好大力气，才缴了那一千英镑的费用，一说起这些，他脸上就露出了痛苦的神情。

我们开始回忆以前的日子，讲讲他走上学习法律的历程，慢慢有了自信，开始乐呵呵地讲了起来。"科波菲尔，你仍旧跟从前一模一样，还是那么讨人喜欢，让人看了高兴，所以我什么事情都不想隐瞒你。你该知道的，我已经订了婚。"

订婚！一听到这个词，我就想起了朵拉。

"她是一个副牧师的女儿，"特拉德说，"姐妹十个，住在德文郡那边。"他看见我不由自主地望了一眼他墨水缸上的画，"不错！就是这个教堂！出了这扇大门，向左一拐，"他用手在墨水缸上指点着，"就在这儿，我的笔尖所指的地方，朝着教堂这边，就是她家的房子。"

他述说这些细节时，心情很愉快，而我却在心里想着斯彭洛先生家的房子和花园。

"她是一个非常可爱的姑娘！"特拉德说道，"年龄比我稍大一点，但却可爱极了！我上次对你说，我要到外埠去耽搁一个月。我就是到那边去啊！我步行去，又步行回来，我在那边过得快活极了！但是，我知道，我们要很久以后才能结婚，不过，我有自己的座右铭'盼着吧'，有盼头就会有希望，她会等我，等到哪一年都行。"

特拉德从椅子上站起来，带着胜利的微笑，把手放在我进来时看到的那块白布上。原来，那是他们准备的两件家具——花盆和架子，那是他心爱的女人亲手买的。

"在接下来的日子里，"特拉德说着，回到他的坐椅上，"我竭尽所能，好好干活。虽然我挣得不多，可是我花得也少。我平时是和楼下的人搭伙，他们非常善良的人。米考伯先生夫妇俩经历过很多事情，见过不少世面，和他们在一起，真是太好了。"

"米考伯先生夫妇吗？"我立刻喊道，"我跟他们非常熟悉呢！"

就在这时，下面传来了两下敲门声，按照我以前在温莎的经验，那绝不是别人，那一定是我的老朋友米考伯先生。我让特拉德把他的房东请上来。特拉德俯身在楼梯栏杆上请他上来。不久，米考伯先生就像文质彬彬的年轻人一样走了上来，没有丝毫改变，还是原来的装扮——一根手杖，紧身裤，衬衫领头，单眼镜，透露出一股绅士派头，神气活现地走进房里。

"对不起，特拉德先生，"米考伯先生停止了他自己正在哼着的一支小曲，用他所固有的谦逊声调说，"我不知道你这清静的房间里，居然还有一位先生登门拜访。"

米考伯先生对我微微地鞠躬行礼，拉了拉他的衬衫领头。

"你好吗，米考伯先生？"我说。

"先生，"米考伯先生答道，"你真客气。我依然如故。"

"米考伯太太呢，她好吗？"我继续问。

"先生，"米考伯先生答道，"她也依然如故，感谢上帝。"

直到此时，米考伯先生跟我面对面站着，但他始终没有认出我来。不过，他看见我在笑，便仔细端详了我一番，竟然退缩了一步，喊道："这是真的吗？我看到的是科波菲尔吗？"随即极其热烈地握着我的两只手，"天哪，特拉德先生！"米考伯先生说道，"没想到你认识我年轻时候的朋友，昔日的同伴！亲爱的！"他俯身在栏杆上对米考伯太太喊道，"这儿有一位先生，在特拉德先生房间里，想让你来见一见，亲爱的老伴儿！"

米考伯先生马上又回到屋里，再次与我握手。"你看得出，科波菲尔，"米考伯先生说道，一边斜眼看着特拉德，"我们眼下家底不厚，也不气派，不过你可知道，在我们事业的发展中，曾跨过很多障碍，克服许多困难。不过，我现在就要处于人生中最重要的一个阶段，准备要向前奋力跳一跳。"

我正要表示赞赏时，米考伯太太走了进来。她仍旧是那样一副待客的打扮，还戴着一副棕色的手套，稍微打扮了一下。不过我现在看来，有点看不习惯，觉得比从前有点更邋遢了。

"亲爱的。"米考伯先生说着，就把她带着向我这边走过来。

"这儿有一位姓科波菲尔的先生，他要想跟你叙叙旧。"

米考伯太太有孕在身，一听就蒙了，昏了过去。醒来后，见了我，实在是高兴，非常热切地留我吃饭。本来我原本打算答应，但我从米考伯太太的眼睛里，仿佛看到一丝不安，似乎在计算那些冷肉的数量，所以我借口约会推辞了，我随即看到，米考伯太太的兴致又好起来了。

但是，我和特拉德和米考伯先生夫妇俩商定，在一个合适的日子里，到我那里去聚餐、叙旧，他们非常开心。

离款待老朋友的那一天，还有一段时间，我就喝着咖啡，想着朵拉，仍然为着爱情而苦恼，食欲不振，不过食欲慢慢恢复，有时也会吃得津津有味。

这次聚会，我只弄了两条比目鱼，一小条羊腿，一个鸽子饼，买了一只旧的活动餐架，没有像上次那样大张旗鼓地准备。我把做果汁的材料准备好，等米考伯先生来配制，还给米考伯太太准备了点化妆用品，然后铺好桌布，镇定自若地等着他们的到来。

三位客人是在约定的时间一齐到的。米考伯先生，衬衫领子特别高，眼镜上系了一条新带子；米考伯太太，帽子用浅棕色的纸包着；特拉德，一手拿着那纸包，一只胳膊挽着米考伯太太。我住的这个地方，他们都很喜欢。

宴会糟透了，中看不中吃，但客人兴致很好，米考伯先生赶忙帮我出主意，要找工具把菜重新切分，再加工，以弥补这小小的事故。

储藏室里有一个铁箅子，我每天早上就用它来烤咸肉。我们赶紧把它拿来，特拉德把羊肉切成片；米考伯先生撒上胡椒面儿、辣椒面儿、芥末和盐；我在米考伯先生的指挥下，把肉放在铁箅子上，用叉子叉来叉去，又从铁箅子上取下来；米考伯太太用小锅热了一点蘑菇汁儿，边热边搅动。等我们烤够了数，可以开始了，我们就大吃起来，袖子都挽到手腕子，没有放下来，还有几片肉在火上"吱啦吱啦"地烤着，我们则一心二用，一边吃着盘子里的，一边还惦记着火上烤的。大家都很忙碌，烤肉很新鲜，味道也好，我们一起把一条羊腿吃了精光。特拉德一边吃一边干活，整晚都乐呵呵的，笑得很开心。

我们兴致最高的时候，大家各司其职，七手八脚，想把最后一份烤肉烤得十全十美，形成宴会的高潮。就在这时候，我发现屋里多了一个生人，接着我的眼睛就对上了黎提摩的眼睛，他表情严肃，手里拿着帽子，站在我面前。

"有什么事儿？"我不由自主地问道。

"对不起，先生。我家少爷不在这儿吗，先生？"

"不在呀。"

"你没看见他吗，先生？"

"没有啊。你不是从他那儿来吗？"

"不是直接来的，先生。"

"是他叫你到这儿来找他吗？"

"不完全是这样，先生，他既然今天没来，我想他明天是会来的。"

"他是从牛津过来吗？"

"先生，"他恭恭敬敬地答道，"请你坐好，让我来烤吧。"他说着就把叉子从我手里接过去，我也没有坚持不给，接着他就弯着腰站在铁箅子旁边，好像把全部注意力都放到烤肉上了。他很严肃，把烤好的羊肉从箅子上拿下来，递给大家，但我们都吃了一点，觉得没刚才好吃了。等我们吃完，他悄悄把桌子收拾干净，低头做事，无可挑剔。但我能感觉到他眉毛显现出对我的不满，也许是在说我，太年轻了。

"还有什么事情要我做吗，先生？"

我对他说，谢谢，没有了，不过我又问他，怎么不吃饭呢？

"不吃了，谢谢你，先生。"

"斯蒂福先生是从牛津过来吗?"

"对不起，你说什么，先生?"

"斯蒂福先生是从牛津过来吗?"

"我想他明天会到这里来，先生。我原以为他今天就会来的，先生。肯定是我弄错了，先生。"

"你要是先见到他……"我说。

"请原谅，先生，我认为我不会先见到他。"

"如果你先见到他的话，"我说，"请你告诉他，他今天没有来，我感到很遗憾，因为有他的一个老同学在这儿。"

"是吗，先生!"他说着鞠了一个躬，让我和特拉德分享，还看了特拉德一眼。

他轻轻地朝门口走去，这时候我想很自然地说点儿什么，可是办不到，我对这个人说话，从来不会是很自然的，我就说:"哦，黎提摩!"

"先生。"

"上一次你在亚茅斯待的时间长吗?"

"不是特别长，先生。"

"你看着把船修完的吗?"

"是的，先生。我留下的目的就是看着把船修完再走。"

"斯蒂福先生还没见过这条船吧，我想?"

"我说不好，先生。我觉得……不过我实在说不好，先生。我祝你晚安，先生。"

他说完了话，朝着在场的人恭恭敬敬地鞠了个躬，就走了。他走了以后，客人们喘气似乎也不那么紧张了。但我感到有些不自在，总觉得他摸透了我的心思。米考伯先生却对黎摩提大加赞赏，认为他是个体面的人，一个令人羡慕的仆人。

"我的朋友，科波菲尔，要是你能允许我按照社交礼仪来行事，"米考伯先生品尝着果子酒说道，"我就要和我的朋友科波菲尔在年轻的时候，在那些艰苦的岁月里，好好地喝上一杯。关于我和科波菲尔的友情，如果借用一句诗来描述，那就如彭斯的诗《往昔的时光》所说：咱俩在山坡上跑来跑去，摘取那鲜艳的雏菊。雏菊是什么，我也不知道，那只是一种比喻的说法，但如果可能，我和科波菲尔就要时不时地喝上一杯。"米考伯先生还是像往常一样，卷着舌头，带着一股咬文嚼字的劲头，那神气无法形容。我们跟着喝点果汁酒，特拉德感到莫名其妙，不知道我们是在什么时候成为了战友，为生活共同战斗着。

接着，米考伯先生又开始叙说他计划的事业，但均因没有启动资金而放弃了。他向我们说明孩子们在他生命中的价值，虽然生活困难，手头拮据，但他觉得孩子越多越好。米考伯太太不想让他在财务上说个没完，但还是不禁说道，"我觉得是时候了，米考伯先生应该全力以赴……我还要补充一句，他应当显示出他的本事来。我认为，他要利用些手段。"我当时就觉得，米孝伯太太是属于罗马时代的女英雄，在国家有困难的时候，会做出各种英雄的事迹。

我们接着聊下去，话题转到具体的事情上来。米考伯先生明确表示，无论情况如何，住房条件怎样，他都会给我留着一副刀叉，给特拉德留着一个房间。大约十点多的时候，米考伯太太站起身来，准备告辞，她把帽子放回浅棕色的纸包儿里，戴上了软帽。我举着蜡烛趴在栏杆上为他们照着，以便下楼，米考伯先生在最前面，给米考伯太太带路，特拉德拿着米考伯太太的帽子跟在后面，我就利用这个机会，在上面楼梯口留住了特拉德，待了一会儿。我提醒他，鉴于米考伯先生的情况，不要轻易借钱给他，我担心这个单纯的朋友会被米考伯先生忽悠，拖下水。特拉德向我表示感谢，就下楼去了。

我回到炉火前面，一半认真一半嘲笑地琢磨起，米考伯先生的性格和我们之间长久以来的关系，忽然听见急促的脚步声走上楼来。起初，我以为是特拉德回来取米考伯太太落下的什么东西。可是等到那脚步声近了，我听出来了，我马上觉得心跳加快，血也都涌到了脸上，因为那是斯蒂福的脚步声。

我从没有忘记过艾妮斯，把她放在我的脑海深处，从来没有让她离开过这个地方。但是斯蒂福进来以后，站在我面前，向我伸出手来，艾妮斯曾经提醒落在他身上的阴暗东西，此刻就都亮了起来，我感到内疚，也很不好意思，因为我怀疑过我多么爱戴的人。但我也没有因此而减少对艾妮斯的爱，仍然把她看做我生活中温柔善良的天使。我因为在内心伤害了他而责怪自己，但我不责怪艾妮斯，假如我知道应该做什么，或者怎样做的话，我愿意向斯蒂福赎罪。

"哦，雏菊，老朋友，没想到吧！"斯蒂福笑着说道，一面热情地和我握手，又兴高采烈地把我的手甩向一旁。"是不是又让我发现你在请客啦，你这个败家子儿。我看，博士协会里的人是全城最快活的了，我们牛津人只吃粗茶淡饭，与你们可没法比！"他那明亮的眼睛，愉快地朝着屋子四周扫了一眼，同时就在我对面的沙发上坐了下来。那炉火经他一拨，也旺了起来。

"一开始，你吓了我一大跳，"我一边说着，一边尽可能热烈地向他表示欢迎，"就连跟你打招呼，气都不够用了，斯蒂福。"

"哦，一看见我，眼睛就不疼了，这是苏格兰人说的，"斯蒂福答道，"一看见你，我也是一样，风华正茂的雏菊，你好吗？我的醉汉？"

"我很好，"我说，"今天晚上我可不是什么醉汉，不过我得承认，我又招待了三位客人。"

"三个人？哦，我在街上都碰见了，他们扯着嗓子夸你呢。"斯蒂福答道。

"你猜其中一位朋友是谁呢?"我问他了。

"天知道,"斯蒂福说,"他不是什么无聊的人吧,我希望。我看他有点儿像是那种人。"

"特拉德呀!"我以胜利者的口吻答道。

"他是谁?"斯蒂福心不在焉地问道。

"你连特拉德都不记得了吗?就是在萨伦学堂,和咱们同住一个屋的特拉德呀!"

"噢,那家伙呀!"斯蒂福说道,一边用捅火棍儿敲打压在火上的一大块煤,"他还是那么窝囊吗?你到底是在哪儿碰上他的呀?"

我在回答的时候,极力赞扬特拉德,因为我觉得斯蒂福根本就看不起他。斯蒂福轻轻地点了点头,微微一笑,说有空他愿意见见这个老同学,但他对特拉德兴趣不大,就把这话题打发了。接着他就问我能不能给他一点儿吃的。

在这段简短的对话中,大部分时间他没有兴致勃勃地说话,而是闲坐在那里,用捅火棍儿敲打那一大块煤。我还注意到,我在往外拿剩下的鸽子饼之类的时候,他还是那样坐在那里。

"哎呀,雏菊,这是给国王准备的晚餐吧!"他突然打破沉默,大声说道,说着便在桌子旁边就座,"我可不能对不起它,我是从亚茅斯来的呀。"

"我还以为你是从牛津来的呢，"我说。

"不，"斯蒂福说，"我出海了——有意思多啦。"

"黎提摩今天来过，来打听你的消息，"我说，"我从他那里了解到你在牛津呀，不过现在回想一下，他倒也并没那么说。"

"黎提摩竟然打听我的消息，我真没想到他这么愚蠢，"斯蒂福说着，愉快地倒了一杯酒，并且向我祝酒，"至于从他那里了解到什么，雏菊，你要是真能办得到，可就比我们大部分人都聪明了。"

"的确是这样，"我说着也把椅子拉到桌子旁边，"如此说来，你是到亚茅斯去了，斯蒂福?"我很想了解全部情况，就接着说，"在那里待的时间长吗?"

"不长，"他答道，"一个星期左右，不同寻常呀。"

"他们大家怎么样? 小艾米丽肯定还没结婚吧?"

"还没有。不过快了，我想——再过几个星期，几个月，或长或短。我也没有多少时间和他们待在一起。我想起来了，"他正吃得带劲儿，忽然把刀叉放下，把手伸到口袋里去掏东西，"我这里有你一封信。"

"谁来的?"

"哎呀，你的老奶妈啊。"他说着从胸前的口袋里掏出了几封信。"'詹·斯蒂福先生在顺兴楼的欠款'，不是这一封。耐心等一下，马上就找到。那老家伙，他叫什么名字来着，情况不好，我想信上说的就是这个。"

"你是说巴吉斯吗？"

"是呀！"他仍然在口袋里掏信，还看一看信的内容。"可怜的巴吉斯恐怕已经不行了。我看见一位个子不高的药店老板在那里，也许是个外科大夫，不管他是干什么的吧，就是把你接到世上来的那个。我觉得他对病人的情况很熟悉，他说得很肯定，认为病人的情况已经急转直下。那边椅子上有我的大衣，你伸手摸一摸胸前的口袋，我想准是在那里。在不在？"

"是在这里！"我说。

"这就对了！"

那是裴果提来的信——比往常更难认，而且很短。她告诉我她丈夫已经没有希望了，还含蓄地说比先前"更加拮据了"，所以也就更难以照料自己了。关于她怎样辛勤看护，只字未提。信写得朴实而亲切，我知道她是很真诚的。末尾提到"报答我永远爱的人"，这就是指我本人了。

在我逐字辨认的时候，斯蒂福连吃带喝，始终没有停。

"情况不好啊，"等我看完了信，他说道，"不过每天太阳都是要落的，每时每刻也都会死人，我们不必为这共同的命运而大惊小怪。咱们要是听见谁家门前都要去的这只脚，在某个地方敲起门来，就把握不住自己的命运，那世上一切的东西就都要从咱手里溜走了。不能那样！要往前冲！需要猛冲就猛冲，但是要往前冲！要扫除一切障碍往前冲，而且要赢这场比赛！"

"而且要赢什么比赛？"我问道。

"从一开始就参加的比赛呀，"他说道，"往前冲吧！"

我记得当时我就注意到了，他说完了话之后，他那漂亮的脑袋微微向后仰着，手里举着酒杯，看着我。虽然他脸上，还有看得出海风刚刚吹过的样子，面色红润，却也显出了上次见他之后增添的痕迹，仿佛他一直在压制着自己的激情，而这种激情一旦爆发，就会在他身上极其强烈地表现出来。我差点要劝告他，只要有想法就要不顾一切地去追求。

"你听我说，斯蒂福，"我说，"你精力旺盛，要是肯听我……"

"我精力充沛，你想让我干什么都行。"他说着，离开桌子，回到炉火旁边。

"那你就听我说，斯蒂福。我想我得去看看我的老奶妈。不是说我能给她多大帮助，或者能帮她办什么实事儿。但是她那么疼我，我要是去看看她，也许比什么都好。她会非常感激我，觉得这对她是一种安慰，是一种支持。我觉得为她这样一个朋友做这点事，也不能算是费很大的力气了。你要是处于我的地位，不是也会走上一天的路程去看她吗？"

他脸上显出了沉思的样子。他坐在那里想了下，低声答道："好哇，走吧！不会有什么坏处。"

"你刚回来，"我说，"让你跟我一块儿去，恐怕不可能吧？"

"很对，"他答道，"今天晚上我要到海格特去。我这么长时间没去看我母亲了，过意不去呀，她这么疼爱她这个不肖之子，她也应该同样受到疼爱。还是算了吧——我想你是打算明天去吧？"他说着向前伸直了胳膊，一手抓住我一个肩膀。

"是啊，我是这样打算的。"

"要是这样，就后天再去吧。我想让你去跟我们住几天。我是特意来请你的，而你却要飞到亚茅斯去。"

"说什么飞到哪里去，你可真行，斯蒂福，你才糊里糊涂地想往哪儿跑，就急着往哪儿跑呢！"

他看了我一会儿，没说话，还像刚才那样抓着我的肩膀，接着他摇了摇我的身子，说道："得啦！就后天去吧，明天尽量和我们多待一会儿，谁知道咱们什么时候再见面呀！得啦！就后天去吧！我希望你站在我和罗莎·达特尔之间，好把我们给分开。"

"我要是不在，你们会相爱得太过分吗？"

"是啊，也可能是恨得太过分呢！"斯蒂福笑着说道，"怎么样都无所谓。得啦！就后天去吧！"

我同意后天去，他就穿上大衣，点上雪茄，准备走回家去，我陪他一直走到大门口。回到屋里，在脱衣服的时候，我看到地上有封信，是米考伯先生给我的。我拆开信，看了下面，信写于饭前一小时，用的是一种法律式的语言，我想米考伯先生又遇到特别困难的事情了，这是他一贯的风格，仿佛这样就可以把问题解决了似的。

"先生——因我不敢说亲爱的科波菲尔，下方署名者已经破产，现将此事告诉你为宜。今日你可能已经注意到，本人曾尽微薄之力，使你不至于过早知道其灾难的处境，但希望已沉到地平线以下，下方署名者业已破产。

最后，为了替你积善，需补充一句：愿尘与土

永远不要

洒落在

笔者

头上。

威金斯·米考伯谨启"

幸好我早已了解米考伯先生，可以预见他会从这次打击中，再次恢复过来。但我一想到特拉德，想到可怜的裴果提，我一夜都感到痛苦，没有睡好。

第十八章
做 客

　　第二天早晨，我对斯彭洛先生说，我要请几天短假。因为我还没有领取任何薪水，那位铁面无情的乔金斯先生并没有感到十分不快，所以没费什么口舌就准了我的假。我趁机问斯彭洛小姐安好，不过说这话时，我的声音黏在喉咙里，两眼变得模糊不清。斯彭洛先生答话时，毫无感情，好像说的是别人一样。他说，他非常感谢我的问候，他女儿一切都好。

　　斯蒂福的母亲见了我很高兴，罗莎·达特尔也同样高兴。但我发现黎提摩不在，这使我颇为诧异，伺候我们的是个谦恭的年轻女仆。来这里不到半个小时，我就感觉到，达特尔小姐一直密切地注视着我，似乎还悄悄地拿我的脸跟斯蒂福的脸比较，似乎要伺机找出点什么名堂来。

每当我朝她看时，总能看到她脸上那急切的神情、令人生畏的黑眼睛和寻根究底的额头，全都专注地对着我的脸。当我看到，她那敏锐的眼光审视我们的时候，她也毫不畏缩，反而更加专注地盯着我。虽然，不管她会疑心我做了什么坏事，我都问心无愧，这点我心里有数，可我还是尽量避开她那双奇特的眼睛，我实在受不了她眼睛中那如饥似渴的光芒。

在那一整天里她好像无处不在。我要是在斯蒂福房里跟他说话，就会听到外面小过道里传来她衣服的窸窣声；我跟斯蒂福在屋后草坪上，玩我们曾经玩过的游戏，就看到她的脸从一个窗口移到另一个窗口，就像是神出鬼没的灯火，直到在一个窗口停下，盯着我们；下午我们一起去散步，她的瘦手就像弹簧一般，紧紧扣住我的胳臂，把我留在后面，让斯蒂福跟他母亲往前走，直到听不到我们说话时，她才跟我说话。

"你很久没上我们这儿来了，"她说，"你的工作很忙吗？是否真那么紧张，那么迷人，吸引了你的全部心思？我对很多事情都不知道，但我很感兴趣，问问你，是想知道那工作是不是真的那么吸引人？"

我回答说，我对自己的职业还是很喜欢的，不过我也确实不能把它说得那么有趣。

"哦！这我明白了，很高兴，因为只要我错了，总喜欢别人把我纠正过来。"罗莎·达特尔说，"你的意思是不是说，那工作也许有点枯燥？"

"嗯，"我回答说，"是有点。"

"哦！那这样，你就需要放松放松，换换空气，需要找点刺激，让自己高兴起来，是不是？"她说，"啊，一点没错！那他是不是……呃……也有点，我不是说你。"

她朝斯蒂福那边飞快地看了一眼，他正挽着母亲的胳膊往前走，我马上就知道她指的是谁，但除此之外，我并不知道她要说什么，只能做出不大明白的表情。

"是不是，我没有说一定是，注意，我只是想知道，那种事是不是使他着了迷？也许使得他比平常更加疏忽，更少回来看盲目溺爱他的……"说到这儿，她又对斯蒂福飞快地瞥了一眼，也朝我看了看，好像要看透我内心最深处的想法似的。

"达特尔小姐，"我回答说，"请你不要以为……"

"我没有！"她说，"哎呀呀，你可别以为我有什么想法！我可不是个多疑的人。我只是问个问题，我并没有发表什么意见。照你说的，并不是那么回事？好吧！我知道了，也很高兴。"

我一听这话，感到纳闷，不知道她为啥这样说。"斯蒂福平时离家时间久比较长，我都不知道他干了些啥，他外出的事业也是刚听你说。这么长时间以来，我也是昨天晚上才见的他呢。"

"一直没见过他？"达特尔小姐问道。

"真的，达特尔小姐，没见他。"

她一直盯着我看，这时我看到她越发削瘦的脸，越来越苍白了，那条旧伤痕越发刺眼，我被她那双明亮的眼睛死死盯住，感到害怕。

"那他都在干些什么？"她边盯着我边问，那急切的心情，仿佛像火一般要把她吞噬，"我只求你告诉我，他究竟是在干什么，他是受什么驱使，是气愤，是怨恨，还是面子，还是什么莫名其妙的想法，难道是爱情？究竟是什么呢？"

"达特尔小姐，"我答道，"我怎么对你说呢，关于斯蒂福的情况，我只知道先前的事情，现在并不知道他有什么变化，我也想不出来他会有什么变化。不管怎样，我连你的意思都不大明白。"

她依然站在那里，注视着我，那道伤疤跳动了一下，那瘦小的身躯站在炉火前，显得那么痛苦，嘴角往上一翘，仿佛露出一丝鄙视的神情。

斯蒂福陪着母亲说话，对她特别关心，特别尊重，老太太也非常开心。看到他们在一起的样子，母子俩那种你疼我爱的亲热劲儿，让我感到非常有意思，看得出他们性格非常相似，只不过斯蒂福身上更多的是高傲和急躁，他母亲由于年龄原因，显得柔和得多，慈祥而庄严。

我不止一次地想过，他们之间没有发生严重的分歧还好，否则，两个那样性格的人，我应该说，两个性格一样，阅历不同的人——比起两个性格截然相反的人来，更加难以和好。这一整天，斯蒂福使出浑身解数迎合大家，就连性情古怪的达特尔小姐，也变成了一个让人开心的陪客，她严厉的目光变得柔和，微笑变得亲切。我们围着炉子坐着，一起说一起笑，无拘无束，像群孩子。

后来，我跟斯蒂福到他屋里向他道别："亲爱的斯蒂福！明天早上，不等你醒来，我就要走了。晚安！"

"雏菊，"他微笑着说，"虽然这不是你的教父教母给你取的，可是我最喜欢用这个名字叫你——我希望，我希望，我希望你能把这个名字给我！"

"当然，只要你想要，就可以给你呀！"我说。

"雏菊，要是日后有什么情况，把我们俩拆开，你一定要想到我的好处，老朋友。来吧，我们一言为定。要是情况变了，非要把我们分开，你一定要想到我的好处！"

"你在我心里，斯蒂福，"我说，"没有什么好坏区分，我会永远珍惜、爱戴你的。"

我曾经因为艾妮斯的提醒，差点冤枉了他，幸好那一念头还未形成，不过我心里已经非常悔恨了，很想把这事向他坦白一番，要不是怕这样会出卖艾妮斯的信任，我都要说出来了。"上帝保佑你，雏菊，晚安！"正在我犹豫时，斯蒂福突然开口。于是我们握了手，就分别了。

第二天早上，天没大亮，我就尽量悄悄地穿好衣服，然后朝他的房间瞧了瞧。他睡得很香，舒舒服服地躺着，头枕在胳膊上，还是我以前在学校见他的那个样子。就这样，在这寂静的时刻，我离开了他。

第十九章

失　去

　　我晚上抵达亚茅斯，先去了旅馆。因为我怕裴果提给我留着的房间，或许已经住了什么人，我就在那里吃饭，也定下了床位。

　　我晚上十点钟离开旅店，许多商店已打烊，整个市镇变得死气沉沉的。我来到奥默—乔兰商店时，发现百叶窗已关上，门却开着。奥默先生在店里靠近门边吸烟，我就走进去问候他。

　　奥默先生为我让出地方，搬出把椅子。他又坐下了，上气不接下气，对着烟斗大口喘，好像烟斗里有救命的东西，不吸就不能活了。

　　"听到巴吉斯先生的坏消息，我很难过。你知道他今晚的情况吗?"我说道。

"如果不是出于忌讳,先生,"奥默先生一脸镇静地看看我,然后摇摇头,"这问题本该我问你。可是,干我们这行的都有忌讳,不能随便问别人这个问题。我们可不敢那么做呀。天哪,如果说'奥默—乔兰商店向你致意,问你今天早上觉得怎样,或下午觉得怎样?'这会让人吓一大跳的,觉得那病好不了了。"

我还没想到这难题,虽说我进来时,曾怕听到那么老的说法。不过,既已挑明,我也就理解了。

"干我们这行,对有些事不能随便问,没法向他们表示关怀,"奥默先生说道,"就拿我来说吧,我认识巴吉斯四十年了,他经过时我总和他打招呼,现在不能这样了,我要是问'怎么样了?'那是很不妥当的。所以,要想了解巴吉斯的情况,那就等等。乔兰和明妮刚走,就是问巴吉斯今晚情况去了,等他们回来就会告诉你的。"

"艾米丽呢,奥默先生?"我问道,"她现在怎么样?"

"嘿,那漂亮的小东西,整天跟她舅舅形影不离,"他摩擦着他的双下巴答道,"她要嫁给一个表哥,你知道吧?"

"对,我知道。"我答道,"我跟他很熟。"

"哎,你知道,"奥默先生说道,"那小伙子真不错,举止像个男子汉,让我非常敬重他。要不是可怜的巴吉斯病情恶化,我敢说,他们早成夫妻了。她一天天越来越疼爱她舅舅，越来越离不开他。"

这时候，奥默先生听到了他女儿的脚步声。他便用烟斗碰碰我，并挤了挤眼睛，让我注意，紧接着，他女儿和丈夫就进来了。

据他们说，巴吉斯先生的病情"坏得不能再坏了"，他已完全不省人事，就是把内科医师学会、外科医师学会、药剂师公会的人全召集起来，也救不了他了。听到这消息，又知道裴果提先生也在那里，我决定马上过去。

我轻轻叩门，裴果提先生出来开门。他见到我时并不像我想象的那么吃惊。裴果提下来时也是那样，我想，在等待那件可怕事情发生时，一切其他的变化和惊奇都无足轻重了。

我和裴果提先生握手之后走进厨房，他把门轻轻关上。火炉旁坐着双手掩面的小艾米丽，她身旁站着哈姆。我们压低声音说话，不时停下来，听听楼上的动静。上一次来访时，我没有想过，现在才发现，少了巴吉斯先生，屋里情形有点怪怪的。

"谢谢你的关心，大大卫少爷，你心真好！"裴果提先生说道。

"太好了。"哈姆说道。

"艾米丽，亲爱的，"裴果提先生叫道，"看呀！大大卫少爷来了！嘿，打起精神来，好孩子！不和大大卫少爷说句话吗？"

我和她握手时，感觉她的手冰冷，浑身发抖，当她把手缩回去时，才表现出一点活力。接着她从椅子上走开，溜到舅舅身旁，低着头，靠在他胸前，一声不响，仍在颤抖。

"她太善良了，"裴果提先生用他那粗糙的大手，抚摩着她那浓密的头发说道，"受不住这种痛苦。对年轻人来说，这是很自然的。大大卫少爷，他们从没见过这种悲伤，像我这个小东西这样——是很自然的。"

她向他靠得更紧，不抬头，也不说一句话。

"不早了，亲爱的，"裴果提先生说道，"哈姆来接你回去呢。嘿！和那个善良的人一起走吧！什么，艾米丽，嗯，好孩子？"

我听不到她说的什么，但他低下头，好像在听她说话，然后说道：

"让你和舅舅一起留下？嘿，你不会是这么请求我吧！和你的舅舅一起留下，我的孩子？他眼看就是你的丈夫了，现在来接你回去了，你不回吗？谁愿意看到你这样的小东西，和我这样的糟老头在一起呢？"裴果提先生无比骄傲地看着我们俩说道，"不过，海水里的盐再多，也没有舅舅对你的爱多呀——我的小傻瓜！"

"艾米丽这么做是对的，大大卫少爷！"哈姆说道，"看！既然艾米丽愿意这样，再说她好像很焦急惊恐，可以让她在这里留下过夜，我也留下吧！"

　　"不，不，"裴果提先生说道，"像你这样一个结了婚的人——差不多是结了婚的人——可不能丢掉白天的工作。白天干活晚上守护，那是做不到的。你回去睡吧。我担保，你不用担心没人照顾艾米丽。"

　　哈姆听从了劝说，拿着帽子走了。他吻她时——每次见到他这么亲近她，我总觉得是大自然赐予她了一个灵魂高尚的人——她更紧地靠在舅舅身上，躲避她的未婚夫。他走后，我把门关上，以免影响屋内的宁静，我跟着他去关门，以免惊扰了全宅的安静。我回来时，发现裴果提先生还在对她讲话。

　　"哦，我要上楼去，告诉你姨妈，大大卫少爷来了，这会让她听了高兴的呢。"他说道，"你可以在火炉边坐坐，亲爱的，把手暖和暖和，要不会冻坏的。用不着这么怕，这么伤心。什么？你要和我一起去？行！和我一起去吧走吧！如果她的舅舅被赶出家门，被推到一条沟里，大大卫少爷，"裴果提先生仍像先前那样骄傲地说道，"我相信她也会跟我一道去的呢，唉！不过，不久就会有别的人了——不久就会有别的人了，艾米丽！"

　　后来我也上楼了，从以前住过的房间门口走过，里面黑黑的，隐约有个影子趴在地上，我感到那就是艾米丽，不过也许是混淆了，我也说不清。

　　裴果提一下来就把我搂在怀里，一次次祝福我，感谢我，她在苦恼中把我看成异乎寻常的安慰。然后，她请我上楼去，并哽咽地说巴吉斯先生一向喜欢我，敬重我，以前常提起我，她相信如果他清醒过来，看到我会很快振作起来的。

巴吉斯趴在那里，头和肩探在床外，那姿势不会很舒服，半截身子趴在一直守护的那支箱子上，我一看他这样，就知道他振作的可能性很小了。

"巴吉斯，亲爱的!"裴果提俯下身去，略带几分兴奋对他说道，我和裴果提先生站在床头，"我亲爱的孩子来了——我亲爱的孩子来了，大大卫少爷来了。就是他给咱们牵线的啊，巴吉斯! 你托他捎信的，是吧? 你不和大大卫少爷说说话吗?"

他像那箱子一样不能言语，没有知觉。

"他就要随潮水一起去了。"裴果提先生用手捂住嘴对我说道。

我的两眼模糊了，裴果提先生的两眼也模糊了，但我还是低声问了句："随潮水退去了?"

"沿海的人们，"裴果提先生说道，"不到潮水退尽是不咽气的，不到潮水涨满是不会生的——满潮前就是生不出。三点半退潮，平潮会有半个小时。如果他能拖到潮水再涨时，他就能活过满潮，随下一次退潮而去。"

我们留在那里，守着他，守了很久——几个小时。有那么一会，他显出精神恍惚的迹象。

"他醒过来了。"裴果提说道。

裴果提先生碰碰我，敬畏地低声说道："他快要随潮水一起去了。"

"巴吉斯，我亲爱的！"裴果提说道。

"克·裴·巴吉斯，"他虚弱地说道，"天底下再没有比她更好的女人了！"

"看哪！大大卫少爷来了！"裴果提说道，因为他现在睁开眼了。

我正要问他可还认得我时，却见他想努力伸出胳膊来，脸上带着愉快的笑容，清晰地对我说道：

"巴吉斯愿意！"

可是，该退潮的时候了，他随潮水而去了。

因为裴果提，我就决定留下，等到把那可怜的车夫的遗体，运到布伦德斯通再走。很久以前，裴果提用自己的积蓄，在我们那老墓地里，在挨近她那"可爱的女孩"（她永远这么称呼我母亲）的坟墓边，购置了一小块地，以备他们两口子今后做安葬之用。

能陪伴裴果提，尽我可能为她做点事，即使做得很少，我也感到非常满足。现在想起来，我仍为我能那样做而高兴。

在葬礼前的一个星期里，我们在巴吉斯先生的小箱子里找到了遗嘱，就放在底边喂马的草料袋里，还有一只旧金表，带有链子和饰物，积蓄也不少，光现款就有三千英镑。我清理了巴吉斯先生的全部财产，按照他的要求，把事情安排得井井有条，裴果提对我的处理非常满意。在这段时间里，我没有见到小艾米丽，但他们告诉我，再过两星期，她就要悄悄地结婚了。

安排好一切，第二天我就和裴果提到了伦敦，去办理遗嘱的事。那一天，小艾米丽先回奥默先生家，晚上我们都到旧船屋聚齐。哈姆将按往常的时间去接艾米丽。我并没有直接回去，却在通向罗斯托夫特的大路上，走了一小段路。然后我才转过身来，回头朝亚茅斯走去。

不久，我就看见了裴果提先生的住宅，也看到了窗里透出的灯光。吃力地在沙滩上走了一段后，我就到了门前，便进了屋。里面看上去真舒服。裴果提先生已抽过每晚必抽的烟，晚餐正在准备着，火炉烧得旺旺的，灰已经拨过了，那只小箱子还放在那儿，等着小艾米丽的到来；裴果提坐在老地方，如果不是她的衣服有什么不同，看上去简直就像没有离开过；古米治太太坐在她的老地方，还是显得不快活。一切都似乎很平常。过了一些时候，裴果提先生看了看荷兰钟，便起身剪剪烛花，把蜡烛放在窗台上。

"嘿！"裴果提先生高高兴兴地说道，"亮了，按规矩办！你不知道这是为什么吧，少爷！这是为我们的小艾米丽呀。

你知道，天黑后，这条路很暗，也不怎么让人快活。所以只要我在家，一到她回家的时间了，我就把灯放在窗台上。你看，"裴果提先生很开心地俯身对我说道，"这有两层含义：艾米丽，她会这么说，'到家了！'艾米丽还会说，'我舅舅在家！'因为如果我不在家，蜡烛就不会摆在那了。"

就在这会儿，裴果提先生看到蜡烛一闪一闪的，他两手一拍，说道："她回来了！"

进来的只有哈姆。这会儿，外面一定比我进屋时候潮多了，夜一定更潮了，因为他戴了一顶大油毡帽，把脸都遮住了。

"艾米丽在哪儿呢？"裴果提先生问道。

哈姆的头动了一下，好像她就在外面。裴果提先生从窗台上取下蜡烛，剪过烛花，放到桌上，然后忙着拨火炉的火。

这时，一直没动静的哈姆说道："大大卫少爷，你可以出来一下吗，我和艾米丽有东西要给你看。"

于是我们走了出去，在门口经过他身边时，我看到他脸色煞白，感到又惊又怕。他急忙把我推到门外，把门关上，这样门外就我们俩了。

"哈姆！出什么事了？"

"大大卫少爷！"哎呀，他伤心极了，哭得很厉害！

我看他这么痛苦，惊呆了，不知道发生了什么，只呆呆地看着他。

"哈姆，可怜的好心人！快告诉我，出什么事啦？"

"我的心上人，大大卫少爷——我心中的骄傲和希望——我情愿为她立刻去死的那个人——走了！"

"走了？"

"艾米丽跑啦！哦，大大卫少爷，想想她是跑走的吧，你一听就明白了：我祈求仁慈的上帝杀死她，省得她丢人现眼，自己毁掉自己呀！"

他仰起头看着昏暗的天空，两手攥在一起，不停颤抖，整个身躯痛苦万分，在黑夜里，那寂寞海滩的衬托下，仿佛一幅画，至今留在我的脑海里。

"你是个有学问的人，"他急忙说道，"你知道怎么办是对的，怎么办才是最好的。进去后我怎么说好呢？我怎么把这告诉他呢，大大卫少爷？"

我看到门动了，出于本能，我想从外面把门把手握住，想争取点时间。但已太迟了。裴果提先生探出头来，一看见我们，脸色马上就变了，这情景，再过五百年，我也不会忘记。

我们都进到屋里了，两个女人围在我身旁，听到她们开始哭叫。我拿着哈姆给我的那张纸，站着；裴果提先生的背心撕破了，头发也散乱了，脸和嘴唇煞白，血一直流到胸前（我想那血是从他口里喷出来的），呆呆地望着我。

200

"读吧，少爷，"他声音发颤，低声说，"请慢点，我不知道我能不能听明白。"

在一片死寂中，我读着那张墨迹斑斑的纸条。

你那么疼爱我，即便是我过去天真无邪的时候，我也是远远配不上你的，然而当你看到这封信时，我已走得很远很远了。

"我已走得很远很远了，"他慢慢重复说道，"停下！艾米丽走得很远了。是吗？"

"明天早晨，我就要离开我这亲爱的家——我这亲爱的家——哦，离开我这亲爱的家了——"

信上的日期是头天晚上：

我这一走，就不会回来了，除非他把我变成了一个阔太太，带我回来。几个钟头以后，到了晚上，你看到的不是我，而是这封信。哦，你要是能知道有多难受就好了！我很对不起你，你也永远不会原谅我，即使这样，你要是能知道我有多么痛苦就好了！我太坏了，不值得在信上写了。哦，想一想我有多么坏，就可以得到安慰。哦，行行好，告诉舅舅，我从来没有像现在这样爱他。哦，不要再念念不忘你们对我多么关心，多么疼爱了——不要再念念不忘我们就要结婚了——要尽量换一种想法，认为我很小就死了，埋在什么地方。我背离了上帝，但我还要祈求他可怜可怜我的舅舅！告诉他我从没像现在这样热爱他。希望你给他安慰。希望你找到一个好女孩子，她能像我过去那样对待舅舅，真心待你，和你般配，除了我以外，没见过别的耻辱，你就爱她吧。愿上帝为大家祝福，我会常常跪下为大家祈祷。即便他不能把我变成阔太太，带我回来，即便我不为自己祈祷，我也要为大家祈祷。我愿把临别时的爱心奉献给舅舅。我愿把最后的眼泪，最后的谢意，奉献给舅舅！

我念完后好久，裴果提先生仍呆呆站在那里看着我。后来，我试着拉拉他的手，想办法恳求他，劝他克制。他答道："谢谢你，少爷，谢谢你！"却仍一动不动。

哈姆对他说话。裴果提先生能深切领会他的痛苦，紧紧握住他的手，可仍然那样一动不动，没人敢惊动他。

终于，他慢慢地把眼光从我身上挪开，仿佛从一场梦中醒来一样，然后朝四下看着，低声说道：

"那男的是谁？我要知道他的名字。"

哈姆看了我一眼，我顿时为之一惊，倒退了两步。

"一定有可疑的人，"裴果提先生说道，"他是谁？"

"大大卫少爷！"哈姆恳求道，"出去一下吧。让我把知道的告诉他，你不必听了，少爷。"

我感到重重一击，一下瘫在椅子上，想说点什么，舌头却僵住了，视线也模糊了。

"我要知道他的名字！"我又听到这话。

"最近，有一阵子，"哈姆支吾吾地说道，"总有个仆人来这儿。还有个先生，他们是一伙的。"

裴果提先生仍像先前那样一动不动，眼光看向了他。

"有人看到，"哈姆说道，"昨晚，他和我们那可怜的女孩在一起。这一个星期里，他不知是躲在什么地方，时间一长，别人以为他走了，其实他是藏起来了。别待在这里，大大卫少爷，求你了！"

我感到裴果提搂住我脖子。可是，就算这房子会塌下全压住我，我也动弹不了。

"今天早上，就在天快亮时，一辆陌生的马车停在镇外，就在诺里奇大路上。"哈姆继续说道，"那仆人往马车走去，后来又走回来，再走过去。他再走过去时，旁边跟着艾米丽，另一个人在马车里，他就是那个男的。"

"天哪，"裴果提先生往后退了几步，好像要拦住什么他害怕的东西，说道，"别对我说，他名字是斯蒂福！"

"大大卫少爷，"哈姆断断续续地说道，"这不是你的错——我一点也不责备你——不过他的名字是斯蒂福，他是个该死的恶棍！"

裴果提先生一声也没喊，一滴泪也没流，一动不动，后来他好像突然清醒，一把从墙角的钉子上扯下他的粗毛衣。

"帮我一下吧！我没劲了，穿不上了，"他急躁地说道，"帮我一下吧！"当有人帮他穿好后，他说道，"好！把那帽子递给我！"

哈姆问他要去哪儿。

"我要去找我的甥女，我要去找我的艾米丽。我先要去把那条船凿穿，把它沉掉。我是个大活人，要是早看穿那个恶棍的心思，当时就把他淹死了！"他紧紧地攥住右手，疯狂地挥了挥，"如果她坐在我面前，和我面对面，我会把他淹死，我觉得就应该这么做，要不你们把我打死好了！我要去找我的甥女。"

"去什么地方呢？"哈姆在门口拦住他喊道。

"无论是什么地方！只要能找到我那可怜的外甥女，把她带回来，不再丢人现眼，走遍全世界都行！我告诉你们，我要去找我的甥女！谁也不要拦我。"

"不行，不行！"古米治太太插进他们之间，哭喊道，"不行，不行，丹，你这个样子不行的。等一等再去找她，我孤苦伶仃的丹，过一会再去就行了，可你现在这样不行。你坐下，你可要原谅我一直让你心烦，丹，我那些烦心事怎能你相比呢！让我们谈谈吧，她是个孤儿，哈姆也是个孤儿，我又是个可怜的孤老婆子，是你把我们大家收留了这么久，这么一来，你那可怜的心就软了，丹。"她把头靠在裴果提先生的肩头上，说道，"你一定要记住这句话'你们这样对待我最小的一个兄弟，也就是这样对待我了。'这样，你心里也就好受一点，我们在这里住了这么多年，这句话不会不应验的！"

这时，他变得冷静多了。我本想跪下，求他饶恕我给他们带来的灾难，把斯蒂福痛骂一顿，但我一听到他哭，我的感觉就不同了，那颗痛苦的心，瞬间就找到同样的解决办法，跟着哭了起来。

不久，这事便传遍了全镇。当我第二天早上走过街道时，不断听到人们在家门口谈论这事，多数人责骂女的，也有怪男的，但对她的养父和她的未婚夫，人们所持的感情是一致的。无论什么人，都对被不幸压着的他们，怀着温存、体贴和尊敬。

天色大亮，我在海滩上看到他们，仍像我离开那样坐着，看得出他们通宵未睡，看上去很疲乏。我们三人默默走了一会儿后，裴果提先生对我说道，"少爷，该做什么，不该做什么，我们谈了很多。我们现在已经决定怎么做了。我已经尽了在这儿的责任，少爷。"裴果提先生继续说道，"我要去找我的——"他停了一下，又更坚定地说道，"我要去找她。那永远是我的责任。"

我问他要去什么地方找她时，他摇摇头，他然后又问我是否第二天去伦敦？我告诉他，由于怕错过帮他点小忙的机会，我今天不打算去；如果他愿意，我可以随时陪他一起走。

"我要和你一起走，少爷，"他说道，"如果你觉得合适，那就明天吧。"

我们又默默走了一会。

"哈姆，"他又说道，"他要继续干活，和我妹妹一起生活下去。那边那条旧船——"

"你要抛弃那条旧船吗，裴果提先生？"我轻轻插言道。

"我的位置，大大卫少爷，"他答道，"已经不再在那里了。既然海面上有黑暗，如果有什么船沉下水，就是那条船了。不过，不是的，少爷，不是的，我不是要抛弃那条船，完全不是的。"

我们又那样往前走了一会儿，他又解释道：

"我的愿望是，少爷，无论白天黑夜，酷暑严寒，那条船永远放在她认得的那个地方。万一她流浪回来了，不能让这里显得不欢迎她，你明白吗？要显得能吸引她走过来，像鬼魂那样，在风雨里透着破窗户往里面张望，看看她往日在炉边坐过的地方。那时，也许，少爷，除了看到古米治太太还在那儿，她谁也看不到了，她也许会鼓起勇气，战战兢兢地溜进去，说不定还会在她曾经睡过的床上躺一躺，在这她曾经有过欢乐的地方，歇息一下她那疲倦的脑袋。"

我很想接着他的话说点什么，可我什么也说不出来。

"每天晚上，"裴果提先生说道，"天一黑，就要和过去一样，在那个窗口点上一支蜡烛，万一她看见，那蜡烛就会对她说，'回来吧，我的孩子，回来吧！'万一有人敲你姑妈的门，哈姆，尤其是很轻地敲了一下，你可别去开，让你姑妈去——去迎接我那失足的孩子！"

我看了哈姆一眼，看到他脸上还是那副表情，两眼依然呆呆望着远处的阳光。我就碰了碰他的胳膊。

我像在叫醒熟睡的人那样，叫了他两声，才引起他的注意，我问他在想什么，想得那么入神，他答道："想我眼前的事，大大卫少爷，想那边的。"他朝海面上随便地指了指，"唉，大卫少爷。我也不太知道是怎么回事，我只觉得从那边会来那么个结果。"他好像刚醒过来一样，看看我，不过表情依然坚定。

"什么结果？"我问道，心里仍像刚才那样害怕。

"我不知道，"他若有所思地说道，"我想，一切都从那里开始的，就有了结果。不过，都过去了！大卫少爷。"他补充说道。他大概是看见我的神色，又解释道："你不用为我担心，我不过有点心烦意乱罢了，好像什么都想不清楚了。"看来，他已经不是原来的样子，思想有点混乱了。

我们不知不觉来到那条旧船屋，走了进去。古米治太太看到大家的情形，也不再无精打采，而在忙着做早餐。她接过裴果提先生的帽子，为他摆好座位，柔和愉快地说话，我几乎都认不出她来了。

傍晚，裴果提等裴果提先生睡去，把我拉到门口，哽咽地对我说："愿上帝保佑你，大卫少爷，你可要好好待他，他太可怜了！"我心情沉重，信步走过镇上，想起巴吉斯先生临终前的情景，又想起哈姆早上那个样子，思绪随着潮水漂向远方。

第二天一早，裴果提先生和我带着裴果提，就去伦敦了。在路上他和我说，想去见见斯蒂福太太。我也曾想到这一点，觉得有义务帮他做这件事，也应当在他们中间调停，为了尽量不伤害那位母亲，我当晚就给她写了一封信。我尽量委婉地告诉她，裴果提先生受到的巨大伤害，以及我在这件事中应当承担的责任，并相约见面。

按照约定时间，我们来到斯蒂福太太的家门口，几天前，我还在这所房子里过得那么愉快，而现在对我来说，已是大门紧闭，成了一片废墟，一片残迹。这次黎摩提没有出现，而是一个让人亲切的女仆，把我们引到客厅。

我们走进时，斯蒂福太太正坐着，从她的脸上我能看出，她已经知道她儿子都做了什么事。从苍白的脸上，我能够感受到她内心十分激动，但她坐在扶手椅上，腰板挺直，神气庄严，不动声色，好像无论发生什么事，她都会神情自若。她目不转睛地盯着裴果提先生。裴果提先生站在她面前，也目不转睛地盯着她看。有那么一会，谁也没说话。她示意裴果提先生就座，他低声说："太太，在你府上，我怎么能坐呢。还是站着吧。"随后又是一阵沉默，最后她开口了。

"我知道你们为何事来这里，我对此很抱歉。你们要求我做什么呢？你们告诉我应该做什么呢？"

他把帽子夹在臂中，在怀里摸索着，掏出艾米丽的信，摊开递给她。

"请你读读这个吧，太太。这是我外甥女亲笔写的！"

她读那信，仍和先前那样庄严沉着，在我看来，她一点也没被信的内容打动。然后，她把信还给他。

"'除非他把我变成阔太太，带我回来，'"裴果提先生用手指信上这一行，说道，"我想知道，夫人，他说过的会不会做得到？"

"不会。"她答道。

"为什么不呢？"裴果提先生说道。

"那是不可能的。他会使自己受辱。你应该知道，她的地位比他低多了。"

"把她的地位提高一下嘛！"裴果提先生说道。

"她没受过教育，没文化。"

"也许她是这样，也许不是的，"裴果提先生说道。"我想不是的，太太。不过，不过在这方面，我说不准。叫她好好学嘛！"

"我本不想把话说得再明白点，可你一定逼得我这样做。别的不说，就凭她的那些穷亲戚，这件事也不可能。"

"请听我说，夫人，"他慢条斯理地低声说道，"你知道怎样爱护孩子，我也知道，就算她比我亲生女儿亲上百倍，我爱她，也不过如此。你可知道，失去一个孩子是什么滋味吗？可我知道。我可以世界上任何东西都不要，只要她能够回来。救救她吧，别让她这样丢人。这些年来，我们抚养她长大，对她厚爱有加，把她奉为至宝，可从现在起，我们可以不再见她。我们愿意不再管她，我们愿意在远方想念着她。"

也许是这段有力的表白，起了点效果，斯蒂福太太虽然态度依然傲慢，但语气温和了一些，她说："我不做任何辩护，我也不做任何反驳。我不过很抱歉地再说一遍，那是不可能的。这种婚姻无疑会毁了他的事业，葬送他的前程。可以确定的是，这样的事永远不能实现，也不会实现。要是有什么办法可以补偿的话……"

"我面前的这张脸，很像另外一个人的脸，"裴果提先生神色镇静，却激奋地打断了她的话，说道，"那张脸曾在我家里，在我的火炉边，在我的船上——无论在什么地方——都对我微笑，对我友好，可它又是那么阴险，现在我一想起来，就要发疯。现又有一张同样的脸，想用钱来补偿我的孩子遭受的不幸，居然还不觉得脸红，那它就是一样的坏。而这脸竟然还是位太太的，那它就更坏了。"

她顿时面色大变，气得满脸通红，双手紧握扶手椅，毫不容情地说道：

"那么你在我和我儿子中间，形成了这么一道深渊，你又用什么来赔偿我呢？比起我的母爱来，你的父爱又算什么？你们的分离和我们的比起来，又算什么？我的儿子，就是我的命根子，从生下来起，就没有离开过，我们相依为命，可他竟然一时冲动，和一个穷丫头搞在一起，躲起来了！为了她居然用一连串手段欺骗我，为了她居然离开我！竟然忘了他的责任、疼爱、尊敬、感激！这一切，难道不是伤害吗？他要是不再胡闹，我欢迎他回来；要是不肯丢弃她，只要我还能动，我都不允许他靠近我，除非他永远抛弃她，回来求我宽恕。这是我的权利。难道，难道这不是伤害吗？"

"我没什么太多的话要说了，太太，"裴果提一面向门口走去，一面说道，"我来，没抱什么希望，我走，也不抱什么希望。我只是做了我应该做的。我也没指望，能沾你们什么光。你这个家，对我和我的家人来说，都太坏了。"

说到这里，我们走了，丢下她一个人，站在扶手椅旁，看上去，宛如一幅贵妇人的画像。

回去的路上，裴果提先生沉思半天，对我说，他在伦敦的事做完了，准备当晚就"上路"。我问他要去什么地方，他只说："少爷，我要去找我的外甥女。"于是，天快黑的时候，裴果提先生戴上帽子，独自一人，走上川流不息的大马路，在路口一拐，就不见了。

在这段日子里，我对朵拉越爱越深了，失望痛苦时，想到她，就觉得有了着落。因此，回来以后，我为自己做的第一件事，就是连夜步行到诺伍德，就像小时候猜的那个谜语一样，"围着房子转呀转呀，就是不把房子碰呀"，同时心里想着朵拉。我知道这个谜语很难猜，觉得谜底是月亮，但不管是什么，我愿受月亮驱使，做崇拜朵拉的奴隶。

一天晚上，裴果提又在我身旁，拿出往日干活的那套东西，把我的衣柜翻了个遍。我就拐弯抹角地把心中的秘密告诉了她，她对此非常关心，但她无论如何也不明白，我为何信心不足，情绪不高。"那位小姐能找到你这样的对象，是她的福气，"她公然袒护我说，"至于她父亲，那位老先生还想找什么样的呢，真是的！"

我和裴果提去协会办理遗嘱的时候，看见了摩德斯通先生。斯彭洛先生和我们聊到他时，说他因为一笔钱，马上就要和一位年轻的美人结婚了。"上帝啊，救救她吧！"裴果提一听差点惊呼起来，善良的她也许是想到了我的母亲。

没想到，裴果提走后，斯彭洛先生竟和我聊了起来，说个没完。我们来回走动，随意谈论，到了最后，他对我说，下周是朵拉的生日，欢迎我在那一天的时候，去参加他们的小型野餐会，令我受宠若惊。第二天，我收到了一张带花边的纸条，上面写着，"爸爸关照，请勿忘记"，于是，在中间的日子里，我就处于迷迷糊糊状态中了。

准备出席这次幸福的聚会前，我做了许多可笑的事。头一天晚上，为了表明心意，我准备了一个精致的小篮子，里面装满松脆的饼干，写着最温柔的话语，通过诺乌德的驿车寄了过去。早晨六点，我在科文特加登市场买了一束鲜花。十点钟，为了保持花的新鲜，我骑着雇来的马，用帽子托着花束，一溜小跑，朝诺伍德跑去。

来到朵拉的家门口时，我原打算如果遇到她，就佯装匆忙没看见，可是，我一见到她在花园，就马上奔过草地，来到她面前。那天早上，天气晴朗，朵拉坐在丁香树下的椅子上，戴着白色刨花小帽，穿着天蓝色长裙，周围彩蝶纷飞，她有多美啊！一位二十岁左右的年轻小姐，陪在朵拉身旁，她叫米尔斯，朵拉称她朱莉娅，是朵拉的密友。我向朵拉献花时，吉卜冲着我叫。

"哦，谢谢你，科波菲尔先生！多可爱的花呀！"朵拉说道。

朵拉把我的花拿给吉卜去闻，可是吉卜怒冲冲地低吼，却不去闻。朵拉就笑了，把花拿得挨近吉卜，非让它闻。吉卜用牙捉到一点天竺葵的花，像对付小猫一样撕咬起来。朵拉就打它，噘起了小嘴说道："真可怜，我美丽的花哟！"她那话里充满了痛惜之情，我觉得好像吉卜咬的是我。真希望如此！

"科波菲尔先生，你听到一定会很高兴，"朵拉说道，"那让人讨厌的摩德斯通小姐不在这儿，她去参加弟弟的婚礼了，至少有三个星期不在。开心吗？"

我说她一定觉得高兴，只要是她觉得高兴的，我都觉得高兴。米尔斯小姐看着我们微笑。

"她是我这一生所见过的最讨厌的人，"朵拉说道，"你无法相信，她脾气多坏，多让人讨厌，朱莉娅。"

"是呀，我能相信，亲爱的！"朱莉娅说道。

"也许，你能相信，亲爱的，"朵拉把手放到朱莉娅的手上，说道，"亲爱的，请原谅我，刚才忘记把你排除在外了。"

这时，斯彭洛先生走出了屋子，朵拉迎上前，说道："爸爸，看，多美的花呀！"随即，我们大家就都离开草地，上了备好的马车。

马车里只有他们三位，放着他们的篮子，我的篮子，还有吉他盒子。我骑着马，跟在后头。朵拉坐的位置背对着马，面朝着我。她把那束花放在身旁的垫子上，根本不让吉卜在那里待，怕它弄坏了花。她不时把花拿起来闻一闻，有一种清新的感觉。在这种时刻，我们的眼神总会相遇。我真不明白，我为何不越过我那灰色骏马的头，跳上车去呢？

我不知道走了多久，也不清楚要去什么地方。来到一座小山旁，地上一片草地，草泥柔软，有遮阴的大树，有石楠，还有各色美景。但一看到已经有人在那里等我们，我的忌妒心一发不可收拾，就连那几位女士也容不下了。

我们一起打开饭篮，准备野餐，一位红胡子自称会做沙拉，硬要出风头。一些年轻的小姐便为他洗莴苣，并在他指导下切菜。朵拉便是其中之一。我觉得命运已经决定，我跟这个男人势不两立，非拼个你死我活不可。接下来一段时间里，发生过什么事，我都模糊不清了。

大家开始举杯为朵拉祝寿。我祝酒时，做出不得不中断谈话的样子，然后又马上大谈起来。我向朵拉鞠躬，和她的眼神相遇，觉得她眼色中流露出祈求。可是，那眼神是越过红胡子的头上望我的，因此我无动于衷。

那穿红裙的小东西，有一个穿绿裙的母亲，我觉得这个母亲是从一种策略考虑，把我们分开的。不过随后大家都散开了，好把吃剩的东西撤掉。我借此机会带着愤怒和悔恨的心情，溜到小树林里去了。我反复考虑，要不要假装生病，骑上我的灰色骏马逃走，我也不知道会去哪里。这时，朵拉和米尔斯小姐迎面走来。

"科波菲尔先生，"米尔斯小姐说道，"你不高兴呀。"

我向她道歉，说一点也没不高兴。

"还有朵拉，"米尔斯小姐说道，"你不高兴吧。"

"哦，不！亲爱的，根本没那回事。"

"科波菲尔先生，朵拉。"米尔斯小姐带着恭敬的神气说道，"行啦，行啦！别因小小的误会，而使春天的花朵儿枯萎。春天的花朵儿发了芽，一旦枯萎便不会再开。"米尔斯小姐说道，"我根据往日经验，那是很久以前的、不可挽回的往日经验，才说这话的。清清的泉水在阳光下闪闪发光，绝不可一时的任性而使它断流；撒哈拉沙漠里的绿洲，绝不可轻易埋没。"

我浑身发烧，不知道我究竟做了什么。我只知道，拉住朵拉的小手，吻了一下，她没有拒绝！我也吻了一下米尔斯小姐的手。我觉得，我们都已到了天堂最美好的地方！

聚餐结束了，我更快活了。红胡子和其他人分作几路，各自走了。我们也在暗淡下去的余晖下，趁着安静的夜色，走上返家的路，四周阵阵香气袭人。斯彭洛先生喝了香槟，有点微醉，在马车的一个角落里睡得正香。我骑着马，跟在车旁，与朵拉说话。她很喜欢我的马，伸手来拍了拍。她的披肩挂不住，我便不时伸手替她围好。我甚至觉得吉卜也明白是怎么回事了，知道自己非要和我做朋友不可了。一路上，米尔斯小姐则坐在车上赏月吟诗。

快到诺乌德的时候，斯彭洛先生醒了，他邀我进屋歇息。在那明亮的房子里，朵拉的脸红彤彤，可爱极了，我没法走开，只能坐在那里痴痴地看，直到听见斯彭洛先生的鼾声，我才完全意识到该告别了。于是我们分别了，一路都感觉着和朵拉握别时的温柔。

第二天早上醒来，我决心向朵拉表白我的爱情，以探知我的命运如何。是福是祸，这就是我面临的问题。我不知道世界上还有没有别的问题，反正只有朵拉才能给我答案。我以这烦恼为乐，就这么过了三天。最后，我把自己精心打扮一番，怀着求婚决心，去了米尔斯小姐家。

米尔斯先生不在家，米尔斯小姐在。我被引到楼上一间房里，米尔斯小姐和朵拉都在那房间里。吉卜也在那里。米尔斯小姐在抄乐谱，我还记得，那是首新歌，歌名为《爱情的挽歌》，朵拉在画花。见到我后，米尔斯小姐很高兴，她说她爸爸不在家，对此表示歉意，不过我们都觉得没什么。米尔斯小姐跟我们谈了一会，把笔放在《爱情的挽歌》上，就起身离开了房间。

这时候，我觉得还是拖到明天再说吧。

"你那匹可怜的马晚上回家时，我希望它不是太累，"朵拉抬起她那秀美的眼睛说道，"对它来说，那条路可真够长呢。"

这时候，我又开始觉得还是今天说吧。

"对它来说那条路是很长，"我说道，"因为一路上没什么支持着它呀。"

"可怜的东西，就没喂过它？"朵拉问道。

这时候，我又觉得还是拖到明天再说吧。

"不——不是，"我说道，"它被照料很好。我的意思是，我靠你那么近，有种难于言表的幸福，它就享受不到！"

朵拉低下头去画画，过了一会儿——这功夫，我坐在那里，浑身发烫，两腿僵硬，动弹不得——她接着又说：

"那一天，有一段时间，你好像并没有感受到那幸福嘛。"

这时候，我知道已经无法回避，必须要马上行动了。

"你坐在吉特小姐身边时，"朵拉稍稍抬起眉毛，摇摇头说道，"你也一点不在乎那幸福呀。"

我得说明，吉特就是那个穿红衣，长着一对小眼睛的小东西。

"当然，我不知道，你为什么要珍惜你那幸福，"朵拉说道，"或者为什么你要把那称作幸福？不过，你肯定是口是心非；我相信，也没人怀疑，你有随意做事的自由。吉卜，你这淘气包，到这儿来！"

我不知道我是怎么做的，反正我就这么干了——我挡住吉卜，把朵拉搂到怀里。我一个劲说，一下也没停过。我告诉她我多爱她。我告诉她没有她我准会死。我告诉她我把她当成偶像来崇拜。吉卜发疯一样不停地叫。

朵拉低下头哭泣，浑身发抖，而我越说越动听。如果她希望我为她死，只要她把这说出来，我会心甘情愿结束自己。生活中不能没有朵拉。我不能忍受这种生活，我也不愿忍受。从第一次见到她起，日日夜夜，时时刻刻我都爱她。我要每一分钟都爱她爱得发疯。人们过去相爱过，将来也还有人们相爱，但没有任何人可以这样爱，能够这样爱，情愿这样爱，并曾经像我这样爱朵拉。我说得越多，吉卜叫得越起劲。我们两个各自按自己的方式，越来越疯狂。

唉，真是！后来我和朵拉坐在沙发上，冷静下来，吉卜趴在她的腿上，平静地对我眨着眼。我心醉神迷，如痴如狂。朵拉和我订了婚。

那是一段多么悠闲的时光！那是一段多么潇洒，多么惬意，多么单纯的时光！

在一个清朗之夜，我坐在一扇敞开的窗前，给艾妮斯写着信，告诉她我订婚的消息。不觉间，我回忆起她那明亮而平静的双眼，温和的脸庞，于是，我那因幸福而变得激动心情，也因这回忆，感到了宁静的抚慰，于是，我哭了起来。似乎只有在艾妮斯那里，我才能得到庇护。

第二十章
变 故

有一天晚上，我和裴果提回来，上楼时，我叫她注意，这才发现，克鲁普太太的机关一下全消失了，而且有刚走过留下的脚印。再上去点，我发现我外屋门大开，听到里面传来声音。我们两个都很吃惊，面面相觑，不知到底发生什么了，然后走进起居室。我看到，在那里的不是别人，而是我姨奶奶和迪克先生。我见此多么吃惊啊！姨奶奶像一个女鲁滨逊，坐在一堆行李上，正在喝茶，面前是她的两只鸟，那只猫趴在她膝盖上。迪克先生心事重重，正倚在一只大风筝上，和我们过去常一起去放的一样大，他身边的行李更多！

"亲爱的姨奶奶！"我叫道，"没想到你们会来，我真高兴！"

我们亲热地拥抱，然后迪克先生和我亲热地握手。正在忙着准备茶的克鲁普太太，十分殷勤，她说她早料到，科波菲尔先生见到他亲爱的亲人时，一定会大吃一惊的。

"喂！"姨奶奶对裴果提说，"你好吗？"

裴果提见她姨奶奶那么凶，战战兢兢地往后缩。

"你记得我姨奶奶吧，裴果提？"我说道。

"孩子，看在上帝的份上"姨奶奶叫道，"别用那个南海小岛的名字称呼那女人了！如果她结了婚，为什么不趁机改一改呢？你现在叫什么——裴？"姨奶奶嫌那个名字太绕口，就用了个折中的叫法。

"巴吉斯，小姐，"裴果提行了个礼说道。

"好！这才像人的姓呢，"姨奶奶说道，"这个姓听起来，就不像是传教士指点的了，你好吗，巴吉斯？我希望你好！"

巴吉斯听了这些亲热的话，见姨奶奶伸出的手，就大着胆子走上前来，拉住姨奶奶的手，行了礼，表示谢意。

我恭恭敬敬地把茶递过去，见姨奶奶仍然把身子挺得笔直，就冒昧地让她不要坐在箱子上了。

"谢谢你，特洛，"姨奶奶答道，"我宁愿坐在我的财产上。"说到这儿，姨奶奶狠狠瞪着克鲁普太太说道，"不麻烦你了，太太。"

我很了解姨奶奶，知道她心里有要紧的事，时机恰当的话，她会说出来。此时，她外表依然坚定镇静，但她内心似乎怀着罕见的犹疑。我开始反省，我是否做了什么对不住她的事。我的良心悄悄告诉我，我还没把关于朵拉的事告诉她呢。难道会因为这事，我很纳闷。我在她身旁坐下，和鸟说话儿，和猫逗着玩儿，尽可能显出一副轻松样儿。可我实际上并不自在。

"特洛，"姨奶奶喝完茶，小心地抚平她的衣，擦干了嘴，终于开口道，"你不必走开，巴吉斯！特洛，你一定能挺得住，能独立谋生了吧？"

"我希望能行，姨奶奶。"

"那，亲爱的孩子，"姨奶奶严肃地看着我，对我说，"想想看，我今晚为什么宁愿坐在自己的东西上呢？"

我想不出，摇了摇头。

"因为，"姨奶奶说道，"这已是我的全部财产了。因为我已经彻底破产了，亲爱的孩子！"

我惊讶万分。

"迪克知道，"姨奶奶平静地把手放到我肩上，说道，"我彻底破产了，特洛！除掉那幢小屋，特洛，我在这世界上所有的财产，就是在这房间里的这点了，我把那小屋留给珍妮出租。巴吉斯，今晚我要给这位先生准备住处。为了省钱，也许你能为我在这儿安排一下。怎么着都行，就一晚上。明天咱们再详细谈。"她搂着我的脖子，哭了半天，说她只是为我感到伤心，我这下才从震惊中清醒过来。不一会儿，她就稳住了情绪，略带一丝得意的神情，说道：

"咱们一定要勇敢地迎着困难而上，不能让困难把咱们吓到，亲爱的孩子。咱们一定要学着把戏演完。咱们一定要走出逆境，特洛！"

听到姨奶奶带来的消息，我受到极大的震动，不知该如何是好，不停地看姨奶奶，她和以往一样，保持镇静，这为我们大家，尤其是我，做出了榜样。后来，她和我谈到裴果提时，假装大笑，借此机会把手凑到眼睛上。

"亲我一下吧，特洛。我为你小时候的经历感到难过呀。"姨奶奶说。

我凑过去，她却把酒杯搁在我膝盖上，拦住了我，接着说："哦，特洛呀，特洛！你是不是觉得自己恋爱了？"

"岂止是觉得，姨奶奶！"我叫道，脸变得通红，"我全心全意爱她！"

"朵拉吗，真的？"姨奶奶紧接着说道，"你的意思是说那个小家伙很迷人，是不是？"

"我亲爱的姨奶奶，"我答道，"谁也想不出她是什么样的！"

"啊！不蠢吧？"姨奶奶说道。

"蠢？姨奶奶！"说真的，我从没想过她蠢不蠢。

"不轻浮吧？"姨奶奶说道。

"轻浮？姨奶奶！"我只能像前面问题那样重复一遍，来回复她大胆的臆测。

"行了，行了！"姨奶奶说道，"我不过问一问。我并不是想贬低她。可怜的小恋人！你们觉得是彼此般配的一对，想像娃娃过家家那样过日子，像两块漂亮的糖块，和和美美，是不是呀，特洛？"

她问我时的神气温和，半开玩笑半忧心忡忡，十分和蔼，我被深深感动了。

"我们年轻，没有经验，姨奶奶，这我知道，"我答道，"恐怕我们说话想事一定都很可笑，但我们彼此真诚相爱，这是肯定的。"

"啊，特洛！"姨奶奶摇摇头，面带严肃的微笑，说道，"盲目呀，盲目呀！不过我不会让两个年轻人丧失自信心，弄得他们不快乐。我们仍需认真对待，希望将来有个好结局。要成功，还是有足够时间的。"

我那晚做了种种噩梦，姨奶奶也很不安，不时听见她踱来踱去，自言自语地说着"可怜的孩子"！这时，我才明白她多么关心我，毫无自私之心，而我却惦记着自己，多么自私，这让我感到羞愧万分。

我来到事务所实在太早了点，于是，我就在我那阴暗的角落坐下，一面看着对面烟囱上的日光，一面想念着朵拉，直到斯彭洛先生衣冠楚楚地走进来。我跟着他进了他的房间，他开始换衣服，对着挂在更衣室里的小镜子，修饰他自己。

"对不起，"我说道，"我不得不告诉你，我从我姨奶奶那里听到一个令人十分痛心的消息。"

"哎呀！"他说道，"天哪！她不会是中风了吧？"

"这消息和她的健康无关，先生，"我答道，"她受了重大损失。实际上，她所剩无几了。"

"你把我吓坏了，科波菲尔！"斯彭洛先生说道。

我摇摇头。"真的，先生，"我说道，"她的处境真的发生很大的变化，所以我想问你，能不能——能不能在损失一部分学费的情况下，解除我的合约？"

"解除合约，科波菲尔？解除吗？"

"听了你的话，我很遗憾，"斯彭洛先生说道，"遗憾至极。不论什么理由，解除契约都是没有先例的，这不符合我们这一行的程序。而且——而且我的合伙人乔金斯先生有一些规定，叫他改变，是很困难的。你了解他是什么样的人！"

"我去找他谈谈，你反对吗，先生？"我问道。

"当然不反对，"斯彭洛先生说道，"我愿意接受你的各种想法，科波菲尔，假如你觉得值得试试，我丝毫不反对你找乔金斯先生。"

我紧跟着就上了楼，来到乔金斯先生的门口，我的出现让他吃了一惊。坐下后，我把对斯彭洛先生说过的话，又对乔金斯先生说了一遍。

“说来很抱歉，科波菲尔先生，我不能成全你的愿望。”乔金斯先生很紧张地说道，说着就匆匆忙忙起身走了。

我情绪非常低沉，出了事务所，往家走去。一路上，我正在设想如何应对这种困境，忽然一辆出租马车从我身后驶来，停在我身旁，一只洁白的手从窗户向我伸过来，一张脸在向我微笑，我一看，马上有了一种恬静与幸福的感觉。

“艾妮斯！”我开心地叫道，“哦，我亲爱的艾妮斯，在世上一切人中，看到你是多么大的一种快乐！”

“真的吗?”她说道，声音那么诚恳。

“我很想和你谈谈！”我说道，“一看到你，我心里觉得轻松多了！如果我有一顶魔术师的帽子，我最希望见到的就是你了。”

“是吗?”艾妮斯忙说道。

“啊！也许首先会是朵拉。”我承认道，脸也红了。

“当然，我想也许先是朵拉。”艾妮斯笑着说道。

“不过，第二就是你呀！”我说道，“你去哪儿?”

她正是去我的住所看望我姨奶奶。天气很好，她下了马车，打发了车夫，挽起我胳膊，我们一同往前走。对我来说，艾妮斯就像希望的化身，有她在我身边，瞬间我就感到有了巨大变化！

姨奶奶一个人独自待着，看到艾妮斯特别高兴。我们开始谈论起姨奶奶的损失，我把早上想做而没成功的事，告诉了她们。

"不明智啊，特洛，"姨奶奶说道，"不过你是一番好意。你是一个厚道的孩子，我想现在我应该说是个小伙子了。我为你而感到自豪，亲爱的。就这样很好。"

我看得出，艾妮斯一下脸色变得苍白，聚精会神地看着姨奶奶。姨奶奶拍拍她的猫，也聚精会神地看着艾妮斯。接着，姨奶奶心平气和地讲完投资失败的过程，用一种胜利者的眼光盯着艾妮斯，艾妮斯那煞白的脸上，才渐渐有了血色。我一直在想能用哪种方式，来解决家中生活的问题。

"我想过，特洛乌德，"艾妮斯犹疑着说道，"如果你有时间……"

"我时间很充裕，艾妮斯。我下午四五点钟后，就没事了，我在一大早也有时间，总是可以有办法。"这时我想到，我花那么多时间在城里转悠，在诺伍德大道上闲逛，不禁有点脸红了，"我时间很充裕呢。"

"我知道，你不会嫌弃，"艾妮斯走到我跟前，低声说道，我现在还能听到她那饱含着令人愉快的体贴的声音，"做一个秘书。"

"嫌弃？我亲爱的艾妮斯！"

"因为，"艾妮斯继续说道，"斯特朗博士已实现了他的愿望，退休了，已来到伦敦住下。据我所知，他问过爸爸，能否给他介绍个秘书。你是不是觉得，他宁愿用一个以前教过的心爱的学生，而不愿用别的人呢？"

"亲爱的艾妮斯！"我说道，"没有你，我可怎么办！你永远是我的幸运天使。我过去就对你这样说过。你在我心中永远不变！"

听从艾妮斯的劝告，我坐下给博士写了封信，说明我的目的，并约定明天上午十点钟去拜访他。为了赶上时间，我一分钟也没耽搁，亲自跑出去，把信发了。

后来，威克菲尔先生来了，我们坐在那儿，谈到我们在坎特伯雷的好时光，谈了一两个小时。这段时间里，姨奶奶几乎一直在屋里与裴果提忙活，准备晚饭。

饭后，艾妮斯像往常一样，坐在父亲身旁，给他倒了一杯酒，她斟多少，他就喝多少，就像一个乖孩子。天色几乎完全转黑时，他躺到一张沙发上，艾妮斯用枕头垫起他的头，俯在他身上一会儿，回到窗前时，虽然光线很暗，我仍看出她眼中闪着晶莹的泪花。

早上起来后，我就去罗马浴池泡了一下，然后动身前往海格特，走在熟悉的大路时，不禁想到昔日的种种快乐，这一次却与往日全然不同，但这变化并不叫我心灰意冷。找到博士的住房，发现是一个很可爱的地方，我走近时，看到他在花园里散步，仍是那身穿着，好像从我做学生时起，他就一直散步而没停下过。推开门，跟在他身后走，好让他转身时看到我。他转过身向我走来，若有所思地看了看我，显然压根没想到会是我，慈祥的脸上绽开笑容，他用双手握住我。

"哎呀，我亲爱的科波菲尔，"博士说道，"你是一个大人了！你好吗？见到你我真开心。你真是我亲爱的科波菲尔，你进步多大呀！真是……天哪！"

我向他问候，还问候斯特朗夫人。

"哦，是的！"博士说道，"安妮很好，她见到你一定很高兴。你一向是她欣赏的人。昨晚我把你的信给她看时，她就这么说的。"

博士用手扶住我肩头，把他仁慈的脸友好地对着我，一面走，一面继续说道："我说，我亲爱的科波菲尔，谈谈你的那个提议。说实话，我当然满意，觉得很合适。不过，你不认为你可以找到更好的工作吗？把你一生的青春岁月，献给我能提供的可怜职务，不是很可惜了吗？"

我很激动了，用了一种很浮夸的词语，坚持我的请求，并提醒博士，我已有了份职业。

"是呀，是呀，"博士说道，"的确如此。当然，你有了工作，正在见习期中，这很重要。不过，我的好朋友，一年七十英镑又算得什么呢？"

"这使我们的收入增加一倍呀，斯特朗博士。"我说道。

"哎呀！"博士说道，"想想看！我并没说严格限定在一年七十英镑，我想再给我聘用的任何年轻朋友，一点另外的礼物，"博士仍然扶着我肩头走来走去，并说道，"毫无疑问，我总会想到每年送一种礼物。"

"我亲爱的老师，"我说道，我说的是心里话，"我欠你的情分已大大超过我能接受的了……"

"不，不。"博士打断了我的话说道："不敢当！"

"如果你肯接受，我所有时间，也就是早晨和晚上，并认为这些时间值七十英镑一年，那就帮了我的大忙，我不知道怎么感谢你才好。"

"天哪！"博士天真地说，"想想看吧，用那么一点换到那么多！天哪！如果还有更好的机会，你会去吗，说实话呀？"博士说道，他过去总用这句话，十分严肃地激发我们做学生的自尊心。

"那就一言为定，"博士拍拍我肩说道。我们在园中走来走去时，他的手就一直放在我肩头上。

我提议的早晨和晚上对他再合适不过，因为在白天，他习惯于散步，并在散步时思考。对于我们就要为那美妙事业一起工作的前景，博士持着很大乐观。我们约好次日早上七点就开始工作。我对这种忙碌感到快乐，从不因为任何缘故放慢脚步。我对付艰难的伟大决心，比过去更为坚定，走得很快。

我们在白金汉街安顿下来，我姨奶奶特别爱整洁，也特别会动脑筋，经她做了许多小小改良后，我显得不穷困，而更体面了。这些事，姨奶奶让裴果提和她一起做，这让裴果提感到很荣幸，虽然她对姨奶奶还有点恐惧心理，可她得到许多鼓励与信任的暗示，早已与我姨奶奶成为好朋友了。

不过很快，裴果提要回去帮哈姆料理家务，我陪她到驿站，送她走，临别时，她哭了。

"亲爱的孩子！"裴果提对我说，"告诉那个美丽的小天使，我好想见到她，哪怕只见一分钟也好！你告诉她，在她嫁给我的孩子之前，只要你们肯让我干，我一定来把家给你们收拾得漂漂亮亮的！"

我一本正经地说，除了她，我不许任何人碰我们的家。这话让裴果提好开心，她这才高兴地离开了。

我去了米尔斯先生住的那条街时，朵拉来到客厅门口接我，吉卜跌跌撞撞地扑了过来，嘴里发出咕噜咕噜的声音，好像觉得我是强盗。我们三个一起走了进去，又亲密，又快活。

我在朵拉毫无思想准备的情况下，突然问她会不会爱一个乞丐。

"你怎么会问我这么傻的问题？"朵拉噘起小嘴说道，"爱一个乞丐？"

"朵拉，我最最亲爱的！"我说道，"我成乞丐了！"

"你怎么这么坏，"朵拉打我的手说道，"竟然坐在这儿说瞎话！我要叫吉卜咬你了！"

她那天真的样子，我觉得是世界上最美好的形象了。不过我一定得说实话，于是我又郑重地说了一遍：

"朵拉，我的命根子，你的大卫完蛋了！"

看我的态度那么认真，朵拉不再摇她那头鬈发，露出又怕又急的样子，小手放在我肩头，哭了起来。我在沙发前跪下，安抚她，求她不要伤心。经过一番安慰，她才显出和蔼的表情，那温柔美丽的面颊靠在我的脸上，我把她搂在怀中。

"你的心还属于我吗，朵拉？"我兴致勃勃地问道，因为她那么依偎着我，我知道她的心属于我的。

"哦，是的！"朵拉说道，"哦，是的，完全属于你，哦，你别这么叫人害怕！别说穷，也别说努力苦干！"朵拉更靠近地偎着我说道，"哦，别说了，别说了！"

我被她那天真的模样迷住了。"不过，朵拉，亲爱的，"后来我以比较严肃的神情说道，"我有件事要跟你说。"

只见朵拉把两只小手食指交叉，举得高高的，百般恳求，让我不要再显得叫人害怕，那样子就连大主教法庭的法官看了，也会爱上她的。

"我的确不想那样，亲爱的！"我以坚定的语气对她说，"你要想到，时不时地看一看你爸爸怎样理家，尽量养成一种习惯，比如……"我越说越起劲，"咱们现在生活的道路是艰难的，是崎岖的，要靠我们自己来铺平它。咱们要鼓起勇气，奋斗向前。咱们会遇到许多障碍，但咱们一定要迎上去，铲平它！"

可怜的小朵拉，一听我这个主意，又是哭，又是叫。我觉得这一下把她害了，恳求她宽恕我。米尔斯小姐听到哭声，安慰一阵子，才慢慢说服她。后来，她好像觉得问题都解决了，兴致勃勃地轻轻吻了我一下。

一天，我和往常一样来到博士协会时，看到门里站着斯彭洛先生，他样子极严肃，正在自言自语，一副心事重重的样子。我与他道了声早安，他并没有回应，却用一种很疏远的神色看我，显得很客气，冷冰冰地邀我和他一起去咖啡馆。我跟在他身后，忐忑不安，浑身发热，就见他翘着脑袋，趾高气扬，那神气好不傲慢，令人绝望，我担心他已察觉了我和朵拉的事了。我跟着他走到楼上一个房间，看到那里的摩德斯通小姐，我大概知道了是什么原因。

"摩德斯通小姐，"斯彭洛先生说道，"请你把你提包内的东西，给科波菲尔先生看看吧。"

摩德斯通小姐把包打开，从包里拿出了我给朵拉最近写的那封信，里面充满热烈的情话。

"我相信，这是你写的吧，科波菲尔先生？假如我没猜错。"斯彭洛先生说，这时摩德斯通小姐又从她的包里，拿出一扎用极好看的蓝缎带捆着的信，"这也是你写的吧，科波菲尔先生？"

我从她手上接过那些信，心里难受极了。我看到信上写的那些字："我最亲爱的朵拉"，"我最爱的天使"，"我永远最珍爱的"，我的脸刷一下红了，低下了头。

当我机械地把信交还他时，斯彭洛先生冷冷地说道："不必了，谢谢你！我不要夺走你的这些信。摩德斯通小姐，请往下说吧！"

那个文雅的人沉思着看看地毯，很恶毒地说道：

"我必须承认，我怀疑斯彭洛小姐和大卫·科波菲尔的关系，已经有些时候了。斯彭洛小姐和大卫·科波菲尔第一次见面的时候，我就注意了他们。那时，给我的印象不佳。他的心邪恶到这种程度……"

"小姐，"斯彭洛先生插进来说道，"请你说说事实吧。"

"我一直找不到证据，"摩德斯通小姐接着说道，"直到昨天夜晚，我觉得斯彭洛小姐接到她的朋友米尔斯小姐的信太多了，可是米尔斯小姐是先生您认定很好的闺友，"她又重重打击了斯彭洛先生一下，"我没有必要干涉。如果不允许我提到人性中与生俱来的邪恶，现在至少也可以……也应当让我说信错了人吧。"

斯彭洛先生歉疚地小声表示同意。

"昨晚喝过茶以后，"摩德斯通小姐继续说道，"我看见那只小狗在客厅里又跳又滚又叫，咬着一个什么东西。我对斯彭洛小姐说道：'朵拉，狗咬着什么？那是纸呀！'斯彭洛小姐马上把手伸进长袍，惊叫了一声。我拦住她说道：'朵拉，我亲爱的，让我去办吧。'我把信拿到手，读完后，就断定斯彭洛小姐手中还有许多这样的信。于是终于从她那儿，拿到现在大卫·科波菲尔手中的那些信。"

"你已听到摩德斯通小姐的话了吧。"斯彭洛先生说道，"请问，科波菲尔先生，你有什么要说的吗？"

"我只能说，"我答道，"一切都是我的过错。朵拉……"

"请叫斯彭洛小姐。"她父亲郑重其事地说道。

"斯彭洛小姐……是在我的劝诱下，"我勉强接受这个冰冷的称呼，说道，"才答应暗中来往的，我很后悔，不该这样。"

"你太不应该了，先生，"斯彭洛先生说道，一面在火炉前的地毯上走来走去，"你已经偷偷干了一件有失身份的事，科波菲尔先生。我带一个上流人士到我家，不管他是二十岁，二十九岁，还是九十岁，我对他都是信任的。如果他滥用了我的信任，做了极不光彩的事，科波菲尔先生。"

"我也那么认为，先生，我向你保证。"我回答道，"不过，我起先一点也没想到。说真心话，斯彭洛先生，我起先一点也没想到。我这样爱斯彭洛小姐……"

"呸！胡说！"斯彭洛先生脸都红了，"请你不要当我面说你爱我的女儿，科波菲尔先生！"

"如果我不爱她，还能为我的行为辩护吗，先生？"我很谦恭地说道。

"如果你爱她，就能为自己的行为辩护吗，先生?"斯彭洛先生突然在火炉前的地毯上停下，说道，"你考虑过你的年龄，考虑过我女儿年龄吗，科波菲尔先生?破坏我女儿和我之间应有的信任，这是什么行为，你考虑过吗?我女儿的身份，我为她的进取拟定的计划，我要留给她的遗产，你都有过考虑吗?科波菲尔先生。"

"恐怕考虑得很少，先生，"我恭敬地回答，感到很伤心，"可是请相信我，我已经考虑过我自己的处境。当我对你解释时，我们已经订婚了……"

"我请求你，"斯彭洛先生用力击掌说道，"不要对我说什么订婚，科波菲尔先生!你们两个都很年轻。这全是胡闹。别再胡闹了。把这些信拿去，扔到火里吧。把斯彭洛小姐的信给我，也扔到火里。我们将来只谈论博士协会的事，以后不许再提过去的事。就这样吧，科波菲尔先生，你不是一个糊涂人，只有这样办才合理。"

摩德斯通小姐用一种意味深长的声音，长长地出了一口气，表示斯彭洛先生早就该那么办了。

"我必须，"斯彭洛先生在这放缓语调说道，"必须管教我的女儿了。你不肯收回那些吗，科波菲尔先生?"

"是的。"我告诉他，我希望他不要见怪，我是无论如何也肯从摩德斯通小姐手里拿回那些信的。

"很好！"斯彭洛先生意味深长地说道。

接着是一片沉默。我犹豫不决，不知要不要走。

"也许你知道，科波菲尔先生，我不是没有一点财产的，我女儿是我最近的也是最亲的亲属，"这时，斯彭洛先生以认真的神气说道，"如果你唯利是图，科波菲尔先生——我是说，如果你谨慎一些，少受一些年轻人行为的影响，那么无论对你，还是我们大家，都好。不，我不过从完全不同的出发点说，你大概也知道我有些财产，是留给我的孩子吧？"

我的确这样想过。

"说到人们准备遗嘱，我们每天在博士院这里看到他们表现出各种不负责的浪荡行为——在这方面，人类的变化无常的天性大概表现得最充分不过了——见过这么些以后，你大概会认为我的遗嘱会这样吧？"

我低下头来表示同意。

"我不会允许，"斯彭洛先生慢慢地摇摇头，踮着他的脚尖，比先前更虔诚地说道，"我为我孩子做的恰当安排，是不会被胡闹行为影响的，这完全是胡闹，完全不合实际。科波菲尔先生，我希望你别逼着我去折腾了，哪怕是只折腾一刻钟！"

可我能怎么办呢？我不能放弃朵拉和我的爱。他告诉我最好用一个星期，来考虑他刚才说过的一切。"在这段时间里，和特洛乌德小姐，或任何有些生活经验的人谈一谈，"

斯彭洛先生整理着他的衬领，说道，"花上一个星期吧，科波菲尔先生。"

回到家，我把这一切告诉了姨奶奶，她不断地安慰我，能说的话都说了，我是怀着绝望的心情去睡觉的。第二天，我仍然怀着绝望的心情去上班，看到马车夫和搬运工都站在门外谈话，还有六七个闲人朝关着的窗子张望，我加快步子，揣测他们的神情，从他们中间穿过，急急忙忙走了进去。文书们都在那里，却没人在工作。老提菲正坐在别人的凳子上，我还是第一遭见他这样做呢，他也没把帽子挂起来。

"这是天大的灾难，科波菲尔先生。"我进去时，他说道。

"怎么了？"我叫道，"出什么事呀？"

"斯彭洛先生，他死了！"提菲说道。

我觉得办公室旋转起来了，我也跟着旋转，一个文书把我扶住。他们把我扶到一张椅子那儿坐下，解开我的领巾，拿来些凉水。我不知道这样过了多长时间。

"死了？"我说道。

"昨天他在城里吃晚饭后，亲自赶车回去，"提菲说道，"他把他的车夫先打发回家了，过去他也这样做过几次，你知道的……"

"嗯。"

"车到了家，他却不在车上。马就在马房前停下，马车夫打着灯笼出来，却发现车上没人。"

"马受惊了？"

"马身上并不热，"提菲戴上眼镜说道，"缰绳在地上拖着，已经断了。全家人立刻吃惊了，有三个人沿着大路走去。在离家一英里的地方找到了他。就离教堂不远，他脸朝下躺在那里，一半身子在路边，一半在人行道上。没人知道他是在怎么摔出来的。他们尽快请来了大夫，但已经无济于事了。"

我无法形容听到这个消息时候的心情，一想到朵拉向别人哭诉或受到安慰的情形，就坐立不安。当晚，我就以姨奶奶的名义给朵拉写了一封信，信上说，斯彭洛先生英年早逝，我深感悲痛，并为此而流泪。第二天，姨奶奶收到回信，内容是写给我的，朵拉难过的不得了，她只是说："哦，亲爱的爸爸！哦，可怜的爸爸！"

朵拉只有两个姑妈，住在普特尼，多年来很少和她们的弟弟通信。现在，这两位小姐从她们的隐居处冒了出来，提出要带朵拉去普特尼住。

朵拉抱住她们哭道："好吧，姑姑！请带朱莉娅·米尔斯小姐、我还有吉卜，去普特尼吧！"于是，葬礼后不久，她们就去了那儿。

第二十一章

多　佛

　　我一直闷闷不乐，有些忧虑起来，姨奶奶就借口担心多佛的房子，让我去看看租住的情况如何。我很乐意地接受了这个建议，因为在那里可以和艾妮斯清清静静地待上几个钟头。出租的房子，在各方面上都令人满意，办完几件小事后，我在那里住了一晚。

　　第二天清晨，我徒步向坎特伯雷进发，清新的空气，凛冽的寒风，一望无际的丘陵，使我心情好了许多。来到熟悉的街道上，看到店铺的门上还是老招牌，老字号，还是那帮老人在干活，感觉这里从来没有过变化，这才意识到，在我心中，与艾妮斯在一起的那种安静氛围，在她居住的城市里，无处不在。庄严的塔楼，旧日的乌鸦，破损的雕像……

每一个地方，每件东西，都能让我感到宁静的气氛。

来到威克菲尔先生家，我看到楼下那个尤利亚·希普常坐着的房间里，米考伯先生正在聚精会神写什么。他告诉我，他已租用了尤利亚·希普用过的房子。我问他，是否满意希普对他的待遇。

他站起来，看看门是否关严，然后才低声答道："我亲爱的科波菲尔，一般来说，在经济窘迫的压力下干活，总会处于不利地位。总的来说，我只能这么说，我的朋友希普还是满足我的要求的，哪些要求，我就不细说了，不过他的做法，会相应地使他的人品和心肠都显得更加体面。"

我在米考伯先生身上，看出一种不安和不自然的变化，这种神情久久没有消失，好像他的新工作对他并不合适。我暂时告别了米考伯先生，请他替我问候他家人。这时，我分明感到，自他干了这一行来，我和他之间产生了某种隔阂。

我来到一个古老雅致的房间，艾妮斯坐在火炉边，在属于她的一张书桌旁写东西。

她抬起头，看到是我，那专注的脸上发生了悦人的变化。她亲切的问候，热情的欢迎，让人十分高兴！

"哦，艾妮斯！"我们并肩坐下时，我说道，"我近来真想念你！"

"真的?"她马上说道，"又想念了！那么快吗?"

我摇摇头。

"我不知道为什么会这样，艾妮斯。有些思考能力，我应该具备，可是我好像并没有。在过去幸福的日子里，就在这个地方，你总是为我出主意，而我也那么自然地来找你，听你的意见，得到你的帮助，结果我倒没有养成思考的习惯。"

"那你具备什么能力呢？"艾妮斯高高兴兴地说道。

"我不知道它确切叫什么，"我答道，"我想我是认真的，是坚持不懈的。"

"我相信是的。"艾妮斯说道。

"是不是也有耐心，艾妮斯？"我有点迟疑地说道。

"对呀，"艾妮斯笑着回答道，"挺有耐心呀。"

"可是，"我说道，"我却那么伤心，那么忧愁，那么缺乏自信心，那么优柔寡断，我知道我一定缺少——我可以称其为——某种依托吧？"

"不妨说说吧，如果你愿意的话。"艾妮斯说道。

"行！"我马上说道，"你看，你来到伦敦，我信赖你，我立刻就有了目的，也有了办法。我没办法了，就来到这里，马上发现自己变成另一个人了。我到这个房间以后，使我发愁的事都没变，可就在短短的时间里，有种力量支配着我，使我变化，哦，我觉得好多了！那是怎么回事呢？你的秘密何在，艾妮斯？"

艾妮斯抬起了头，仰起圣洁的脸，把她的手伸给我，我吻了吻。

"艾妮斯，不管什么时候，要是没有你给我出主意，帮我下定决心，我就像失了理智一样，陷入困境。等我最后来找你了，我就到了祥和幸福的地方。现在，我就像疲倦的游子回到了家，这种休息的感觉真是太好了！"

我说不下去了，用手捂住脸，哭了起来。艾妮斯用她那妹妹一样宁静的态度，用那明亮的双眼，用那柔美的声音，用那可爱的祥和神态，很快就让我摆脱了这脆弱，慢慢引导我说出我们分别后发生的一切。

"再没别的可说了，艾妮斯。"我把心里话都倒出来以后，说道，"现在，我全依靠你了。"

"不过，你不应该信赖我，特洛乌德。"艾妮斯说着，甜甜地一笑，"你应该依靠另一个人。"

"依靠朵拉？"我说道。

"当然。"

"哦，我还没说起，艾妮斯。"我有点不好意思地说道，"朵拉很难……我绝不能说她难以依靠，因为她是纯真的化身，我是说她很难……说真的，我不知道该怎么说才好，艾妮斯。她胆子很小，很容易心神不定，惊慌失措。不久前，她父亲还没有去世，我觉得应该和她提一下……只要你不嫌烦，我就告诉你是怎么回事。"于是，我把所有的情况告诉了艾妮斯。

"哦，特洛乌德！"她微笑着说道，"你还是那么莽撞！虽然你是诚心诚意地努力谋生，但没必要让一个胆小、善良、没有经验的女孩吃惊呀。可怜的朵拉！"

　　我从没听过有人像她这么说话，声音那么亲切、那么富于宽容仁慈。我对她充满了感激之情，也很敬佩她！

　　"我觉得，"艾妮斯温和地说道，"应当采取正当途径，给那两位小姐写信。你难道不认为任何秘密方式，都是毫无意义的吗？信不要写得过于激动，也不要提过多的要求。要相信自己的忠诚和毅力——要相信朵拉！"

　　"愿上帝保佑她！她像只小鸟一样容易受惊吓。"我说道，"很可能！那两位斯彭洛小姐，都上了年纪，有时脾气特别怪，要是不欢迎别人给她们写信，或者她们不告诉朵拉，关于我的事，那可怎么办呢？"

　　"我认为，特洛乌德，"艾妮斯说着，抬起头，温柔地看着我，"不用考虑这些，只要考虑这样做是否得体。如果是，就去做，也许这样会好些。"

　　对这问题，我不再怀疑什么，心里觉得轻松多了，就用了一个下午的时间，起草了一封信。为了这一壮举，艾妮斯还特意把自己的书桌让给我用。我慢慢思考怎样写信，有时抬起眼睛，会看到艾妮斯沉思默想的面容，看着她开朗起来，朝着我微笑，那天使般的表情，不断给我鼓励。

　　不过在写信之前，我下楼去看了看威克菲尔先生和尤利亚·希普。

"你在坎特伯雷期间，就住我们这吧，特洛乌德？"威克菲尔先生说道，并有看一眼尤利亚。

"有我住的地方吗？"我说。

"肯定有，科波菲尔少爷——应该说先生，但是这个称呼叫起来自然。"尤利亚说，"要是合适的话，我情愿把你原来住的屋子腾出来。"

为了赶快定下来，我住了另外一个房间。晚饭后，尤利亚越发放肆起来。他喝酒不多，也许根本没有喝。我认为完全是因为胜利，而产生的傲慢情绪在他身上作怪。

"来吧，老伙伴！"尤利亚最后说道，"我还要祝一次酒，我乞求你们把杯子都斟满，因为我要为女性中最圣洁的人祝酒。"

我看到威克菲尔先生拿着空杯，然后放下，把手放到前额上，往后一靠，缩在扶手椅上。

"我是个卑贱的人，没有资格为她祝酒，"尤利亚继续说道，"不过我敬佩她，爱慕她。"

我发现，那白发父亲的两手搭着脑袋，极为痛苦。

"艾妮斯，"尤利亚不是不在乎威克菲尔先生，就是不知道他手的动作是什么意思，竟说道，"艾妮斯·威克菲尔，我确有把握地说，是女性中最圣洁的人。我可以当着朋友们的面，这样大胆说吗？当然，做她的父亲是令人骄傲的，而做她的丈夫……"

威克菲尔先生叫了一声，从桌旁站了起来，我真希望不再会听到那样一种叫声了。

"怎么了？"尤利亚面色变成死灰色，他叫道，"我希望，威克菲尔先生，你没疯吧？我要说是，我的宏愿是把你的艾妮斯变成我的艾妮斯，我和别人同样有权利这样做。我比任何人都有权利这样做！"

我把威克菲尔先生搂在怀里，用各种能想到的话求他不要激动，说得最多的就是劝他想想对艾妮斯的爱。这时候，门开了，艾妮斯脸上没有一丝血色，静悄悄地走进来，搂住父亲的脖子，冷静地说："爸爸，你不舒服了。跟我来吧！"他把头倚在她肩上，好像忍受着巨大的耻辱，跟着她一起走了出去。她的眼光和我接触的一刹那，我看出她已明白发生的一切。

第二天早上，天还黑着，我就在旅店门前上马车，正坐着思念艾妮斯，这时，就在半明半暗的光线里，尤利亚扒着车门，把头凑了过来。

"科波菲尔！"他抓着车顶铁棍，用沙哑而低沉的声音悄悄地对我说，"我相信，你临走前一定愿意知道，我们之间已经没有什么不和了。我去了他的房间，我们已完全和解。唉，我虽然卑贱，可我对他有用，你知道，他清醒时懂得他的利害关系！他毕竟还是挺讨人喜欢的人，科波菲尔少爷！"

我克制了自己，说他道了歉，我感到高兴。

"哦，当然！"尤利亚说道，"你知道，对一个卑贱的人来说，道歉又算什么呢？容易极了！我说，我想你有时候，"他又扭了一下，"也摘过没熟的梨吧，科波菲尔少爷？"

"我想我摘过。"我答道。

"我昨天晚上那么做了。"尤利亚说道，"可它早晚要熟的！它只需要照顾。我可以等待。"

他大讲了一番客气，车夫上来后，他就下去了。我觉得他像是在吃什么东西，以免吸一肚子寒气，但是从他那嘴的动作看，好像梨子已经熟了，他对着它咂嘴呢。

回到白金汉街，姨奶奶看了我给两位老小姐写的信，表示同意。我把信寄出以后，便无事可做，只有尽量耐心地等待回信了。一个雪夜，我从博士家往回走，看到在教堂的台阶上，有一个佝偻的人影，这人正把背着的东西放在雪地上，正在整理。他站起来，转过身朝我走来，我一看，面前这位竟然是裴果提先生！

我们亲热地握手，一开始我们谁也说不出话来。

"大卫少爷！"他紧紧地握住我的手说，"看到你，我就高兴极了，少爷。真巧，真巧！"

"真巧呀，我亲爱的老朋友！"我说。

"我本想今晚去找你，少爷，"他说道，"可我知道你姨奶奶住在你那儿，因为我到亚茅斯去过了，但是我怕太晚。

要不是碰上你，我就明天早上离开前去看你。"

"你还要走?"我说道。

"是呀，少爷，"他耐心地摇摇头说道，"我明天走。"

"你刚才要去哪儿?"我问道。

"嘿!"他抖着他长发上的雪说道，"我要去一个地方过夜。"

我们站的地方，斜对面就是金十字架客栈，我往里面一看，有两三间是空的，炉火烧得正旺，我就带他进去了。在灯光下，我看出他不仅头发又长又乱，脸也被太阳晒得黑黑的，头发更白，脸上和额上的皱纹更深了，可他看上去很健康，像一个心怀坚定目的的人，没什么能使他疲倦。我拉了拉铃，想要点热的喝喝。他不肯喝比麦酒更强烈的东西。在等上酒的时候，他就坐在那里沉思，脸上有一种严肃庄重的神情，我就没打扰他。

"我每到一个市镇，就去旅店，"他说道，"然后在院子里等着，看有没有懂英语的人出现，总会有的。我就告诉他们，我在到处找我的外甥女，趁人家进出的时候，就看看有没有像艾米丽的。找不着，我就再往前走。"

他心里难过，放声大哭起来，用手捂着脸。我把我颤抖的手，放在他捂着脸的手上。"谢谢你，少爷，"他说道，"别担心，不用管我。"

过了一小会，他把手移开，放进怀里，继续说。

"我从没怀疑过她，"裴果提先生说道，"不！一点也不！只让她看看我的脸，只让她听听我的声音，只让我站在她面前一动不动，使她想起她抛弃的那个家，她的孩提时代——哪怕她已成了贵夫人，她也会俯在我脚前的！我很知道这点。我在梦中多次把她抱起来，对她低声说：'艾米丽，亲爱的孩子，我来了，我饶恕你了，我来接你回家了！'"

他停下来，摇摇头，然后叹了口气，又往下说。

"有了艾米丽，就有了一切。我买了身乡下长裙准备给她穿，我知道，一天我找到她，她就要跟着我去走那些石头路，我去哪，她也会去哪，她永远永远也不会再离开我了。让她穿上那身长裙，丢掉她当时穿的衣裙，再挽起她胳膊，踏上归家的旅程……有时会在途中停下，治治她那受伤的脚，治治她那伤得更厉害的心。现在，我心里想的就是这些事。至于他，我连看都不会看他一眼。可是，大卫少爷，我没做到，没来得及做呀！我去晚了，他们已经走了。去了哪儿，我打听不到。有的说这里，有的说那里。我赶到这里，又赶到那里，可是没找到我的艾米丽，我就回来了。"

"回来多久了？"我问道。

"也许四天吧，"裴果提先生说道，"天黑以后，我看到了那条旧船，也看到在窗口点燃的灯。我走近它，从窗子往里看，看到忠心耿耿的女人——古米治太太，独自坐在火炉边，这是我们说定的。我在外边叫道，'别怕哟！是丹呀！'"

于是我就走进去。我从没料到，那条老船会显得那么陌生！"

裴果提先生从怀里拿出一个口袋，小心拿出一个纸包，里面装着两三封信，也许是小纸包，放到桌子上。他告诉我这些是古米治太太收到的信，每次里面都有些钱，里面写着"一位好友赠"。他就按着信的邮戳，四处寻找，最近的那封是在莱茵河上游的一座小城。他在亚茅斯找人画了张那地方的草图，那图现在就铺在我们中间，他一只手托着下巴，一只手把路线指给我看。

我问他，哈姆怎么样？他摇摇头。

"他什么都不在意了，大卫少爷，"裴果提先生很阴郁地低声说道，"可以说连自己的性命也不在意了。在险恶的天气里，有危险的活要干时，他总在那里。只要有冒险性的差事，他就抢在别人前面。不过，他像孩子一样温顺。在亚茅斯，所有的孩子都认识他。"

他心思重重地把所有的信收齐，用手抚平后，放进原来的纸包里，小心地送到怀中。

"好！"他看着他的提包说道，"今晚见到了你，大卫少爷，我很高兴呀！明天一大早我就走了。我手里这几样东西，你都看见了，"他说着，把手放在那个放小纸包的地方，"我担心的是，把那些钱送还前，我会遇到什么不测。如果我死了那些钱丢失了，或被偷去了，或不管怎样不见了，他准以为我收了，我想阴间也不会让我待在那儿的！我想我还得回来!"

他站起来,我也站起来。出门前,我们又紧紧地握了握手。

"我哪怕要走一万米,"他说道,"只要我不栽在路上摔死,我就往前走,也要把那钱放在他跟前。如果我做到这一点,也找到了我的艾米丽,我就满足了。如果我没能找到她,也许有一天她会听到这样的话:她那位疼爱她的舅舅一直找她,一直到死,都在找她。如果我对她的为人了解没错的话,就是这样的消息,最后也能使她回家的!"

他提起多佛大道上一个旅店,他知道可以在那里找个干净简朴的地方过夜。我陪他走过威斯敏斯特桥,然后在萨里郡的岸上与他分手。在我的想象中,好像万物都停下来向他致敬,看着他独自一人在雪地里重上征程。

在漫长的等待中,我终于收到了两位斯彭洛小姐的回信,她们向我表示致意,对去信做了认真考虑,"以使双方感到愉快",认为对我信中所提之事,不便"通过信件的方式"发表意见,如果我愿意,她们会在某日,在"寒舍"与我进行交谈。面对这项盛情邀请,我立即作答,告知对方,将会在规定时间,按她们要求,与好友托马斯·特拉德,一起前往。

走近两位斯彭洛小姐的住宅时,我的面容和神情比平时打了折扣,特拉德建议去喝杯啤酒提提精神。我们在附近一家酒店喝了啤酒后，才摇摇晃晃地来到斯彭洛小姐的家门口。

女仆开门时，我依稀觉得有人在看我，我们摇摇晃晃地走过一个挂着晴雨表的大厅，来到一楼的小客厅，看到窗外修剪整齐的花园，迷迷糊糊地坐在了沙发上。这时，我才注意到两个穿着差不多的姐妹，坐在那里，拿着眼镜看信。她们都把腰板挺得直直的，举止显得严肃，沉着，端庄冷静。

"我想，你就是科波菲尔先生。"拿信的那位对特拉德说道。

这是一种可怕的开始。特拉德只好指明，我才是科波菲尔先生。我也就只好硬着头皮承认了。

"我们的弟弟弗朗西斯生前，跟我们来往的并不多。"克拉丽莎小姐说道，"不过我们之间，也并没有明确的分歧或纠纷。弗朗西斯走他的路，我们走我们的路。我们觉得这样会增进各方的幸福。事实上，我们也是这样做的。"

两姐妹说话时都是探着身子的，话说完了摇摇头，不说了，就又坐直了身子。克拉丽莎小姐的胳膊一直是一动不动。

"我们的弟弟弗朗西斯去世后，我们侄女的地位，或者说预计应有的地位，会发生很大的变化，"拉维尼娅小姐说道，"所以我们认为，我们的兄弟关于她的地位的看法，也发生了变化。科波菲尔先生，我们没有理由怀疑，你这位年轻先生的优良品质，高尚的人格；我们也没有理由怀疑，或者说完全相信，你和我们侄女的真心相爱。"

像往日我常说的那样，我回答说，从来没有人像我爱着朵拉一样，爱着别人。特拉德也在一旁帮腔，含含糊糊地说些什么，以证实我的话。

拉维尼娅小姐接着说下去："科波菲尔先生，我和我姐姐非常仔细地考虑了你的来信，也让我们的侄女看过了，并且跟她商量。我们毫不怀疑，觉得你爱她。"

"小姐们，你们真觉得……"我欣喜若狂地说道，"哦！"

可是克拉丽莎小姐看了我一眼，是让我不要打断这神圣的教诲，因此，我表示了歉意。

"爱情，"拉芬尼娅小姐用眼睛，征求她姐姐的首肯，说着，而她姐姐对每一句话都略略点头，以示同意，"成熟的爱情、敬意、忠诚并不会轻易表露出来。它是低调的，谦逊的，退让的，潜伏的，它等啊，等啊。成熟的果子就是这样。有时，生命已去了，爱情仍在暗中等待成熟呢！"

到这时候，我虽然还没受到什么明显的鼓励，但我觉得，我看出那两个小姐妹对这个有希望的家庭问题，怀有强烈兴趣，并有一种加以爱护的意思，使我觉得有了一线光明。

"在现在的情况下，"拉维尼娅小姐说，"我们准备接受科波菲尔先生的提议，同意他到这里来访问，以便我们亲自考察。我们必须请科波菲尔先生，以名誉担保，做出明确保证，以后他跟我们的侄女之间，不管用什么方式往来，绝对要事先让我们知道。不管他对我们的侄女有什么打算，都得先向我们提出。要是科波菲尔先生，或者是你，特拉德先生，在做出这类承诺时，感到还有点犹豫不决，那就请你们再考虑一段时间。"

我一听，极为兴奋，马上大声宣布，一分钟的考虑都不要。我怀着极其激动的心情，按她们的要求，做出了承诺，并请特拉德作证。我还说，如果我违反了一丁点，我就是十恶不赦的坏人。

"如果科波菲尔先生方便的话，"克拉丽莎小姐说道，"我们愿意请他每个星期天来吃晚饭。时间是三点钟。"

我深深鞠了一躬。

"在其他日子里，"克拉丽莎小姐说道，"我们欢迎科波菲尔先生来吃点心。时间是六点半。"

我又深深鞠了一躬。

"每星期两次，"克拉丽莎小姐说道，"按规矩，不能再多了。"

我又深深鞠了一躬。

这时，拉芬尼娅小姐站了起来，请特拉德先生准许我们离开一会，然后她叫我跟她一起走。我跟着她，一边走，一边浑身发抖，后来就来到了另一个房间。在那里，我看到我那亲爱的宝贝，她两手捂着耳朵，待在门后，可爱的小脸就对着墙。吉卜待在箱子里，头上缠着一条毛巾。这时候，我简直是心花怒放了！

"我最亲爱的朵拉！现在，千真万确，你永远是我的了！"

"哦，不！"朵拉乞求道，"求求你！"

"你不永远是我的吗，朵拉？"

"哦！是的，当然是的！"朵拉说道，"可我那么害怕！"

于是，我就笑了起来，对她赞美了一番，饱尝着爱情的幸福。要不是拉芬尼娅小姐来把我带出去，我不知道我会在那儿逗留多久。我本想劝朵拉出去见特拉德，可我刚说出来，她就跑到她自己的房间里，把自己锁在里面。于是，我只好一个人出来，和特拉德一起欢天喜地地离开了。

回到家后，我马上向姨奶奶汇报了这次见面的情况，她见我这么高兴，也很开心，她答应我，她会尽快拜访朵拉的两位姑妈。总的来说，我姨奶奶和那两位老小姐的相处，比我预料的要好，双方进行亲切的互访。不久以后，朵拉的两位姑姑就一致认为，我姨奶奶是个脾气古怪、略带男性气质的女人，偏重理智。有时，在对各种礼节的看法上，我姨奶奶与朵拉的两位姑妈不同，会惹怒她们，但她毕竟太疼我了，不得不牺牲自己，以便大家和睦相处。

第二十二章

结　婚

现在我要做的事更多了，空闲之余，我给艾妮斯写了热情洋溢的信，对她表示感谢，诉说我根据她的意见去做，所取得的良好效果。邮车回来的时候，带来了她的回信。她的信是乐观的，真诚的，愉快的。

艾妮斯到博士家来做客，准备住上两个星期。威克菲尔先生是博士的老朋友了，博士想和他聊聊，看看能否帮点忙。艾妮斯上次来伦敦，就谈过这件事，这次访问，是想展开再谈谈。她和她父亲一起来的。我去看她时，听艾妮斯说，希普太太有关节炎，需要换换环境，她就在附近帮忙找了个住处，第二天，尤利亚这个孝子，就把他母亲送来住了。艾妮斯这样做，我一点都不意外。

"你知道,科波菲尔少爷,"尤利亚非要陪我到博士的花园里散步,边走边对我说,"恋爱的人总会有点妒忌心,无论怎样,总会十分关心所爱的人。"

"你现在妒忌谁?"我问道。

"因为你的关系,科波菲尔少爷,"他答道,"现在我还没有特别嫉妒的人,至少没有嫉妒哪个男人。"

"你的意思是妒忌一个女人了?"

他阴险的红眼睛,斜看了我一下,大笑起来。"说真的,科波菲尔少爷,"他接着说,"我应当说先生,不过,我知道你会原谅我已经形成的习惯。你可真会启发,就像开瓶子的起子一样,把我的话都套出来了!好,不瞒你说,"他说着,把他那鱼一样的手放在我的手上,"一般来说,我这个人不大爱向女人献殷勤,先生,过去我也从没向斯特朗夫人献过殷勤。"

这时,他的眼睛变成了绿色,正用一种狡诈的眼神盯着我,像一个无赖。然后用手搔了搔下巴,眼光朝下看着,继续说道:"那时,我不过是一个卑贱的文书,她总看不起我,老让我的艾妮斯在她家进进出出,对你也那么好,科波菲尔少爷,可我地位低下,她从不正眼瞧我。"

"唉!"我说道,"即便是这样,那又如何?"

"我可不愿让人看不起,科波菲尔,"他接着说下去,把脸上要长红毛的地方,耸了耸,显出又恶毒、又得意的样子，"而且，我要尽可能破坏这种情况。我反对这种友情。我不怕向你承认，我这个人，心胸狭窄，容不得别人瞧不起。只要我知道，我就会不客气。"

"你总是这样猜想，所以你认为每一个人都像你一样，我相信。"我说道。

"也许是那样，科波菲尔少爷。"他答道，"可我有自己的目标，过去我的合伙人就常这么说，而且我会全力以赴的。我虽然是个卑贱的人，但也不能被人欺侮。我不能让人挡我的路。说真的，他们应当让开了，科波菲尔少爷！"

尤利亚突然停了下来，两手放在膝盖中间，笑得直不起腰来。他这番丑恶的表演，特别是最后的举动，实在叫我憎恶，我连招呼也没打，就走开了，把他晾在花园中，弯着腰，活像一个没有支撑的稻草人。

后来一个星期六晚上，我带艾妮斯去看朵拉，事先已和拉维尼娅小姐说过，她们已安排妥当，请艾妮斯去喝茶。

我心里七上八下，十分不安，不知道艾妮斯是否会喜欢我那可爱的小未婚妻。在去普特尼的路上，艾妮斯坐在在车厢里，我在外面，我不断回忆朵拉的样子，无论啥样，她都很漂亮，这我毫不怀疑。当我向艾妮斯介绍两位小个子姑妈时，她并不在客厅里，因为不好意思，躲了起来。最后，当她挽着我的胳膊，和我一起去客厅的时候，她那小脸泛起红晕，从没这样好看过。

朵拉原本是怕艾妮斯的。她曾告诉我，她认为艾妮斯"太精明了"。可是，她看到艾妮斯那么诚恳，那么体贴，那么善良，她不禁感到惊喜，轻轻地叫唤一声，热情地搂住艾妮斯的脖子，用她的天真的脸，偎在艾妮斯的脸上。

我看着她们俩并肩坐在一起，看到我的小爱人，那么自然地抬头看那双诚恳的目光，看见艾妮斯温柔善意的关怀，我心中感到从未有的幸福，从未有的喜悦。

艾妮斯那温柔而愉快的情绪，感染着每一个人的心。她喜欢朵拉感兴趣的东西，与吉卜交朋友，赢得吉卜的喜爱。见到朵拉不好意思坐在我旁边，她便引朵拉红着脸说出一大堆心里话。她举止谦逊，优美而自然，这使得我们的聚会完美无缺。一晚上的好时光，像长了透明的翅膀，一会儿工夫就过去了。

准备离开时，我独自站在壁炉前，朵拉蹑手蹑脚地走进来，像往常一样，轻轻地给我珍贵的一吻。

"如果我很久以前就和她交上了朋友，"朵拉说道，娇小的右手不停抚弄我上衣的一个纽扣，晶莹的眼睛更加闪亮，"我会不会聪明一点？"

"亲爱的！"我说道，"净说傻话！"

"你认为这是傻话？"朵拉没看我，很快说道，"你能肯定吗？"

"当然！"

"我记不得了，"朵拉仍然把那只纽扣转来转去地问道，"艾妮斯和你什么关系，你这个坏人！"

"没有血缘关系，"我答道，"不过我们一起长大，亲得像兄妹。"

"我不明白，你怎么会爱上我？"朵拉开始转着我外衣的另一粒纽扣，说道。

"也许是我看见你，就不能不爱你了，朵拉！"

"如果你没见过我呢？"朵拉转着另一粒纽扣说道。

"如果我们根本就没出生呢？"我高兴地说道。

我怀着愉快的心情，静静地看着她那柔软的小手，顺着我上衣的一排扣子，往上移动，看着偎在我胸前的长发。看着她低下头，两眼的睫毛，随着那无意识向上移动的小手，微微抬起。终于，她抬起眼睛看着我，踮起脚尖，比平常更亲切地与我接吻，一下，两下，三下……然后才走出了房间。

我爱朵拉，从没像那天晚上那样深，那样纯真。我们第二次下了车，沿着通往博士家的那条寂静的大路，在星光下走着时，我告诉艾妮斯，这都是她的功劳。

"你坐在她身旁时，"我说道，"你就像是我的保护神那样保护着她，你现在看上去也是这样，艾妮斯。我今天看出来，你已经恢复了，我开始希望你在家里也快活些吧？"

"我心里是快活的，"她说道，"我感到非常轻松愉快。"

　　我看了一眼，她那恬静的脸向上望着，在天空星星的映照下，显得更加高雅。

　　"这次探访后，"我说道，"咱俩不一定还有单独说话的时间，可能要过多久，亲爱的艾妮斯，你何时才能再来伦敦？"

　　"也许要过很长时间，"她答道，"我想，为了爸爸最好留在家里。将来的一些日子里，我们可能不常见面。不过我给朵拉写信，这样咱们就能知道彼此消息。"

　　我们来到博士住宅的小院时，夜已渐深。斯特朗太太屋子的窗口亮着灯。艾妮斯指了指那灯光，就向我告别了。

　　"不要为我们的不幸和困难担心，"她向我伸出手说道，"只有你们高兴，我才高兴。无论何时，只要我需要你的帮助，你放心，我一定会来找你的。愿上帝保佑你！"

　　看着她的笑脸，听着她愉快的声音，我好像又觉得我的小朵拉就在我身边。我站了一会，满怀疼爱与感激的心情，从门廊仰望星空，随后就慢慢走开了。我正要走出大门，偶然抬头，看见博士书房里的灯光。我转身回去，轻轻地穿过走廊，慢慢地推开门，往里看。

　　在灯罩遮掩的黯淡灯光下，我首先看到的人却是尤利亚，这使我大吃一惊。他靠灯站着，用一只瘦骨嶙峋的手捂着嘴，另一只则放在博士的桌子上。博士就坐在椅子上，双手捂住脸。威克菲尔先生痛苦而沮丧地弓着身子，犹犹豫豫地摸着博士的胳膊。一看到尤利亚的眼光，我本想退出去，可是博士示意我不要走，我就留下了。尤利亚正在向博士叙说斯特朗太太和她表哥的事情。

"哦，科波菲尔少爷！"尤利亚谦卑地朝我转过脸来，说道，"事情完全没有像预期的那样发生变化，这位斯特朗先生是个老好人，两眼一抹黑。不过我想，这个家算完蛋了！"

"你这恶棍，"我一听这话，就气得发疯，说道，"你这个撒谎的坏蛋，竟敢在这里搬弄是非?"

他一把抓住我的手。我们就那样僵持在那里，互相对看着。

"科波菲尔，"最后，他上气不接下气地说道，"难道你失去理智了吗?"

"我丢失的是……"我挣脱他的手，说道，"你这只狗，我再也不和你来往了。"

"真的吗?"他腮帮子很痛，不得不把手放上去，说道，"这恐怕由不得你吧，你这样做，是不是太不够义气了?"

"我曾多次向你表示过，"我说道，"我讨厌你。现在，我更清楚地向你表示，我鄙视你。我为什么要怕你对你周围的人干坏事呢？你到底还想干什么?"

我们又沉默了半天。他看着我，眼睛的颜色难看极了。当我朝大门走去时，他又追了上来。

"你知道，科波菲尔，"他对着我耳朵说道，但我连头也没回过，"你这样做是不对的，"

我觉得确实有些不对，但我更愤怒了。

"你不要以为这是一种勇敢的行为，但我决定饶恕你。不过，仍不免奇怪的是，你居然举起手，打一个你明知是很谦卑的人！"

我只觉得自己的卑鄙没有他厉害罢了，他比我自己还了解我。如果他跟我顶嘴，或者明目张胆地惹我生气，我心里也就会感到轻松，感到自然了。但是他把我放在文火上，让我躺在上面煎熬了半夜。

时光飞快，一个星期，一个月，一个季度慢慢地过去，并没让人感觉到多少变化。我和朵拉散步的地方，时而开满鲜花，田野一片金黄；时而那起伏的石楠又被白雪覆盖。河水在夏日的阳光下，闪闪发光，而在寒风的冬季里，又堆满厚厚的浮冰。它向大海流去，时而波光粼粼，时而暗潮涌动，滚滚不息。

我已二十一岁了，达到法定成年的年龄，有了成年人的身份，获得了应有的尊严了，不过，这尊严并不是白拣的。我靠速记，有一笔可观的收入。战战兢兢地操起写作的生涯，偷偷地写了点东西，寄给杂志，发表出来，以后我便鼓起勇气，零零碎碎写了不少，经常收到稿费。简而言之，我已经有钱了。我们离开白金汉街，搬进一所很舒适的小房子。但是姨奶奶不想和我住在一起，她卖掉多佛的房子，在离我不远的地方住了下来，那房子比我的还小。这意味着什么呢？让我结婚？正是！

是的！我要和朵拉结婚了！拉维尼娅小姐和克拉丽莎小姐都同意了。于是，克拉丽莎小姐和我姨奶奶跑遍了伦敦，物色家具，让我和朵拉去看。裴果提也来帮忙，一到就干起活来。而我在黑暗的大街上走过时，能看到一个孤零零的身影，那就是裴果提先生，仍在寻找着。

结婚证上，大卫·科波菲尔和朵拉·斯彭洛，两个名字并排写在一起，上面印着坎特伯雷大主教祈求上帝降福于我们。我许久以来的梦想实现了！我前去宣誓的时候，代理执行官认识我，很快就办完。回到住处，我还没镇静下来，还是不敢相信这是真的！

第二天去教堂时，我看到姨奶奶打扮一新，从没看见过她这个样子。她穿着一套藕荷色的绸子衣服，戴着一顶小白帽，漂亮极了！一路上攥着我的手。我们在离教堂不远的地方停下，姨奶奶攥紧我的手，亲亲我。

"愿上帝降福于你，特洛！我对自己的孩子，也没有对你亲呀！今天早上，我想起那可怜的、亲爱的娃娃。"

"我想起了她。我还想起你为我做的一切，亲爱的姨奶奶。"

"快别说了，孩子！"姨奶奶说着，满怀热情，向特拉德伸出了手，特拉德把手伸给迪克先生，迪克先生又把手伸给我，我接着把手伸给特拉德。然后，我们来到教堂门口。

后来的事，大体上就是一个杂乱无章的梦。当我从梦中醒来时，看到朵拉幸福地坐在我身旁，才终于相信这是真的！

蜜月已过，伴娘也都回家去了，我和朵拉坐在家里，面对眼前触手可得的她，我再也不用饱受两地相思之苦了，再也不必为了和她见面而费尽心思了，但是这却让我感到奇怪和不习惯。有时赶上议会辩论，我回家会很晚，走在路上，一想到朵拉正在家里，我就觉得有些奇怪，而之前我是多么向往这一切！

我们对家务一窍不通。我们有个仆人，叫玛丽·安妮，她是个壮年女子，长着一张很冷峻的脸，而且心肠极硬，没有丝毫的仁慈之心。我和朵拉因为她吃了好多苦头，而且我们两个第一次发生口角就是因为她。

"亲爱的，已经五点钟了，可是我们四点钟就该吃饭了，你不认为你该劝诫玛丽·安妮吗？"

"当然，不，我不能，大卫！"朵拉说道。

"为什么不能呢，亲爱的？"我轻轻问道。

"哦，因为我是那样一只小笨鹅，"朵拉说道，"她也知道我是的！"

"我亲爱的朵拉，"我说道，"你太孩子气了。我相信，你应该记得，昨天晚饭我才吃了一半就得出门；而前天又因为急忙，吃了夹生牛肉，我觉得很不舒服；今天，我根本就没吃上饭，我也不想再说起我们为早餐等了多久，后来连水都没烧开。我无意责备你，我亲爱的，不过，这是让人很不快的。"

"哦，你说我是个让你讨厌的太太！"朵拉哭道。

"我是说家务事让人烦心。"

"那也一样！"朵拉哭着说道。显然她是这么认为的，因为她哭得很伤心。

我怀着对我那可爱的太太的爱又在屋里踱了一圈，又悔又恼得只想把头朝门上撞。

我又坐下说道："我并没责备你，朵拉。我只想告诉你，你应该学会管教玛丽·安妮。同样，为了你自己，也为了我，做一点事。"

"我真惊奇，你居然说出这样无情无义的话来。"她越哭越厉害。

我已经让朵拉那软弱的小心脏受伤了，她不肯接受抚慰。我悔恨交加，只好匆匆出门。回到家时，已经是凌晨两三点钟以后了。我发现姨奶奶正在我家里等我，她是来陪朵拉的，而且很担心我们。

"我向你保证，姨奶奶，我只是和颜悦色地和她谈我们的家务，我没有别的意思。"

姨奶奶点点头表示称许。

"要有耐心，特洛。朵拉是很娇嫩的小花，风也要柔和地吹才是。"

"姨奶奶，"我看了看火，说道，"你不认为你可以给朵拉一点劝告和指导吗？"

"特洛，"姨奶奶马上激动地答道，"不！不要要求我做那种事！这只不过是刚刚开始。"她继续说道，"你已经选中了一个很可爱、很热情的人。你的责任就是根据她已具备的品质，来评价她，就像你当初挑中她时一样，而不要根据她或许没有的品质，来评价她。你们的前途只能靠你们两个把握，没人能帮助你们。"

姨奶奶很平静地说了这番话。

送姨奶奶回到她的小房子之后，朵拉穿着小拖鞋溜下楼来迎接我，我们互相安慰，并互相承诺：以后再也不吵架了。

我们受到的第二种家务方面的考验是仆人的更替。玛丽·安妮把犯了部队禁令的表兄藏进了我们的煤窖，她还盗窃了我们的茶匙，于是我解雇了她。在这之后，我们又雇佣了一连串不怎么中用的女仆。

我们与之打交道的每个人似乎都在欺骗我们。我们一进商店，店家就把次品拿出来。如果我们买只龙虾，里面就被注满水。我们买的肉都是咬不动的，我们买的面包几乎没有皮。

有一次，我们请特拉德来做客，当他不得不在高塔、吉他盆、朵拉的画架、我的写字桌围成的狭小空间用餐时，好脾气的他，还一个劲说："这里像海洋一般宽敞！"

吉卜则堂而皇之地在桌上走来走去，地板上像散兵游勇一样摆着碟子，调味瓶东歪西斜，但是为了不让朵拉不高兴，我忍受了这些。

"我的爱人，"我对朵拉说道，"那个盘子里是什么呀？"

"蚝子，亲爱的。我买了满满的一小桶，那个人说这蚝子很好。可是，它们好像有点不对劲。"说到这儿，朵拉摇摇头，她眼中泪光莹莹。

"你知道，科波菲尔，"特拉德高高兴兴地打量着那一道菜说道，"这是最上等的蚝子，可我猜，它们还没被切开。"

而我们没有劈蚝子的刀，于是，我们只好看着那些蚝子，却吃着羊肉。

送走特拉德之后，朵拉在我旁边坐下。

"我很惭愧，"她说道，"你能不能想办法教教我，大卫？"

"我得先教自己，朵拉。"我说道，"我像你一样不懂得家务事呀，爱人。"

"以后，你能不能叫我'娃娃妻子'呢？"

"为什么？"

"因为我希望你要对我发脾气时，你就对自己说：'这不过是我的娃娃妻子罢了！'我让你很失望的话，你就说：'我早料到了，她只能成为一个娃娃妻子！'你发现我不能做到我想做到的那样，你就说：'我那愚蠢的娃娃妻子依然爱我呢！'因为我的确爱你。"

"我的小傻瓜！"我有些歉疚地说道。

是的，我希望我的妻子能成为我的顾问，能有更多魄力和定力来支持我，改善我，充实我。可是我也知道，世界上没有这种十全十美的幸福。

后来，在我们那纷乱的家庭安排方面，我渐渐习惯了，朵拉也不那么烦恼了。她还是和以前一样天真，一样快乐开心。

在家写作时，不论到多晚，她总是坐在我旁边，每当我抬起头来，总能看到她那蓝眼睛正静静地看着我。

"多辛苦的小姑娘！"我说道，"你应该上床，我的爱人，太晚了。"

"不，不要赶我去上床！"朵拉走到我身边，竟然趴在我脖子上哭了。

"我想看你写。"朵拉说道，"在你那么勤恳工作时，我也要在那些时间里干点什么。我能拿那些笔吗？"

一想到我说"可以"时，她那可爱的笑脸，我的眼里就涌上泪水。从那以后，每当我坐下写作时，她就常拿着一束备用的笔，坐在那老地方。由于能这样做和我的工作有关的事，她非常得意。我向她索取一支新笔时，她感到非常愉快——我常常故意这么做。于是我想出一种让我娃娃妻子开心的新方法，我故意要她抄一两页原稿。于是朵拉高兴了起来。她为这项重要工作大做准备——穿上围裙，从厨房拿来防墨水的胸布。并且花不少时间来抄，像学生交试卷那样把抄稿拿给我。

她还常常拿起整串的钥匙，把它们装到一个小篮子里，系在她细细的腰上，叮叮当当地在室内巡视。朵拉喜欢这么做，我也很喜欢。她深信，这么过家家似地料理家务很有成就感，我们就在这样的家中很快乐地生活着。

我们就这样过日子。朵拉几乎和我一样爱我的姨奶奶，我也从没见过我姨奶奶对别人像对朵拉这样宽容。为了朵拉，姨奶奶逗吉卜玩，天天听吉他，而且从不抨击那些不中用的仆人。她甚至步行很远去买她发现朵拉需要的任何小玩意儿。每次她从花园进来，没看到朵拉在屋里，就在楼梯口用响彻全屋的声音愉快地叫道：

"小花在哪儿呀？"

我结婚已经几个月了。一天晚上，我正在写作，朵拉跟姨奶奶到那两个姑妈家喝茶去了。迪克先生往客厅里探进头来，故意咳嗽一声，说道：

"你现在要是跟我说话，恐怕是有些不方便吧，特洛乌德？"

"没关系，迪克先生，"我说道，"进来吧！"

"特洛乌德，"迪克先生和我握手后，把手指按在鼻子边，说道，"我先说一句话，然后再坐。你了解你姨奶奶吗？"

"了解一点。"我答道。

"她是世间最了不起的女人呀，老弟！"

迪克先生这句话，好像是上了膛的子弹，发射出来之后，他就以比平时更为严肃的神情坐下，看着我。

"我说，孩子，"迪克先生说道，"我要问你一个问题。"

"随你问多少都行。"我说道。

"你怎么看待我，老弟？"迪克先生交叉着两臂说道。

"一个亲爱的老朋友。"我说道。

"谢谢你，特洛乌德，"迪克先生欠起身开心地和我握手，并笑着说道，"可是，我的意思是，孩子，"他又像先前那样庄重了，"你在这方面怎么看待我呢？"他摸了摸他的前额。

我不知道怎么回答，可他用一个词来帮助我。

"软弱？"迪克先生说道。

"哦，"我含糊地答道，"有一点。"

"完全正确！"迪克先生叫道，他听了我的回答，好像很喜欢。"简而言之，孩子，"迪克先生压低了声音，悄悄地说，"我的头脑不灵。"

我本想修正一下他的说法，却被他阻止了。

"我就是头脑不灵！她故意说我不是的。我说是，她也不听，可我的确是的。如果不是她帮助我，老弟，我早就给关起来了，要过很多年悲惨的生活。不过我要养活她。抄写赚的钱，我从来没花过。我都放在一个盒子里了。我已经立下了遗嘱。我要把全部的钱都留给她。她一定会很阔气——很高贵！"

迪克先生拿出小手帕，擦擦眼睛，然后小心翼翼地把手帕叠起来，用手夹平，放回口袋，好像顺便也把姨奶奶放到一起去了。

"现在你成了一个学者，特洛乌德，"迪克先生说道，"你是一个优秀的学者了。你和博士一样，是多么有学问的人，多么伟大的人，一向都那么尊重我。对迪克这样脑子不灵、一无所知的人也不嫌弃。我的风筝在空中和云雀一起飞翔的时候，我就把迪克先生的名字，写在一张纸上，顺着绳子，送到风筝上去。那风筝收到它以后很高兴，老弟，那天空也因为有了它，而更明亮了。"

我非常热情地说，博士应当受到我们最大的尊重和最高的崇敬，迪克先生一听，大为高兴。

"他那位漂亮的太太是一颗星，"迪克先生说道，"是一颗闪亮的星。我看见她闪光来着，老弟。但是……"他说到这里，把椅子拉近了一点，把一只手搭在我的膝盖上，"有乌云呀，老弟，有乌云呀。"

"他们两人不幸有些不和，"我说道，"有一些可悲的原因造成了裂痕。这是个秘密，谁也不知道是什么原因。"

他突然兴奋起来，猛拍我的膝盖，在椅子上往后一靠，眉毛提得不能再高了，使我觉得他比往常更加失去理智了。他突然又变得严肃起来，和刚才一样，往前探着身子，未曾说话，先恭恭敬敬地掏出手帕，仿佛它真能代表我姨奶奶，他说："世上最了不起的女人呀，特洛乌德。她为什么不想个办法加以纠正呢？"

"这件事太微妙，太困难了，不能横加干涉啊。"我答道。

"出色的学者，"迪克先生用手指捅了捅我，说道，"他为什么不想个办法呢？"

"因为同样原因呀。"我答道。

这时候，我听见马车停在花园的小门前，我姨奶奶和朵拉回来了。迪克先生一个劲给我发信号，叫我严守秘密，这使我姨奶奶思想上大为不安。我很想知道他有什么努力，但让我惊讶的是，一连两三个星期都没有听到什么消息，最后我开始认为，他的头脑还处于飘忽不定的状态，也许是早已忘记了。

有一天晚上，天气晴朗，朵拉不想外出，我跟姨奶奶溜达着来到博士的住宅。我们往书房走的时候，看见斯特朗太太不声不响地走进来，脸色苍白，浑身发抖。迪克先生用胳膊搀扶着她。他另一只手放在博士的胳膊上，博士心不在焉地抬起头来，就在这个时候，斯特朗太太单膝跪在他的脚边，举着两手，向他恳求。他脸上的那表情，我们始终没有忘记。

博士的样子显得又温柔，又惊讶，他太太的态度是又庄重，又恳切，交织在一起，迪克先生和蔼而关心，姨奶奶认真地自言自语："谁说这个人疯了！"

第二十三章
消　息

　　有一天晚上，我独自出去散步，一边往回走，一边思考我当时正在写的那本书。在经过斯蒂福太太家门口时，突然听见身边有说话的声音，我吃了一惊。那还是个女人的声音。没用多少时间，我就想起来了，她是斯蒂福太太客厅里的年轻女仆。

　　"对不起，先生，请到里面去一下，好不好？达特尔小姐有话跟你说。"

　　"是达特尔小姐让你来找我的吗？"我问道。

　　"不是，先生，不过也一样。前两天，达特尔小姐看到你经过，就叫我坐在楼梯上干活，让我再看见你路过这里时，请你到里面去，跟她谈谈。"

我们这次见面并不热情。上一次我们是生气分手的；这一次见面，她也流露出厌恶的神情，丝毫不加掩饰。

"听说你有话要跟我说，达特尔小姐?"我站在她身边，扶着椅背说道。

"你要是想听，我就和你说说。"她说道，"请问，那个女孩找到了吗?"

"没有。"

"她又跑走了!"

她看着我时，两片薄薄的嘴唇在动，好像要急于说些责备的话似的。

"跑了?"我重复了一遍。

"是的! 离开他了，"她笑了笑，"如果还没找到她，也许就再也找不到了，也许她已经死了。"

她那得意的眼神里，流露出残忍的凶光，这是我从未见过的。

"你盼着她死，"我说道，"这恐怕是一个女人，对她最仁慈的期望了。这么久没见，我很高兴看到你温和多了，达特尔小姐。"

她朝我笑笑，不屑于理我，一副鄙视的样子。"这个你所认为，受尽欺辱的女孩，她的朋友也就是你的朋友，你要维护他们的权利，作为他们的代言人，有些她的消息，你想知道吗?"

"想。"我说道。

她皮笑肉不笑地站起身来，朝旁边的冬青走了几步。提高嗓门说道，"过来！"那仿佛是在对什么肮脏的畜生吆喝。她又说了声"过来！"回到原来的地方，后面跟着黎提摩先生，仍像以往那样体面。

"来呀，"她看也没看他一眼，威风凛凛地说道，顺手摸着她脸上的那个旧疤，"告诉科波菲尔先生，是怎么跑的。"

"詹姆斯先生和我，小姐……"

"不要对我说！"她皱皱眉头打断了他的话。

"詹姆斯先生和我，先生……"

"请你也不要对我说。"我说道。

黎提摩先生一点也不觉得尴尬，微微鞠一躬，然后从头说起：

"自从那个年轻女人在詹姆斯先生保护下，离开亚茅斯后，我们就在国外一直和她在一起，去了许多地方，看了不少国家。法国、瑞士、意大利，实际上，几乎所有能去的地方都去了。"

他看着椅子背，仿佛是在对椅子背说话，又用手轻轻地弹了弹，好像在演奏一架不出声的钢琴。

"詹姆斯先生特别喜欢那个年轻女人，那段时间里，他内心很安定，自从我开始伺候他以来，我还从没见他那样安定过。那个小女人很聪明，能说各地语言，谁都认不出她原来是个乡巴佬了。我注意到，我们每到一个地方，她都非常受欢迎。"

达特尔小姐把一只手支在腰上。我看到他偷偷看了她一眼，暗自一笑。

黎提摩先生把手从椅子上挪开，用一只手攥住另一只手，身子重心放在一条腿上，两眼朝下看着，他那体面的脑袋略朝前伸，稍微向一边歪着，继续说道：

"就这样过了一段日子，那年轻女人的情绪偶尔会低落，后来她就一直这个样子了，这就使詹姆斯先生感到厌烦了。这样一来，情况就不妙了，詹姆斯先生越躁动不安，她也就闹得越厉害。"

达特尔小姐把眼睛从远处收回，又用刚才那种眼神看着我。黎提摩捂着嘴，体面地咳嗽两下，清了清喉咙，换了一条腿，继续说道：

"总而言之，经过多次争吵和抱怨，有一天早上，詹姆斯先生终于走了。因为那个女人喜欢海，我们当时就住在那不勒斯附近的一幢别墅。他假装只去一两天就回来，却交代由我负责向她点破真相。为了双方幸福，他……"

说到这里，他又轻轻咳嗽一声："走了。但我必须说詹姆斯先生做事，的确是光明正大的；因为他提议，那年轻女人应该嫁给一个体面的人，这个人愿意不计较过去的事。在通常情况下，我觉得无论嫁给谁，也不会比这个人更强，她家里的人都极其一般嘛。"

他又把腿换了一下，舔了舔嘴。我相信这坏蛋说的就是他自己，我这个想法，在达特尔小姐的脸上也得到了印证。

"这件事，詹姆斯先生也让我告诉她。于是，我担负起这个重托。那年轻女人一听我说他走了，就晕过去了。等她醒来后，她的反应，没想到那么强烈，完全疯了一样，我必须全力按住她，要不她就用刀自杀，或跳入海里，或把脑袋朝大理石的地面上撞。"

达特尔小姐往椅背上一靠，喜形于色，恨不得把这家伙发出的每一个声音都用手抚摸一遍。

黎提摩先生低下头，继续说下去。

"简而言之，有一段时间，必须把她身边能伤害到人的东西都拿走，然后把她关得严严的。就是这样，有一天夜里，她还是砸开了我亲自钉牢的窗格子，跳了出去，掉在下面藤藤蔓蔓的葡萄架上。打那以后，就我所知，再没人见过她，也没人听说过她的消息。"

"大概死了，"达特尔小姐微笑着说道，好像她要是见到这个可怜女孩的尸体，也会踢上一脚似的。

"她可能跳海了，小姐。"黎提摩先生说道，"很可能。也许渔民救了她，渔民的老婆孩子救了她。她跟那些人在一块习惯了，达特尔小姐，她最喜欢坐在渔民船边，跟他们聊天。"

哦，艾米丽！可怜的美人！

"事情到了这个地步，"他以非常体面的样子鞠了一躬，说道，"确实是找不到她了，我就去约定地方找詹姆斯先生，把发生的一切告诉他。结果我们争执了起来。我觉得，为了维护我的人格，我应该离开他。我可以，也已经受了詹姆斯先生很多侮辱，他把我侮辱得太过分了。他伤了我的心。我知道他跟母亲有矛盾，也知道他母亲心里多么焦虑，我就自作主张，回到英国，汇报了……"

"是我花钱让他干的。"达特尔小姐对我说道。

"是这样，小姐。所以我汇报我所知道的事。"黎提摩先生想了一会儿说道，"眼下我失业了，我不知道还有什么机会，希望能让我找份体面的差事。"

他说完很有礼貌地鞠了一躬。听了这些情况，我仔细考虑了一番，觉得应该告诉裴果提先生，于是，第二天晚上，我就去伦敦找他去了。

在亨格福德市场的小杂货店楼上，我找到了裴果提先生。他正坐在一个窗前读书，窗台上放着一些他种的花草。那房间干净整齐。我一眼就看出，那房间总是做了好迎接她的准备。我敲门，他没听见，直到我把手放到他肩上，他才抬起眼来。

"大卫少爷！谢谢你，少爷！打心眼里谢谢你来看我！请坐。衷心地欢迎你，少爷。"

"裴果提先生，"我接过他递过来的椅子，说道，"你不要希望太大！我听说了一些消息。"

"关于艾米丽的消息！"

他盯着我的眼睛，紧张地把手捂在嘴上，脸色煞白。

"她究竟在哪里，还没有线索，不过她不和他在一起了。"

他坐下来，聚精会神地看着我，一声不吭地听我讲述所有的情况。我说完了，他仍捂住脸，一言不发。我向窗外看了一会，又拨弄了一会窗台上的花。

"你对这事怎么看，大卫少爷？"他终于问道。

"我觉得她还活着。"我答道。

"我没有把握。也许那打击过于猛烈，她一狠心就……她以前总谈到那蓝蓝的海水。难道她多年前想到它，就因为那是她的葬身之处吗？"他一面沉思着，一面用低微的声音说了这段话，然后在那小房间走来走去。

"可是，"他继续说道，"大卫少爷，我又觉得很有把握，她准还活着！无论是醒着还是睡着，我都觉得我能找到她！这念头引导我，给我力量！我觉得我不可能受骗，不可能！艾米丽还活着！"他把手坚定地放到桌上，黝黑的脸上露出很坚定的表情。

"我的外甥女艾米丽还活着呢，少爷！"他坚定地说道，"我不知这感觉是从哪儿来的，是怎么来的，但我知道她还活着!"他这么说时，那样子就像一个受了圣灵感应的人。

"谢谢你，谢谢你，好心的少爷。"他用双手握着我的手说道。

"如果她来伦敦——这是可能的，因为还有什么地方，像这种大城市这样容易藏身呢？她不回家，除了躲起来，她还能干什么呢？"

"她是不会回家的，"他痛苦地摇摇头，插嘴道，"她要是自愿出走，就会回来。既然当时是那么个情况，她就不会回来了，少爷。"

"如果她到了这里，"我说道，"我相信这里有一个人，比任何人都更容易发现她。你还记得马莎吗？艾米丽接济过她，她现在就在伦敦。那天晚上咱俩碰见，她就在门口听着。"

"我在街上看到过她。"他答道，颤了一下，"我想，大卫少爷，我知道去什么地方找她。"

我们找到马莎的时候，她正在河边哭泣。她病了，那憔悴的面容，深陷的双眼，表明她生活没有着落，日子非常艰难。我和裴果提先生好不容易才让她安定下来，告诉她关于艾米丽的情况。她一听，就郑重其事地说，她要全力以赴完成这项任务，绝不动摇，绝不变心，绝不放弃一线希望。如果她没有忠于这责任，她宁愿遭受比晚上河边的处境，更孤独，更绝望。也宁愿让一切帮助，无论人间的，还是神明的，都永远与她无缘！

我们顺路，跟在她后面，保持不远的距离，一直回到灯火明亮、熙熙攘攘的大街上。我们分手时，都祝愿这次努力能够成功。裴果提先生身上，又平添了一种关心与怜悯的情感。

我花了很大力气写书，但并没因此而影响我按时完成报社的任务。后来书出版了，取得很大的成功。我对于赞扬，虽然听得十分入耳，而且自信比别人更欣赏自己的杰作，却并没有乐昏头。我给报社写稿，也给别处写，写得很出色，可以说天意和机遇都让我成为一名作家，我就满怀信心地从事这个职业了。

然而，随着第二年的时光流逝，朵拉的身子日渐衰弱。我开始每天早上把她抱到楼下，每天晚上把她抱到楼上了。这时候，她搂着我的脖子大笑，仿佛我是为了打赌好玩。吉卜就围着我们叫啊，跳啊，跑到前头，又在楼梯口回头往下看，气喘吁吁地等我们来。姨奶奶是位最好、最令人愉快的护士，慢吞吞地跟在后面，就像一堆披肩和枕头在移动。迪克先生带着蜡烛，说什么也不肯把这个任务交给别人。特拉德常在楼梯下往上看，负责把朵拉开玩笑的话，传到世界上最可爱的姑娘那里去。

不过有时候，我把她抱在怀里，觉得她又轻了。我就有一种麻木茫然的感觉，仿佛我在朝着一片冰冻的地区走去，虽然还看不见，却已把我的生命冻僵了。后来，有一天晚上，姨奶奶已经说了一声"晚安，小花"，与她告别。这时候，我独自一人在书桌前坐下，一边哭，一边想：哦，多么不吉利的名字哟，这朵花怎么正在树上盛开的时候，就凋谢了呢！

一天早上，我收到一封信，看了以后，感到有些惊讶，信是从坎特伯雷寄出来的，署名：威金斯·米考伯。以我对米考伯先生的了解，我知道这封拐弯抹角的信里，隐藏着一些重要情况。收到信，我左思右想；又把信拿起来，再看一遍。正看着，特拉德进来了，他也收到米考伯太太的来信，同样很奇怪。我们决定去看米考伯先生。

"米考伯先生，"我说，"出了什么问题？你说呀。咱们都是朋友啊！"

"咱们都是朋友，先生！"米考伯先生重复了一遍，接着他憋在肚子里的话就一下子爆发出来。"天哪，主要就是因为咱们都是朋友，我的心思才像现在这个样子。出了什么问题，先生们？什么不是问题呢？伤天害理就是出的问题，卑鄙无耻就是出的问题，欺蒙诈骗、阴谋诡计就是出的问题，所有这些令人发指的行为，放在一起，取个名字就是——希普！"

米考伯先生拼命摇晃手绢，还一再用两只胳膊往前扑，好像在难以克服的困难下游泳。"这样的生活，我再也过不下去了。我是个可怜虫，凡是能使我活过去的东西，都与我无缘。我过去给那个该死的混蛋干活，受他限制。只要把我的太太还给我，把我的孩子还给我，即便叫我明天就去吞剑，我也去吞——而且心甘情愿！"

我平生还没见过谁这样激动。我让他镇静下来，这样我们才能想出合乎理智的办法。但他越来越激动，什么话也听不进去。米考伯不断斥责那个有魔力的名字，用特别重的语气，最后提了那个名字后，就冲出了房门，弄得我们莫名其妙，比他的情况也好不了多少。

当大多数人对找到艾米丽不抱希望的时候，裴果提先生的信心依然坚定。他长途跋涉，不放过每一个可能的线索，从来没听见过他有什么怨言，从来没有听他说过累了或想要放弃了。最后，还是马莎提供了线索，她留了纸条在裴果提先生家里，然后叫上我先行一步，一开始我还有点怀疑，但是当她把我领到黄金广场附近的一条阴暗的住宅区时，特别是当我透过顶层的一间半掩的房门，看到罗莎·达特尔正在斥责的那个柔弱的女人的时候，我简直快要崩溃了，是的，那个被谩骂的女孩，就是可怜的艾米丽。

"我到你这里来，就是想看一看，詹姆斯·斯蒂福相中了的野花，到底是个什么样的货色！"罗莎·达特尔愤怒地嚷道。

"哦，可怜可怜我吧，"艾米丽瑟缩着，"他闯进我的生活的时候，当他第一次遇见我的时候，我多么希望我的家人当时正抬着我的灵柩，那样我就不会被他残忍的欺骗，然后又冷酷地抛弃了，我上了他的当，相信了他，爱上了他！"艾米丽的哭声让人心碎。

"藏起来吧！"罗莎·达特尔带着取胜的骄傲，得意地说道，"离开这里以后，你可以在这个城市里默默无闻地生活下去，直到你老去、死去，不要让我再看到你！否则我将把你的丑事公之于众！"

这时，我听到楼梯上传来一阵坚定而有力的脚步声，没错，我可以断定是裴果提先生看到了留言，火速赶来了。

"舅舅！"

接着是一声喊叫，让人听着害怕、心痛。我迟疑了一下，朝屋里望了望，看见裴果提先生正搂着他挚爱的艾米丽。她已经昏过去了，他低头吻了她一下，以颤抖的声音说道："感谢天父，我的梦想实现了，我找到了我的艾米丽！"就这样，他抱着她下了楼。

第二天清晨，当我陪姨奶奶在花园里散步的时候，裴果提先生来拜访了。姨奶奶已经听说了艾米丽的事情，她上前热情地跟裴果提先生握手，还拍了拍他的胳膊，用行动表达了她的赞赏。

"昨天晚上，我把我那亲爱的孩子接回我住的地方，过了好几个钟头，她才认出我，我一方面因为找到了她而对上帝心怀感激之情，一方面也觉得心如刀绞。"裴果提先生一边说着，一边抬起袖子遮住脸，清了清嗓子。

"你很坚强，好人会有好报的。"姨奶奶安慰他。

"我的艾米丽被那条毒蛇关在一所房子里，她是在晚上逃出来的，她跑啊跑啊，直到筋疲力尽，昏过去了。第二天，一个好心的女人发现了她，把她带回了家。"裴果提先生说道。

一谈起这个好心的女人，裴果提先生的眼泪哗哗直流，满心的感激之情。

"等到艾米丽的精神和身体渐渐恢复，她便想回国，好心的女人和她的丈夫，将她送上一条莱格杭的小商船，然后再转到法国。上帝保佑那对夫妇！他们的功德存放在虫不能蛀、锈不能蚀、贼不能进的地方了，他们的功德会比世上所有的珍宝保存得都更加长久。"

"可怜的艾米丽一到法国，就在港口一家旅馆里找了个活儿，后来又辗转回到了英国，在多佛上了岸。但是她心怀愧疚，不敢回家来，便独自一个人到了伦敦，如果不是马莎及时救了她，我的艾米丽这时候已经落入伦敦坑人的黑窝！"裴果提先生感激地说。

姨奶奶对他表示同情和理解，他感谢我们能够听他倾诉。

"今后有什么打算？我想你心里已经盘算好了吧？"我问

道。

"是啊，少爷，我想带她移居海外，这样就没人责难我那苦命的孩子了。我们可以在海外开始新的生活。"裴果提先生眼神里充满了希望。

"什么时候走?"

"六个星期或两个月之后。"

"就你们两个么?"我问道。

"我妹妹离不开你们这个家了，她是依恋故土的人，我知道，我也不忍心让她走；古米治太太年纪大了，经不起折腾，我打算给她留一笔钱；哈姆我也不打算他跟我们一块走。不过，我不知道该怎么跟他们说。"

"你是想让我跟你一块儿去哈姆家么?"我觉得他可能需要我的帮助。

"那可就太好了，少爷，您一定会给他们带来很多快乐的。"

于是，我们两个到了亚茅斯，由于我不愿意看着裴果提先生，跟他妹妹和哈姆相见，就在奥默先生店里待了一会儿。等我来到哈姆家的时候，便在厨房里见到了这一家人，古米治太太也在场。他们见到我还是很高兴的，而且大家似乎已经知道了裴果提先生的想法。从哈姆跟我说话的神情来看，我认为他想找我单独聊一聊。于是，第二天，在裴果提先生忙着处理他的渔船和绳索，收拾行装的时候，我和哈姆又见了一面。

"少爷，你见到她了么?"他问我。

"只见了一小会儿，她正昏迷着。"

"少爷，我打心眼儿里信赖您!我觉得有些话想请你当面告诉她。"

"什么话?"

"我想请求她原谅我，因为我迫使她接受了我的爱。有时候，我觉得当时要是没有非叫她答应嫁给我，我们两个这么要好，也许她就会把她的烦恼跟我说，没准儿我就能救她。"

"就这些吗?"我按了按他的手。

"大卫少爷，您能不能想个说法，让她相信我没有不想活下去，我还是很疼爱她，希望她不受到一点点的委屈，既能解除她心里的忧愁，又不至于让她觉得我还会结婚。我想请你说这些话，还有我一直在为她祈祷，我是那么疼爱她。"

我承诺他，一定会尽我最大的努力把事情办好。

"谢谢你，少爷!您在见我伯伯的时候，能不能向他表示一个孤儿最诚恳的孝心和敬意呢?他可是比生父还要亲呐!"

我同样欣然应允。

对于船屋，我同样有着难以割舍的感情，当我进去的时候，裴果提先生已经都拾掇好东西了，里面空空的，家具全都没了，只剩下一个旧柜子。风声在屋里回荡，像是在哭泣，忧伤极了。我回想起斯蒂福，而且忽然有种预感，觉得他就在不远处，不久后我可能会遇到他。

古米治太太坐在小柜子上，苦苦央求裴果提先生带她一起走，一边说一边抓住裴果提先生的手亲吻起来，她表现出来的淳朴的同情和疼爱，使得没有哪一个人忍心拒绝她。

所以，第二天，古米治太太带着她的篮子，理所当然地坐在了马车后面的座位上。

第二十四章

拯 救

距离米考伯先生规定的时间只有二十四个小时了，安顿好朵拉之后，姨奶奶、迪克先生、特拉德、还有我，当天夜里就坐上去多佛的邮车，赶到坎特伯雷去了。第二天早上九点半，米考伯先生按时出现在了街道上，等他的时候，我们心里都备受煎熬。

"我要不是自己欺骗自己，"米考伯先生对我们说道，"我就要说我正在考虑揭发一桩罪行。"

"太对啦！"特拉德说道。

"我们充分相信你，米考伯先生。"我说道，"你让我们干什么，我们就干什么。"

"科波菲尔先生，请允许我先走五分钟，等一会儿我在威克菲尔与希普事务所接待你们，我是那里的雇员，你们到时候说要约见威克菲尔小姐就行了。"

令我惊讶的是，米考伯先生说完话之后，竟然给我们鞠了一个大躬，然后就走了，带着极为苍白的眼神。

几乎是数着秒表挨到五分钟，然后我们便出发了。

我们在一间圆形办公室里又看到了米考伯先生。

"你好啊，米考伯先生?"我假装大声对他说话。

米考伯先生把我们领到饭厅，打开威克菲尔先生过去使用的办公室的门，用洪亮的声音喊道："特洛乌德小姐、大卫·科波菲尔先生、托马斯·特拉德先生、迪克先生来访!"

这让正在里面办公的尤利亚感到吃惊，但是接着他便假装卑贱地和我们客套。

"别愣着了，米考伯，去做你的事吧。"尤利亚说。

"但是我愿意这样。"米考伯先生回答。

尤利亚的两颊顿时失了血色，他开始聚精会神地看着米考伯先生，显出呼吸急促的样子。

"你这个不知廉耻的家伙，恐怕你是非要叫我把你赶走不可了!"尤利亚又看看我们这些人，好像明白了什么，"啊哈! 原来是你们串通好了，今天是来谋害我的。"

这时，米考伯先生已经从口袋里掏出一份用大纸写的材料，这是他控告尤利亚的材料，大模大样地打开，扫了一眼上面的内容，然后就念了起来：

"'我在各位面前谴责有史以来的头号凶手，请你们不用担心我，自从娘胎里出来，我就背上了无休止的债务，我在耻辱、贫穷、绝望、疯癫的多重压迫之下来到了事务所，不得已充当了希普的牛马，做了一些令我自己都毛骨悚然的丑事。后来，我受到良心的无言的督促，再加上好心的威克菲尔小姐的提醒，我便下定决心，进行了一年多的秘密调查。现在，我要将它们公之于众。'"希普先生显然有些激动，他稍稍平复了一下心情，尽量让自己显得理智。尤利亚一听，脸色不但发白，而且发青了，他不停地用他那支枯手摸着自己的下巴。

米考伯先生继续着他的念白："'控告如下：第一，希普诱使威先生授权给他，让他从代管金里提一笔钱，多达12614英镑9便士，表面上用来支付亏空和各项费用，但是实际上都被希普纳入腰包。'"

尤利亚想去夺那封材料，但是米考伯先生早有防范，拿出藏在后背的大尺挡住了他，几乎快把他的手骨打断。

"'第二，希普曾连续多次在账目上、账本上和文件上伪造威先生的签字。有一次很明显地干了这事，因为我看到了。'"

米考伯先生有些得意洋洋了，尤利亚则面色枯槁，想找个地缝钻进去，可是他无路可逃了。

"'第三，也是最后一点，我现在可以用希普的假账，用他的备忘录证明：希普全力追求的目标，除了得到好处，就是迫使威先生和威小姐听命于他，让他们最后不得不依靠这个衣冠禽兽。'"

米考伯先生最后又用了一句豪言壮语，来结束他的控告："'这都是为了英国，为了家，为了美！'"

下面该特拉德出场了。

"作为威先生刚刚授权的新代理人，账本现在都在我手上，我们要求你把诱骗威先生签订的转让契约交给我，并且将你贪得无厌所弄到的东西统统交出来，所有与合作和经营有关的账本和文件，都要由我们来掌管，所有你的账本和文件，所有收支账目和证券，无论是事务所的还是你个人的。"说到这里，特拉德顿了顿，"总而言之，这里所有的一切你都要交出来。"

这时，尤利亚的母亲跑出来替儿子说情，她老泪纵横，一直说他儿子是一个卑贱的人，这时候，尤利亚颤抖着，缩在了他的母亲身后。他从头到脚都是一个懦夫，他阴沉的、忍受屈辱的样子，只会表现出他卑鄙的天性。最后，他不得不答应了我们的要求。米考伯先生以大义凛然的态度，看着尤利亚灰溜溜地走出门外。接着，米考伯先生长舒了一口气："现在，我终于可以面对我的太太了，不用再感到愧疚了。"

最后，出于对米考伯先生的感激，姨奶奶说愿意出一笔钱，让他们和裴果提先生一起移居海外，彻底摆脱这里的烦恼，米考伯先生一家欣然接受了。这时候，我真心感谢我儿时的苦难，因为正是这些苦难让我结识了米考伯先生，这位大救星。

办完这些事，我终于又回到我挚爱的妻子身旁，可是我亲爱的小花，她就快要散落在地上了！

吉卜好像也突然变老了，也许是因为它不再能从女主人身上得到某种东西，这种东西可以使它充满活力。它无精打采，视力衰退，四肢无力。大多数时候，它蜷缩在朵拉的床上，凑到她身边，轻轻地舔她的手。我常常攥着她的手，一坐就是好几个小时。在这多次的长坐中，我有三次我记得清清楚楚。

一次是在早晨，那天朵拉经过姨奶奶打扮，显得整整齐齐，我看到她那漂亮的头发在枕头上还能打成卷儿，想起了我们恋爱时的甜蜜；第二次在傍晚，她跟我说想见艾妮斯，因为她觉得自己永远也不会好了，我抱着她，想到每天楼下她空出来的那张椅子，心里无比的寂寞；最后一次是在夜间，艾妮斯来看她了，那天我有好几次躲在一旁哭过，我曾想到上帝曾为生者和死者的别离而哭泣。我也想过听天由命，但是却始终无法打消那一丝微弱的希望：她能得以幸免。

我挨着她，把脸靠在枕头上，她看着我的眼睛，非常温柔地和我说话：

"亲爱的，我觉得咱们当时要像个孩子一样相爱，然后忘掉，就好了。我觉得我不是一个好妻子。"

"哦，亲爱的，我最最亲爱的朵拉，你别这样说啊，你的每一句话都像在猛戳我的心啊！"我痛苦地说道。

"不是，亲爱的，没有一句话是指责你的！"说着，她吻了我一下，"我爱你爱得那么深，是不会说一句话来指责你的。楼下很寂寞吗？"

"非常非常寂寞。"

"别哭啊，我的椅子还在么？"

"在，永远都在。"我早已泣不成声。

"亲爱的，我想和艾妮斯单独谈一谈，就我们两个——就连姨奶奶，也不让她进来。"

我来到楼下喊艾妮斯上去，然后看到了可怜的吉卜，它躺在自己的中国式房子里面，显得烦躁不安。明月当空，又高又亮，我看着窗外，眼泪如江河，我那未经磨砺的心受到了很严厉、很严厉的责难。那一瞬间，我想起了我和朵拉的每一件小事，我初次见到的那个可爱的孩子的形象，不断地在我脑海中涌现。假如我们当时只像孩子一样相爱，然后就忘掉，真的就是最好的吗？我那未经磨砺的心啊！你回答我啊！

不知过了多长时间，我被吉卜叫醒了，它甚至有些发疯了，咕哝着要往楼上去。

"不行啊，吉卜，今天晚上不行啊！"

它非常缓慢地挪到我的身边，舔了舔我的手，躺在我的脚边，伸了伸腰，好像要睡觉，接着悲哀地叫了一声，死了。

"哦，朵拉，快来看！"可是我怎么都唤不醒我的爱人。我跌进了无边的黑暗。

这悲哀的重压，我已无处躲避，除非进入坟墓。要不是艾妮斯如天使一般的宽慰和指引，以及接下来发生的几件大事，我很可能陷入绝望而不能自拔。我做了出国的安排，所有与我爱妻有关的东西都已经被黄土覆盖，我只等着米考伯先生所说的"最后粉碎希普"，和看着移居海外的人启程了。

米考伯一家认为移居海外是一件十分明智的决定，用他们引用的一句拜伦的话，即是"我们的小船在岸边，我们的大船在海上"。而且他全家人已经开始为移居做起准备来了。通过特拉德的努力，损失算是从尤利亚那里追回来了，只不过艾妮斯得到的很少，但是她好像并不在意，她早已打算好了：把空房间租出去，开一所学校，自力更生，彻底把父亲从无休止的劳累中解放出来。姨奶奶的财产也追了回来，这自然是让人高兴的事。但是接下来发生的一件大事，是那么难忘，那么可怕，和前面发生的一切又有着千丝万缕的联系，它就像平原上的一座高塔，甚至对我孩提时代的一些事都预先投下了阴影。

第二十五章

风　暴

　　移民启程的日子越来越近了，我的老奶妈和她哥哥来了伦敦，在一次交谈中，我们又提到了哈姆。裴果提向我们述说哈姆怎样依依不舍地在向她告别，举止多么稳重，多么像个男子汉。

　　我早已把那天哈姆让我转告艾米丽的话以写信的方式告诉了她，很快，她就有了回信。我想让哈姆早点知道，而且，我很担心他，于是我决定再到亚茅斯去一趟。对于他的事，无论我多么用心地去办，都不为过。于是，在当天夜里，我就坐着驿车上了路。

　　"你不觉得这天空显得很奇怪吗？"一出站我就问车夫。

　　"我也没见过这种鬼天气。"他答道，"起风啦，先生，估计一会儿海上就该出事儿啦！"

夜渐渐深了，厚重的云彩聚集开来，铺满天空。风越刮越猛，我们的马几乎不能往前挪动一步，我十分担心，害怕驿车会被风吹翻。

我们奋力前行，离海越来越近，带咸味儿的雨打在我们身上。当我们真正看见海的时候，天边的巨浪断断续续地出现在翻滚的浪潮低谷之上，看上去像一段段的另一条海岸。

我在老客店住下，马上出去看海上的情况，我踉跄而行，街上到处都是沙子和海藻，一团团海水的泡沫在空中飞转。一路上我都担心会被掉下来的石板或者瓦片砸到。我来到人群中间，看到几个女人在号啕大哭，他们的丈夫出海去了，人们有充分的理由认为那船早已翻了。人群中还有一些老水手，他们看看海，再看看天，不停地摇着头，即使最健壮的水手此刻也惊恐不已。汹涌的大海带着深沉的响声震撼着海滩，天上乌云疾走，我仿佛觉得大自然正全部瓦解，要天翻地覆了。

我从哈姆工作的船厂了解到，哈姆到洛斯托夫特去了，因为那里有一项紧急的维修任务，明天一早才能回来。

回到旅店，我焦躁不安，吃不下，坐不稳当，我心里有一件什么东西，隐隐约约地跟外边的暴风雨相呼应，把我的心搅了个底朝天，一种说不清道不明的恐惧席卷而来。

屋里冷清而阴郁，但我这时感到疲倦极了，就上了床，从一座高塔上跌落下来，贴着一片悬崖，坠入了梦乡，梦里，我被困在了到处乱刮的风里。

不知过了多久，模模糊糊中，我听到门外有人大声喊："沉船啦！就在附近！"

我立马从床上跳起来，问沉的是什么船。

"一条帆船，是从西班牙或者葡萄牙开来的，装的全是水果和酒。"

我听着大家激动的声音顺着楼梯渐渐远去，连忙穿上衣服，跟着声音跑到街上去了。

这时候，风似乎小了点，但是并不明显。除了风浪的吼声，我很难听到别的声音。我朝海面望去，终于找到了那条船，只见一根桅杆已经在距离甲板约六米的地方折断了，船体在风中摇动，上面的人都在奋力减轻船的负担，其中有一个满头卷发的人特别积极，在干活的人中显得格外突出。就在这时候，海浪从颠簸的破船上掠过，把船上的人和东西像玩具一样一扫而光，通通扔进海里去了。

桅杆还立着，不一会儿，有四个人随着破船又浮出了水面，这引起岸上的人们一阵怜悯的喊叫声。那几个人紧紧抓住桅杆上的绳索——最高处就是那个满头卷发的人。

大家在岸边揪心地看着，但是却无能为力，因为没有人敢冒着生命的危险不顾一切带着绳子涉水过去，使那条船和岸边建立联系。但是不久，我忽然注意到岸边的人群中出现了骚动，接着只见人群如波浪般自动往两边分开，是哈姆！他要当救世主！从他的眼神中，我看到了坚定和不屈的神情。但是出于担心，我上去用两只胳膊拦着他，并且恳求大家不要让他去白白送死。

这时候，只见那暴戾的帆将其余的人打落下来，船上只剩下那个长着卷发的人了。

"大卫少爷，"哈姆紧紧攥着我的手，"要我的时候到了，那就是到了。要是还没到，我就不会死的。愿上天保佑你，保佑所有人！"

我被众多的人挤到一边去了，大家已开始为他下水做准备，有人拿着绞盘上的绳子奔跑，钻到一圈人里去了。我看到哈姆独自站着，穿着水手的上衣和裤子，手里拿着一个绳子，也许是斜搭在手腕上，还有一根绳子系在他腰间；有几个健壮的人在不远处拉着系在他腰间的绳子，他就把这绳子松松地放在海滩上他的脚边。

那破船，已经断裂了。船上的那个仅剩的人，也生命垂危。他戴着一顶奇怪的红帽子，这不禁让我想起了斯蒂福。

哈姆随着浪扑到海里去了，立马开始和海搏斗起来——一会儿跟着浪头升起，一会儿又随着下落，沉入泡沫中，冲到岸边，人们把他拉了上来。他受伤了，但是好像从不在意，他匆匆向岸边的人们提出一些建议，然后就又冲进了海里。这一次，他直接朝破船游去，距离并不远，但是风浪之大使得这次搏斗九死一生。最后他终于到达破船旁边。他已经离得很近了，只要再用力一划就能够到它了。就在这时候，一个大浪像一座绿色的高山从破船那边朝着岸上压了过来，他好像用力一跳，钻进了浪里，然后就和破船一块消失了！

我朝着人们朝上拽的地方跑去，结果让每一个人都惊呆了，他们把他拽上来，放在我脚边，他已被大海夺去了生命，那颗火热的心再也不会跳动了。我顿时懵在了那里。

我坐在床边，一切都没有希望了。这时候，一个渔民在门口小声地叫我。

"先生，"他嘴唇冻得发抖，"你能来一下吗？我想你需要见证另外一个人的不幸。"

我非常害怕："有死尸漂到岸上来吗？"

"有。"他说。

"我认得吗？"

他没有回答。

他把我领到了海边，就在昨晚吹倒旧船，碎片散落的地方，我看见斯蒂福枕着胳膊安静地躺在了那里，上学的时候，我就常常见到他这样躺着。

他们找来了一副抬尸体的担架，把他搬到上面，给他盖上一面旗子，然后抬着他，朝着有人家的地方走去。所有抬他的人都认识他，曾跟他一起出海航行，见过他欢快勇敢的样子。他们抬着他在狂风暴雨的怒吼声中走过，在所有的喧哗骚乱声中保持着一片静默。

我们来到镇上，把他抬到旅店里面。我明白，运送遗体，以及通知他母亲接受遗体这一沉痛的任务，只能由我来完成了。我也很想尽己所能，好好地完成它。

我之所以选择夜间走这一程，为的是离镇时尽量不引人注目。不过当我乘上一辆轻便马车，后面跟着我负责运送的遗体，驶出院子时，尽管已经将近半夜，还是有许多人已经站在两旁等着。沿着市镇，甚至在镇外的一小段大道上，我还不时能看到许多人。不过到后来，我周围只剩下荒凉的黑夜和空旷的野蛮，它们贪婪地拥抱着我和我童年友人的遗骸。

大约在中午时分，我到达了海格特，这是个温和的秋日，满地的落叶飘香，那些挂在枝头的叶子，要么黄，要么红，要么赭，阳光透过叶背，显出五彩斑斓的色彩，漂亮极了。最后一英里，我是步行的，我边走边想该怎么来完成这一任务。我让整夜都跟在我后面的那辆车先停下来，等我通知时再前进。

我步履艰难地挪到那座房子跟前，一切看上去还是老样子。没有一扇百叶窗是拉起的；那砖铺的石院子，连同那条通向久闭不开的大门的走廊，都显得毫无生机。树静风止，万物沉寂。

一开始，我实在没有勇气去拉门铃；当我终于拉响它时，我的这趟使命似乎已经由这铃声传递了。小女仆拿着钥匙出来了，开门以后，她关切地看着我，对我说："对不起，先生，你不舒服吗?"

"我一直焦虑不安，而且疲倦至极。"

"出什么事了吗，先生? 詹姆斯少爷他……"

"小声点!"我说，"是的，出事了，我得把这件事转告斯蒂福太太。她在家吗?"

女孩连忙回答说，她的女主人现在很少出门了，即使坐马车也难得出去。她成天待在自己的房间里，也不会客，不过女主人肯定愿意为我破个例。女孩说，她的女主人已经起来了，达特尔小姐跟她在一起。

我吩咐她要格外小心，不要露出声色，只需把我的名片递上去，说我在楼下等着。然后我便在客厅里坐下，等着她回来。

隔了一会儿，女仆小心翼翼地下来给我说，斯蒂福太太身体虚弱，不方便下楼，但是可以去楼上斯蒂福少爷的屋里拜访。最后，我终于鼓足勇气，上了楼。

"看到你穿着丧服，我很难过，先生。"我一进门，斯蒂福太太就对我说。

"很不幸，我太太去世了。"我说道。

"你这么年轻，就遭到这么大的不幸，"她回答说，"我听了非常难过。我希望时间可以抚慰你的创伤。"

"是的，我希望时间能对我们充满慈悲，亲爱的斯蒂福太太，当我们遭到最大的不幸时，我们都应该相信这一点。"

我说这话时的恳切态度，以及眼中满含的泪水，让她大吃一惊。她的整个思路好像都被打断了，改变了。

我竭力控制住自己的声音，想要轻柔地说出她儿子的名字，可是我的声音还是颤抖了。她自言自语地把这个名字重复了两三次，然后，强作镇静地对我说：

"我的儿子病了吧。"

"病得很厉害。"

"你见过他?"

"见过。"

"你们和好了吗?"

我不能回答说是，也不能回答说不是。她把头微微转向刚才罗莎·达特尔站在她一侧的地方，就在这一刹那间，我的嘴唇动了动，对罗莎说："他死了!"

"我上次来这儿的时候，"我结结巴巴地说，"达特尔小姐告诉我说，他正在各地航行。前天夜里，海上的风浪可怕极了，而他恰巧正在海上，靠近一片危险的海岸。要是真像人们说的那样，要是大家看到的那条船真的是他那条……"

"罗莎!"斯蒂福太太叫道，"你过来!"

罗莎来到她的面前，不带着丝毫同情和温柔，反而两眼中射出烈火似的光芒，嘴里突然发出一阵可怕的狂笑。

"现在，"斯蒂福太太说，"你的骄傲满足了吧？你这个疯婆子！现在他可对你赎了罪，补了过啦！用他的生命！你听见了吗？用他的生命！"

斯蒂福太太僵硬地躺在椅子上，只剩下呻吟了，睁大着眼睛直瞪着她。

"啊！"罗莎狠命地捶着自己的前胸，愤怒地大声叫喊道，"你看看我吧！你呻吟，你叹气，你看看我吧！你看看这儿吧！"她拍打着自己的伤疤说，"你看看你那死鬼儿子亲手干的好事吧！"

"你还记得这是他什么时候干下的好事吗？"罗莎继续说，"你还记得他是什么时候，由于他继承了你性格中骄傲、任性的衣钵，才干下这件害我终身破相的好事的？你看看我，看看我到死都带着他发火时给我留下的这个伤疤。你造就了他的今天，你就呻吟吧，叹气吧！"

"达特尔小姐，"我央求她说，"看在老天爷的份上……"

"我就是要说！"她把自己那两道闪电似的目光转向我，说，"你，别作声！你看看我吧，毫无信义的骄傲儿子的骄傲母亲！为你对他的养育，呻吟吧！为你对他的纵容，呻吟吧！为你失去了他，呻吟吧！为我失去了他，呻吟吧！"

她紧握拳头，整个瘦削的身躯都在颤抖，仿佛她那激动的情绪正在一点一点地蚕食她。

"你，怨恨他的任性！"她大声嚷道，"你，被他的傲气伤害！你，直到头发白了，才反对起他的这两种脾气来！其实他一生下来你就给了他这两种性格！从他在摇篮里就培养他，使他成为现在这个样子，从他在摇篮里就阻挠他，不让他成为应有的样子，全是你！好了，你多年的辛苦，现在可得到报应了吧？"

"哦，达特尔小姐，这太不像话了！太残忍了！"

"我告诉过你，"她回答说，"我就是要对你说。我站在这儿，没有什么能阻止我！这么多年来，我都没有作声，难道现在还不许我说吗？不论什么时候我都比你更爱他！"她恶狠狠地冲着她说，"我本可以无私地爱他。要是我是他的妻子，一年中只要他对我说一句爱我，我就可以容忍他一切的变化无常，做他的奴隶。我会那么做的。这有谁比我知道得更清楚啊！你刻薄苛求、高傲自大、拘谨刻板、自私自利。而我的爱是忠诚专一、无私奉献，是可以把你那不值一提的抱怨啜泣踩在脚下的！"

她两眼闪闪发光，使劲地往地上踩着，好像她真的在那么做。

"你看看这儿！"她毫不留情地拍打着自己的那个伤疤，说，"在他渐渐懂得自己干的是什么后，他明白了，也后悔了！他爱的是我！有好多次，他三言两语就把你打发开，而把我放到自己的心坎上！"

"我沦为一个玩具娃娃，我本该知道我会有这个结局，可是他那少年的求爱举动迷住了我，沦为一个供他无聊时解闷的玩意儿，随着他那变化无常的心情，一会儿拿起来，一会儿扔掉，任凭他耍着玩。等到他渐渐厌倦时，我也渐渐厌倦了。既然他的爱火已经熄灭，我也就不想再加强我的任何影响力了，我不想要他被迫娶我为妻。我们不声不响地彼此疏远了。也许你也看出这一情况，但并不为这惋惜。"

"打那以后，我在你们两人中间，只不过是一件破相的家具而已，没有眼睛，没有耳朵，没有感情，没有记忆。你呻吟？你就为你把他造就成现在这个样子呻吟去吧！不是为你对他的爱。"

她站在那儿，一对闪闪发光的愤怒眼睛，正对着那茫然的眼神和呆板的脸。当那呻吟声反复发出时，她一点也没有心软，仿佛那张脸只不过是一幅画而已。

"达特尔小姐，"我说，"要是你还是这样冷酷，不怜悯怜悯这位极度痛苦的母亲……"

"谁怜悯我呢？"她尖锐地反问说，"是她自己撒下的恶种，让她为今天的收获去呻吟吧！"

"那是他的过错……"我开口说。

"过错！"她声泪俱下地大声喊道，"谁敢诬蔑诽谤他？他的灵魂，抵得上无数个他屈尊结交的朋友的灵魂呢！"

"没有人比我更爱慕他了，也没有人比我更想念他了，"我回答说，"我刚才要说的是，要是你不怜悯他母亲，要是他的过错……你对他的过错可是一直非常痛恨啊……"

"那都是假的，"她扯着自己的黑头发，嚷着说，"我爱他是真的！"

"如果在这种时刻，"我继续说，"你还忘不了他的过错，那你就看看这个老人的样子吧，即使是你素不相识的人，也给她一点帮助吧！"

"你这个晦气鬼！"她带着又愤怒又悲痛的复杂表情，回头朝我看着说，"你上这儿来，总带着阴郁的乌云！你这个晦气鬼！滚！"

走出这个房间后，我赶忙回头去拉响了铃儿，以便尽快地把仆人们都叫起来。这时，她已搂着那个毫无知觉的老人，依然跪着俯在她身上，又哭，又吻，又叫的，还把她抱在怀里，像摇晃小孩似的来回摇晃着，竭力想用各种温柔的办法来唤醒她那休止的知觉。

我已经不再害怕让她留在那儿了，于是便不声不响地转身往外走去。待我出去时，已经把整座房子的人都惊动了。

对我来说，此刻还有一件事显得更加急迫，那就是如何不让即将移居海外的裴果提先生知道最近发生的事情，为此，我特意嘱咐了米考伯先生。在送走他们后，我也离开了英国，即便这时，我也还不清楚我所受到的打击究竟有多大。

　　我一直情绪沮丧，最严重的时候，我觉得还是死了的好。有时候，我觉得我愿意死在家里，而且真的转身往回走，希望早一点儿回到家里。有时候，我又越走越远，从一座城市到另一座城市，不知道在追求什么，也不知道想丢下什么。

　　一连几个月，我思想上笼罩着越来越黑的乌云，到处游历。由于一些难以说清的原因我没有回家。这些原因在我心里翻来覆去，希望表现得清楚一些，却未能做到而是继续游荡。有时候，我心烦意乱，不停地从一个地方到另一个地方；有时候，我又在一个地方逗留很长时间。无论到了哪里，我都没有明确的目的，也无心久留。

　　我到了瑞士，并且一直在向导的陪同下，顺着小路在山里转。

　　有一天，太阳快落了，我往一个山谷里走去，准备在那里过夜。我顺着山坡上的羊肠小道往下走去，看见下面老远的地方在闪闪发光。这时候，我觉得我有一种许久以来未曾有过的美的感受和宁静的体验，我感觉到那平静的环境产生的缓和作用，心中微微一震。我记得有一次停下了脚步，虽然悲伤，却不感到压抑，更不感到绝望。我记得几乎可以说产生了一种希望，希望我的心情有可能好转起来。

　　我来到谷底的时候，落日的余晖仍照射在远处的山头上，那山头有白雪覆盖，好像永不飘散的云。山的底部形成峡谷，那小村庄就坐落在这峡谷里，两边的山坡郁郁葱葱。在这些比较矮小的植物后面，高处便是黑黑的枞树林，像楔子一样楔在雪堆里，可以防止雪崩。

再往上便是一层层陡峭的岩石，灰色的石头，明亮的冰，小片平坦的绿色牧场，这一切都渐渐与山顶的积雪融合在一起。山坡上星星点点，每一个小点儿就是一家人，那一所所孤单的木头房子，在巍峨的高山衬托下显得小极了，当玩具都嫌太小了。就连山谷里人们聚居的这个村子也是这样。

那里的小溪上架着木桥，溪水从乱石上奔腾而下，在树丛中不停地轰鸣。在这寂静的夜晚，从远处传来了歌声，那是牧人的声音。这时恰有一片明亮的彩云在半山腰飘动，我几乎以为那歌声是从那片云彩上传来的，并不是人间的音乐。在这幽静的环境中，忽然大自然跟我说话了，劝了我一阵子，使得我把我这沉重的头贴在草地上，痛哭了一场，自从朵拉死后，我还没有这样哭过呢！

几分钟之前，我发现有一包信在等着我看，于是就趁他们准备晚饭的工夫，信步走出村外去看信。自我离家之后，除了写一两行报个平安，或告诉一声我到了什么地方之外，我始终鼓不起勇气，也缺乏耐心好好地写一封信。

我手里拿着这包信。打开以后，拿出艾妮斯写的一封，看了起来。

她过得很快活，而且做了很多事情，事遂人愿，也都顺利。关于她自己，就对我说了这么多。另外谈的都是我。

她没给我出什么主意，也没劝我尽什么义务，只以她特有的那种热情告诉我，她对我多么信任。她说，她知道像我这种性格的人怎样会把痛苦变成好事。她知道痛苦的磨炼和情绪的考验怎样会使我的性格得到提高，得到加强。她相信我经过这番苦难之后，一定会以更坚定、更大的决心去实现我的每一个目标。

她为我的声誉而感到非常自豪。她渴望我的声誉会进一步提高，她深信我会继续努力，并且苦难会成就更优秀的我。

上帝已经把我那天真的爱人接到天国去了，现在艾妮斯又把我托付给了上帝。她总是怀着兄妹的情谊疼爱着我，无论我走到哪里，她总在我身边，为我取得的成绩而自豪，将来更会为我可能取得的成绩而无限自豪。

我把这封信贴在胸口上，一边想，一个钟头之前，我是个什么样子呀？我听着那歌声消失了，看着那寂静的晚霞暗了下来，看着山谷里所有的颜色都褪了，看着山顶上那金色的积雪在远处与灰白的夜空融为一体，不过这时我感到在我思想上黑夜已经过去，阴影都在消失，我对她的爱是叫不出名字来的，从此以后，我对她感到从未有过的亲切。

这封信，我看了好几遍。睡觉以前，我给她写了回信。我告诉她，我一直急需她的帮助；如果没有她，我就不是而且从来也不是她认为我应有的样子；不过她既然鼓励我那样做，我愿意努力去做。

三个月过去了，我决定暂不回家，在外面再待一些时候。眼下我要在瑞士安顿下来，因为我想起那天晚上的情景，就对瑞士倍感亲切。我要重新拿起我的笔，我要工作。

我向艾妮斯谦逊地寻求帮助。我求助于大自然，而且从不落空。我敞开心扉，重新接受人间的温暖，而我之前对这种情感是回避的。没有多久，我在这山谷里交的朋友就几乎跟我在亚茅斯交的朋友一样多了。

第二十六章

离 去

　　许久以来，我虽然又学习，又写作，都很耐心，同时也习惯剧烈的运动了。我离开英国的时候，身体很不好，现在恢复得相当不错了。我拓宽了眼界，我到过很多国家，我希望我的知识也积累得丰富一些了。

　　我无法透过自己内心的迷雾，无法清楚地说出我究竟从什么时候开始，觉得自己可能早就把最光明的希望寄托在艾妮斯身上了。我说不清楚，是在哪一段悲痛的时期，把她那可贵的爱情丢掉了。我曾觉得，过去我不幸失去过或者缺少过什么，这是永远无法弥补的，我想也许就是在这时候，那个念头就隐隐约约低声向我呼唤了。但是等到我在这世界上落到这样悲伤、孤独的地步，这个想法出现在我的脑海里，就成了种新的责备、新的悔恨。

我和她相比，总觉得她忠贞不渝、百折不挠，而自己显得薄弱，现在我这种感觉就越来越深。假如许久以前我更能配得上她，不论我当时可能对她是怎样的情况，也不论她可能对我是怎样的情况，反正现在我不是那样的情况，她也不是那样的情况。时光已经过去了，是我错过了机会，失去了她，也是我罪有应得。

不知不觉，三年过去了，我终于也乘上了回国的轮船。

三年的时间虽然都很短，放在一起却很长。我觉得家是很可爱的，艾妮斯也很可爱。但她并不属于我，她永远不会属于我。她本来可能是属于我的，但事情已经过去了。

我在一个寒冷的秋夜，重新登上伦敦这块土地，此时，我的亲友们的境况，已经有了一些变化，这我早有所闻。我姨奶奶早已回多佛重振家业；特拉德则在格雷法学院里有了自己的律师事务所。他在近来的几封信里告诉我，他可能不久就要和世界上最可爱的女孩结婚了。

等我真正拜访他的时候，才发现他已经和索菲姑娘结婚了，他们在清苦的情况下愉快地结了婚，用特拉德的话说，就是"我们是驾着一叶扁舟出海，但是我们决心乘风破浪前行"。现在，这对结婚六个星期的小夫妻和索菲的姐妹们同住，彼此相处非常和谐而欢快，我真心为他们感到高兴。

在我坐在咖啡馆里准备好好思索一下特拉德的幸福，从而不禁联想起亲爱的艾妮斯的时候，坐在咖啡馆昏暗角落里的矮个子医生祁力普先生引起了我的注意，他曾经为我接生。从他口中，我得知继父又有了家室，而且新的女主人一如既往地受到他和他姐姐的折磨。我们还谈到了令祁力普先生变色的姨奶奶，这勾起了我对往事的回忆。

在我姨奶奶吃茶点的时候，我平安抵达，径直闯进她的那间老客厅，受到了她、迪克先生、还有亲爱的老裴果提的欢迎。裴果提现在是姨奶奶的管家了，她们都张开双臂紧紧抱住我，高兴得老泪纵横。

我和姨奶奶，只剩下我们两个人的时候，一直谈到了深夜。"特洛，你什么时候到坎特伯雷去呢？"她轻轻地拍着我的手背说。

"明天上午，姨奶奶，我要骑马去，除非你也陪我去？"

"不！"姨奶奶照例简洁地说，"我留在这儿。"

"那么我就骑马去。"我说道，"假如我今天不是要来看姨奶奶，那么我路过坎特伯雷时一定要下车的。"

她听了这话很高兴，却答道："特洛，我的老骨头怎么也能等到明天的！"随即又轻轻地拍着我的手背，这时我正坐在那儿望着炉火沉思。

我沉思，因为我又到了这儿，离艾妮斯这么近的地方，我无法消除自己长久以来积淀的懊悔之心。

当我抬起头时，我看到姨奶奶正在聚精会神地注视着我，也许她在思考我在想什么。

"你会看到，他父亲是一个满头白发的老人了。"姨奶奶说道，"而她，还像往常一样善良、美丽、诚恳、不顾念自己，假如我知道有什么更好的赞美的话，特洛，我都要加到她身上。"

对她没有更好的赞美的话，对我没有更多的责备的话。唉！我怎么会误入歧途这么深呢！

"艾妮斯有没有……"我好像自言自语地说了出来。

"嗯？有没有什么？"姨奶奶敏锐地察觉到什么。

"有没有爱人呢？"我说。

"不下二十个！"姨奶奶气呼呼地说，"自从你走了后，亲爱的，她有二十次机会可以结婚呢！"

"当然，"我说，"当然，可是有没有能配得上她的爱人呢？别的人，艾妮斯是看不上的。"

姨奶奶用一只手托着下巴，坐在那儿沉思了一会儿。然后她慢慢地抬起眼睛注视着我，说道："我猜测她有一个喜欢的人，特洛。"

"我是不是很有希望？"我说。

"特洛，"姨奶奶郑重地说，"我不能说。就是一点，我都不该告诉你的。她从来没有私下里告诉过我，不过只是我的猜测而已。"

"要是这样，"我开口道，"我也希望这样。"

"我并不确定是不是这样，"姨奶奶干脆地说，"你绝不能受我的猜测所影响。你一定得守着秘密。这些猜测是靠不住的，也说不定。我本不该说出来。"

"要是这样，"我重新说道，"艾妮斯会在她自己认为适当的时候告诉我的。我对她说过这么多知己的话，姨奶奶啊，她会对我讲的。"

第二天早上，我骑马向我先前上学的地方出发。虽然知道马上又可以和她见面，但我说不出这时的我是否还快乐，因为我希望能够战胜我自己。

我站在一扇窗口，越过那条古老的街道望着对面的房子，回忆着我第一次来这里，常常在下雨的午后瞭望着它们，观察着出现在任何一扇窗口的人们，目送他们走上楼梯又走下楼梯。当时有穿着木屐的妇女们在道上走着，发着"叽叽呱呱"的声音。

那道镶着镜版的墙上的小门打开来了，我吓了一跳，就转过身去。她那美丽的恬静的眼睛和我的眼睛相视着。她站住了，把一只手按在她的胸脯上，我接着就把她拥抱在怀里了。

"艾妮斯！我亲爱的姑娘啊！我来得太突然了吧。"

"不，不，我看到了你真高兴呢，特洛乌德！"

"亲爱的艾妮斯，我又看到了你，我真开心呢！"

我紧紧抱住她，稍稍有一会儿，我们两人都一声不响。

后来我们并肩坐下，她那天使般的脸庞面对着我，带着我数年来日夜梦想着的欢迎的表情。

她是这样的善良，她以自己甜美的宁静使我忐忑不安的心情安定下来；她使我想起分手的情景；她凭着自己一颗高尚的心准确无误的直觉，温柔而和谐的拨动我那记忆之琴的琴弦，我心里没有感到任何不协调。

"那么你呢，艾妮斯？"我过了一会儿说，"把你自己的事讲些给我听。在这么长的时间里，你几乎从没有把你自己的生活告诉过我！"

"我有什么可讲的呢？"她笑容满面地回答，"爸爸身体很好。你看到我们在这儿，安静地住在自己的家里。我们的焦虑已经解除了，我们的家已经归还给了我们，这些，亲爱的特洛乌德，你就统统知道了。"

"全部吗？艾妮斯？"我说。

她望着我，脸上掠过一种疑惑的神情。

"没有别的什么了吗，艾妮斯？"我说。

她刚才褪去了的血色，现在慢慢缓和又褪去了。她微微笑了笑，似乎略带哀愁。

我本来想要引她到我姨奶奶暗示的话题上去，可我听到这番话已经痛苦万分了，我一定要磨炼我的心，尽我对她的责任。不过，我看到她很不安，这话题就没有提。

"你的工作很忙吧，亲爱的艾妮斯？"

"为了我的学校?"她说着,又十分快乐安详地抬起头来了。

"是的。很苦,是不是?"

"这种活干起来很愉快,"她答道,"我如果再说苦,就有点说不过去了。"

"没有什么事对你是困难的。"我说。

她的脸色又忽红忽白了,当她低下头时,我又看到了那苦涩的微笑。

我必须像信奉宗教那样认真维护这种兄妹的情谊。我越爱她,就越提醒自己千万不要忘记这件事。

等到威克菲尔先生从花园回来,我们围在一起吃了顿饭,饭后我们聊起了过去的生活。

"你还打算走吗?"艾妮斯问道。

"妹妹对这个有什么想法?"

"我希望你别走了。"

"那么我就不走了,艾妮斯。"

"既然你问了我,特洛乌德,我说我认为你不应该走,"她温和地说,"但是你那日益显赫的名声和成功增加了你做好事的能力,即便我不拦着我这个兄弟,恐怕时间也不允许呢!"

"是你造就了今天的我,艾妮斯。你应该知道得清楚。"

"我造就了你?"

"是的，艾妮斯，我亲爱的姑娘啊！"我俯在她身上说，"今天我们见面时，我本想把自从朵拉死后我一直在想的一件事告诉你。你还记得当时你走到楼下我们那间小小的客厅来看我，手指朝上指天吗，艾妮斯？"

"哦，特洛乌德！"她眼内满含着泪水说，"我怎能忘记呢？"

"你当时的样子，妹妹，后来我时常想念着，你在我的心目中就成了这样的一个人。永远指点着上方，艾妮斯，永远引导我走向更好的事物，永远指引我追求更高的目标。"

她只是摇摇头，在她的眼泪中间，我又看到了那同样的凄凉的微笑。

"因此我是这样的感激你，艾妮斯，这样的不能离开你，以致无法用言语表明我心中的深情。我要你知道，可是又不知道怎样说才好，我要终生听你的，由你指引，正如我度过了以前的黑暗期那样。无论发生了什么事，无论你结成了什么新的联系，无论我们两人间发生了什么变化，我都要听你的，爱你，就像以前一样。你会一直做我的慰藉者和顾问，跟往常一样。直到我死的时候，最亲爱的妹妹，我要始终看到你在我前面，指点着上方！"

她把她的手放在我的手里，对我说她因为我和我所说的话而感到自豪，虽然我的赞美是非常言过其实的。于是她轻轻地弹琴，但眼睛仍旧望着我。

"你可知道，艾妮斯，今夜我所听到的故事，说也奇怪，"我说，"竟然和我最初见到你时对你的感情一样，在我颠沛流离的求学时代，我坐在你旁边时就带着这样的情感。"

"我知道你没有母亲，"她微笑着答道，"所以对我感到很亲切。"

"还不止此，艾妮斯。我几乎像早已知道这个故事似的，早就觉得你带着一种不可言喻的温润柔和的东西，这在别人身上或许会变成忧愁，但在你身上却不然。"

她继续轻轻地弹琴，依旧望着我。

"我抱着这样奇怪的想法，你会笑我吗，艾妮斯?"

"不!"

"我还要说，我当时觉得，虽然遇到一切的挫折，你还是一往情深，至死不渝的! 你会笑我这样的梦想吗?"

"哦，不! 哦，不!"

在一瞬间，有一个悲苦的暗影在她的脸上掠过，但当我正吃惊之际，它已经消失了。她还在继续弹琴，带着她那特有的安静的微笑望着我。

当我骑着马独自在夜间穿行，一种心绪不宁的记忆从我身旁掠过。我想到刚才的情形，担心她并不快乐。我也并不快乐。不过到此为止，我已老老实实地把过去的一切封存起来，到她会一直指点着我的未来，我或许还可以用尘世上没有的一种爱情来爱她，并且告诉她当我爱她时，我的内心经历过什么样的斗争。

有一段时间，我寄居在多佛我姨奶奶家——为了完成我的书。有时，我也去伦敦，去体会那里热热闹闹的都市生活，或和特拉德商量某种事务问题。我在国外期间，他用非常准确的判断力帮我管理财务，使我的财富日渐增长。当我的名气开始给我带来大量陌生人的信件时——其中大多无关紧张，也极难答复——我听取了特拉德的建议，把我的名字写到他的门上，于是这一带尽职的邮差把大量给我的信送到这里。然而，在这些信件中，有一封信还是引起了我和特拉德的注意。写信的人竟是给过我们无比严厉而又黑暗生活的克里克尔校长。令我们感到惊讶的是，他现在成了一名治安法官了。他在这信里告诉我，他愿意让我看正在实施中的监狱惩戒的唯一正确的制度，使自新者能真正不再恶变并真正悔过的唯一无可非难的方法——隔离禁闭。信中，仿佛觉得他对那些无恶不作的犯人倒成了心肠最软的人。于是，第二天，我和特拉德便赶到了他所管理的监狱。

在一个气势雄伟、宛如在巴比塔底层的办公室里，我们被引见到了我们的老校长面前。其时还有一伙人在那里，其中两三人是较繁忙的审判官一类人物，还有一些是他们带来参观的人。他像一个过去启迪和造就了我思想并一向非常爱我的人那样接待我。我介绍特拉德时，克里克尔先生以相似的态度但低一级的程度表示，他一直都是特拉德的导师、引路人和朋友。我们的老师苍老了许多，但外表并未见好半点，脸仍然那样红，眼睛更陷进去了一点。我记得他的白发曾稀疏但还湿湿的，现也已脱光，他秃头上的粗血管仍然让人看着难受。

接着，我们便开始参观。当我们在高大的穿廊中走过时，我问克里克尔先生和他的众友人，他们认为这支配一切又高于一切的制度其主要好处是什么。我发现其好处便是使囚犯能完全隔离——因此在禁闭中无人知道另一人的任何事；另外就是有利于囚犯的精神状态得以恢复，从而可以指望他们能真正地悔过自新。

在我们巡视时，我常听到说一个什么二十七号，好像他是最受重视的，简直是个模范犯人。于是，我决定在见到二十七号之前对我的上述判断持保留态度。我还听说，二十八号也是一颗不寻常的明星，其光彩不幸因为那二十七号的非常光辉而显得暗了点儿。二十七号怎样热诚地劝告他周围的一切人，他怎样不断地给他母亲写些词句美丽的信（他似乎很惦念她），我听得实在够多了，以至我急于见到他。

不过当把二十七号请到走廊上来的时候，特拉德和我都大吃一惊——是尤利亚·希普！

"你今天觉得怎么样，尤利亚·希普?"克里克尔先生问道。

"我是很卑贱的，先生！我愿意卑贱地请求您允许我给我母亲写信，我希望我母亲也进来，无论是谁，抓起来，关起来，都有好处。"尤来亚·希普答道。

我从旁边人口中得知，尤利亚被判处流放，罪名是欺诈银行。

接着出现的是二十八号黎提摩先生，他因为算计少东家，被毛奇尔小姐抓到了。

"你现在有什么认识，二十八号？"一个戴眼镜的问话人说。

"谢谢您，先生！现在我认识到了自己的错误，我想到过去的伙伴犯下的罪过，心里感到非常不安。"黎提摩先生伪善地说。

"你做得好，二十八号！"问话人夸奖道。

但是在我和特拉德看来，尤利亚·希普和黎提摩先生还是老样子。我想，他们至少像我一样明白自己的这种卑贱和坦白的态度在判刑时会产生作用的，总而言之，这是彻头彻尾用心恶毒的奸诈欺骗。但是如果想让克里克尔先生明白这一点，恐怕很难。所以，索性还是让他们按照自己的制度办吧。"使劲骑一匹有病的小马，没准是好事，特拉德，因为这样一来，它就死得更快了。"我说道。

"但愿如此。"特拉德答道。

第二十七章
明　灯

一年过去，临近圣诞节了，我也已回家两个多月了。我常常见到艾妮斯。不论别人对我鼓励的声音有多么高涨和热烈，我的耳畔却只听得见她的低语，脑海里只有她的模样。

我每星期至少一次骑马去她那里过一个晚上。我常常在夜间骑马回家，因为那不快的感觉仍时时缠绕我，每次离开她时，我都十分惆怅。所以我宁愿起身走开，免得沉浸在令我厌倦的失眠或烦愁的睡梦中。在那些骑马旅行中，我常常把凄凉忧伤的夜间的大部分时间用在路途上。

艾妮斯用她的方式来爱我，如果我把它弄混乱了，我就是自私而且笨拙地侮辱了它，而且不可复得。我成熟了的信念是：既然我已造成了这样的结果，我也获得了我急于求得的东西，我就无权再抱怨诉苦，而只应忍受。我对艾妮斯的责任和我这种成熟的信念使我感觉到了这一切并明白了这一切。可我爱她，我恍惚地觉得总有一天，我能无愧无悔地向她坦白我的爱情；那时，此时的一切都成了过去；那时，我可以说："艾妮斯，当我回家时，就是那样的。现在我已老了，而从那以后，我再没爱过了！"这样想也成了对我的一种安慰。

她从没对我表示出她有任何变化。她对我一直是那样的，现在依旧，完全没有变化。

从我回来的那天晚上起，我姨奶奶和我之间就有一种与此有关的默契。我们都同时想到了这问题，但都不用语言表达出来。

由于圣诞将至，艾妮斯还没向我公开她的秘密，以至我几度心中猜疑。我怕她已知道我的内心而怕使我痛苦，故不肯明说，这种疑念重压在我心头。如果真是这样，那我就白做了牺牲，我对她最起码的责任也未能尽到，那么我实际上也不断做了我曾千方百计不愿做的事了。于是，我决心把这弄个明白。如果我们中间有那种隔阂或障碍，我将毫不犹豫地去除掉它。

那是一个料峭凛冽的冬日，我有多么经久不衰的理由不忘记这个日子啊！刚刚下过雪，还积得不是很厚，却在地面上冻硬了。我窗外的海上吹着从北方来的大风。我想到那吹过人迹罕见的瑞士山地上的积雪的大风，我也把那僻静的地方和荒凉的海上相比，想哪处会更寂寞。

"今天骑马外出吗，特洛?"我姨奶奶从门口探进头来问道。

"是的，"我说道，"我就去坎特伯雷。今天可是骑马的好日子呢。"

"我希望你的马也这么想，"我姨奶奶说道，"不过它眼下可垂着头和耳朵站在门口，好像它更愿待在马房里呢。"

"关于艾妮斯的恋爱，"我站在她面前镇静地说道，"你有更多的消息吗?"

"我想我有，特洛。"她先抬头看看我才回答说。

"你认为消息确切吗?"我问道。

"我认为很确切了，特洛。"

她那么不眨眼地看着我，怀着犹疑或怜悯或顾虑的情绪，我更抱定了坚定决心，努力向她做出愉快的样子。

"还有，特洛……"

"什么?"

"我相信艾妮斯就要结婚了。"

"上帝保佑她!"我高兴地说道。

"上帝保佑她，"我姨奶奶说道，"还有她的丈夫!"

我马上附和了一句，就告别了姨奶奶，轻轻走下楼，骑上马跑开了。我比先前更有理由去做我决心要做的事了。

那冬日的骑马出行，我仍历历在目。风从草上刮下的冰屑扫在我脸上，在冻硬的地上咯噔咯噔的马蹄，冻得僵硬了的耕地，被微风搅动着点点旋转又落入石灰坑的雪片，停在高坡上喘着气、叮当响的铃儿，喷着热气运干草的牛马，还有那就像画在一块巨大石板上那样在暗暗天空背景下渐渐变白的高原斜坡和山峦！

到了那里，我发现艾妮斯一个人在家，正在炉边看书。见我进来，她便放下书，像往常那样欢迎我后，就拿过她的手工编织的篮子在一个老式的窗前坐下。

我看着她的脸，她全神贯注于手上的活儿。她抬起她温柔明亮的眼，看到我正在看她。

"你今天有心事呀，特洛乌德！"

"艾妮斯，我能不能把我的心思告诉你？我就是专为这个来的。"

她像以往我们认真讨论问题时那样放下手里的针线活，全神贯注地听我说。

"我亲爱的艾妮斯，你怀疑我对你的忠诚吗？"

"不！"她惊讶地答道。

"你怀疑我不像过去那样对待你吗？"

"不！"她像刚才一样答道。

"你有个秘密，"我说道，"告诉我吧，艾妮斯，"

她顿时垂下了眼，浑身发颤。

"我从别人嘴里听说，你对一个人给予了你那宝贵的爱情。不要把和你的幸福这么密切相关的事隐瞒我吧！如果你能如你所说的，也像我认为的那样信任我，让我在这件比一切都更重要的事上做你朋友，做你兄弟吧！"

　　她含着祈求，几乎是责备的目光从窗前站起，好像不知要去哪一样跑到房间另一头，双手捂住脸哭了起来，我的心像受了拷打一样。

　　可是，这眼泪却唤醒了我心中某种东西，唤起了某种希望。

　　"艾妮斯！妹妹！最亲爱的！我什么地方做错了？"

　　"让我去吧，特洛乌德。我不太舒服，不太自在。我要慢慢告诉你，以后我写信告诉你。可是别现在对我说。不要这样！不要这样啊！"

　　"艾妮斯，我不忍看到你这样，如果你不快乐，就让我分担你的不快乐吧。如果你需要帮助或忠告，让我来设法给你吧。如果你的心负着重担，让我设法来减轻它。我现在活在这世上，不是为你艾妮斯，又为谁呢？"

　　"哦，饶了我吧！我不舒服！以后再说吧！"我只模糊地听到这几句话。

　　"我一定要说下去。我不能让你就这样离开我！看在上帝分上，艾妮斯，我们不要在经过这些年后、经历过这些遭遇后再误会了！我一定要说明白。如果你有怀疑，怕我会妒忌你所给出的幸福，以为我不肯把你让给你自己挑选的更亲爱的保护者，以为我不肯在远处欣赏你的幸福，那你就把这样的想法摒弃吧。因为我不是那样的！"

这时，她平静了。过了一小会儿，她把她苍白的脸转向了我，然后低声，但是却清清楚楚地说："为了你对我的纯洁友谊，特洛乌德，我的确不怀疑你的友谊。我不能不告诉你：你错了。如果我心上有重担，这也已被减轻了。如果我有什么秘密，那不是新的，也已不是你所猜想的。我不能说出来，也不能分给别人。这秘密早就属于我一人，也必将永远属于我一人的。"

"艾妮斯！站住！等会儿！"

她正要走开时，我把她拦住了。我揽住了她的腰。

"最亲爱的艾妮斯！我十分崇拜和尊敬的人，我如此专心爱的人！今天我到这儿来时，我还认为无论如何我也不能这么坦白说。我觉得我能终生掩藏住我的心思，直到我们老了的时候再招认。可是，艾妮斯，如果我真有一线新生的希望，我有一天可以用比妹妹还要亲切的称呼来叫你……"

她泪如泉涌，但这和她刚才落的泪不同。我在她这时的泪水里看见我的希望在发光。

"艾妮斯！我永远的导师，最好的支持者！如果你从前能多关心你自己而少关心我一点，我一定会比那时候更加关注你。不过，你比我好得多，我觉得在一切早年的希望和失望方面，你对我都非常重要，所以凡事信任你依赖你已成了我天性一部分了，以至我现在这样爱你的天性也一时被排挤到了一边，而它本是更重要的天性！"

她还在哭泣，但不是悲哀，而是愉快的了！被我搂在怀中，这于她是从未有过的事，我过去也认为不会这样的！

"我很幸福，特洛乌德，我的内心很安定，不过，有件事，我必须告诉你。"

"最亲爱的，是什么？"

她把她柔和的双手放在我双肩上，平静地端详我的脸。

"可是，你知道是什么吗？"

"我不敢猜测那是什么。告诉我吧，我亲爱的。"

"我一直都爱你！"

哦，我们幸福，我们真幸福！我们不为我们经受的痛苦而流泪，我们只为我们永不再分离的幸福流泪！

夜间，当沉静的明月照耀时，我们一起站在那老式的窗子前，艾妮斯对着月亮抬起她的眼睛。我随她目光看去。这时，我的心上展开一条漫长的大路，我看到一个衣衫褴褛、衣食无着、孤苦伶仃的孩子往前走着。他终于把此时在他心旁跳动的那颗心唤作他自己的了。

我们来到姨奶奶面前时，已是次日将近晚餐的时候了。当我们坐在已点上灯的楼下客厅里用晚餐时，姨奶奶有两三次把眼镜戴上打量我，每次都好不失望地取下，然后把眼镜在鼻子上擦。这情形使迪克先生十分不安，他以为这是不好的预兆。

"顺便说一句，姨奶奶，"我饭后说道，"我对艾妮斯说了你告诉我的事。"

"那么，特洛，"姨奶奶脸都红了地说道，"你可是违背了你的诺言啊。"

"我相信你不会生气吧，姨奶奶？你听说艾妮斯没为任何恋爱的事不快乐时，我相信你不会生气了。"

"胡说！"姨奶奶说道。

在姨奶奶快要被惹恼时，我认为最好不再逗她了。于是，我把艾妮斯搂到她椅子后面，然后我们一起向她俯下身去。姨奶奶从眼镜背后看了一眼，拍了一下手，然后就歇斯底里起来了，这是我认识她以来的第一次，也是唯一的一次歇斯底里。

这让裴果提吃惊不小。姨奶奶恢复后，马上扑向裴果提，一面叫她老傻瓜，一面使劲拥抱她。然后，她又拥抱迪克先生，这让后者又吃惊又感到荣幸之至。接着，她把理由告诉了他们，于是皆大欢喜。

我们两个星期后就结了婚。只有特拉德和索菲、斯特朗博士夫妇出席了我们那简单而神圣的婚礼。在他们一片兴高采烈中，我们乘车而去。我把我一向所拥有的一切珍贵希望的泉源搂在我怀里。我的中心、我的生活、我自己、我的妻子和我对她的爱，都如磐石一般稳固！

"最亲爱的丈夫！"艾妮斯说道，"现在，我可以用那个称呼来唤你了，我还有一件事要告诉你。"

"告诉我吧，爱人！"

"在朵拉去世的那天夜里，她派你来找我。"

"是的。"

"她告诉我，她留给我一件东西。你能猜出那是什么吗？"

"留下了……"

"她告诉我，她向我做最后一次请求，也最后给我留下一项责任。"

"那就是……"

"我必须来填补那个空位置！"

艾妮斯俯在我胸前哭了起来，我和她一起哭，两个都挂着幸福的眼泪。

第二十八章
回 顾

　　我要讲的故事已近尾声了，可我深深地感觉到有必要对一些人和事进行虔诚的交代和回顾，这样我织的网便显得完整了。

　　在名利方面，我取得了很大的收获。结婚后我已过了十个年头，我的家庭幸福美满。一个春夜里，艾妮斯和我坐在我们伦敦家中的火炉边，我们的孩子有三个在屋里游戏。这时，一个健康的白胡子老人走了进来。是裴果提先生！这令我们欣喜若狂。他已是一个老人了，不过他是个红颜白发、精神旺健的老人。我们围炉而坐，一直谈到深夜。互相倾诉彼此十年所经历的变迁。

　　从他口中，我们知道艾米丽已经在帮助别人和劳动中获得平静，尽管风暴的事情曾经给她造成了很大的打击，我和艾妮斯真心地为她感到高兴；马莎和一个年轻的庄稼汉结婚了，他们在丛林里安了个幸福的小家；古米治太太仍是那个世界上最心甘情愿、最诚心诚意帮人做事的女人，而且自从离开英国之后，再也没有怀念自己的老伴儿；至于我们的老朋友米考伯先生，则备受荣誉，当上了治安法官了。在裴果提先生启程回去之前，他跟我专门到亚茅斯去了一趟，去看了看我在墓地给哈姆立的小碑。他让我把那简朴的碑文给他抄下来。我抄的时候，见他弯下腰，从坟上拔了一丛草，抓了一把土。"带给艾米丽，"他说着，放进了胸前的口袋，"我答应过她，大卫少爷。"如今知道我的海外朋友们过得很好，我和妻子也就放心了。

我看到和艾妮斯共度人生的我自己，我看到我们周围的孩子和朋友，我在人生路上一边前行，一边听到了许多热闹的声音在我耳畔低声倾诉。我眼前闪过了流动的人群，在这飞逝而过的人群中，哪些脸我觉得最清楚呢？看哪，当我在思想中问我自己这问题时，他们都回过头来看我了！

这是我姨奶奶，她戴着度数更深的眼镜，但是这位八十多岁的老太太仍身子硬朗、步子稳健，能在冬日里一口气走六百米呢。

总和她在一起的是我那慈祥的老保姆裴果提，她也戴上了眼镜，总在夜里凑近灯光做针线活，身边总放着块蜡烛头，一条放在小房子里的尺子，还有一个盖子上绘有圣保罗教堂的针线匣。

在我小时候，裴果提的双颊和双臂是那么红润、丰满，那时我甚至会奇怪鸟儿为什么啄苹果而不啄她，现在它们也萎缩了。她的眼睛也变得黯淡了，但是仍然闪耀着光芒。不过她那粗糙的食指倒是一点没变，过去我曾把它和香料擦子联想在一起；后来，当我看到我最小的孩子握着她的食指从我姨奶奶身边摇摇摆摆向她走去时，我就想起我刚学走路时我们家里的小客厅。我姨奶奶多年不曾满足的愿望终于实现了：她真的做了一个真的、活的贝西·特洛乌德的教母，朵拉我的二女儿说她把贝西惯坏了。

裴果提的衣服口袋里有一件鼓鼓的东西。原来就是那本鳄鱼书。这书现在已经很破旧了，其中有些甚至已经被补过，可是裴果提把它当做一件珍贵的纪念品给孩子们看。看着鳄鱼故事，我仿佛又看到了小时候自己那张幼稚的脸，并且记起了我的旧相识——那个谢菲尔德的布鲁克斯，我觉得这一切都十分有趣。

今年暑假里，我发现在我的儿子中间出现了一位老人，他做了几只大风筝，还目不转睛地向上望着天。他高高兴兴地和我打招呼，连连点头又挤眼儿，还低声说："特洛乌德，你听了一定会很高兴，我没别的事要干了，我就要写好那呈文了。你的姨奶奶真是世界上最优秀的女人，老弟！"

看，那位拄杖驼背的贵妇是谁？她脸上仍刻有昔日骄傲和美丽的遗痕，看得出她正无力地和内心那易怒、迟钝、骄横、暴躁的东西抗争着。她在花园里，身边站着一个嘴唇上有道白色疤痕的女人，这个女人样子尖刻阴郁，已经十分憔悴了。让我听听她们在说什么。

"罗莎，我不记得这位先生姓什么了。"

罗莎向她弯下身子，对她叫道："是科波菲尔先生。"

"看到你，我很高兴，先生。看到你正在服丧，我很难过。希望时间能减轻你的痛苦。"

她那暴躁的侍从斥责她，告诉她我没有在服丧，并费力地提醒她应该再仔细看看我。

"你见过小儿了，先生？"贵妇人说道，"你们和好了吗？"

她呆呆地看着我，手放到前额上呻吟起来。突然，她用一种可怕的声音喊道："罗莎，快过来。他死了！"

罗莎在她脚前跪下，时而安慰，时而和她争吵，时而恶狠狠地告诉她说："我比你更爱他！"时而又把她像受伤的孩子那样搂住，拍她入睡。我就时时看到她们这样，年复一年过着日子，我就在她们这样时离开了她们。

从印度回国的是什么船？那个嫁给一个长着大耳朵、老爱生气的苏格兰老富翁的英国女人是谁？难道会是朱莉娅·米尔斯？

这真是朱莉娅·米尔斯，骄横、华贵而挑剔，有一个黑种男子用金盘子给她递名片和信件，另外一个头扎着鲜艳围巾、身穿细麻布衣服的棕色女子在她的化妆室里伺候她进餐。可是，这时的朱莉娅已经不再记日记了，也不再唱《爱情的挽歌》了，只是一个劲儿和那好像披了一张晒黑的皮的黄熊一样的苏格兰富翁吵个不停。朱莉娅的脖子都被金钱锁住了，她再也不想别的或说别的了。我还是喜欢在撒哈拉沙漠的那个她呢。

也许她现在所处的境地才是真正的撒哈拉沙漠呢！虽然朱莉娅居于豪宅，往来无白丁，日日有穷奢极华的宴席，可她身边却没有青葱的植物，没有任何可以开花或结果的东西。朱莉娅所说的"交际场"我是知道的，那里有从专利局来的杰克·麦尔顿先生。这人看不起为他谋到这职务的人，竟当着我的面把博士称作"很有趣的老古董"。既然交际场里就是这些如此没有价值的人，朱莉娅，既然交际场的教化已使她对任何有利或有碍人类的事都公然冷漠无视，我想咱们已经在这个撒哈拉沙漠中迷了路，还是找出路为妙呀。

看！那永远和我们做朋友的博士仍勤勤恳恳地编着他的《辞典》，现在他应该编到D这个字母了吧！他无时无刻不和夫人享受着天伦之乐。还有那个威风已大减的老兵，她也不再像过去那样指手画脚了，早已没有那么大的影响力了。

再后一点，我发现了我亲爱的朋友老特拉德。他忙忙碌碌地在法学院的律师事务所里工作。在他还不曾秃的那部分脑袋上，头发因为律师假发的不断摩擦而比以前更不听话了。他的桌上放有厚厚的一摞摞文件。我向四下张望时说道："如果是索菲给你当秘书，那现在她一定忙坏了！"

"是啊，我亲爱的科波菲尔！不过在霍尔本院的那些日子是多么美好啊！是不是？"

"那时候，索菲说你有一天会成法官，对吗？可那时这话还没成为人们常说的事呢！"

"不论怎样，"特拉德说道，"如果我万一做了法官……"

"嘿，你知道你就要当上了。"

"哦，我亲爱的科波菲尔，等到我做了法官，我要像我以前宣布的那样，把这事讲出来呢。"

我们臂挽臂走出来。我要和特拉德去赴家宴——今天是索菲的生日。走在路上，特拉德对我讲起他的幸福生活。

"我亲爱的科波菲尔，我之前想做的事情还真让我做成了。那位霍勒斯牧师已经拿到四百五十英镑的年俸；他的两个儿子也受到最好的教育而成了有名望又有根底的模范人物；三个女儿则高高兴兴成了家，还有三个和我们住在一起；另外三个则自母亲去世后就为霍勒斯牧师管理家务；这些女孩都过得很快乐。"

"除了……"我暗示道。

"除了那个美人儿，"特拉德说道，"对呀，她和那样一个无赖结了婚，真是不幸。不过，那人的确有种让她一见倾心的外表和风度。但是我们已把她接到我们家安顿下来，甩掉了那个男人。我们一定要让她重新振作起来。"

特拉德的住宅是——也许本来就是——他和索菲夜里散步时常加以分配布置的那些房子之一。那所房子很大，可特拉德把他的文件放在他的更衣室，和靴子什么的放在一起。他和索菲则挤到上面的房间里，那最好的房间留给美人儿和那些姑娘们住了。家里再没空闲的房间了——因为总有我也弄不清的女孩子为了这个或那个意想不到的原因住在这儿，而且一直住着。我们进门时，她们成群结队地跑下楼，来到门前，轮番地亲吻特拉德，直到他透不过气来。可怜的美人儿常住这里，她如今是一个带了一个小女儿的寡妇。在索菲生日宴会上，有三个已结婚并带着各自丈夫来的女孩，还有某个丈夫的兄弟，另一个丈夫的表弟，另一个丈夫的妹妹——看样子她和那个做表弟的已订了婚，特拉德还是和过去一样朴实、一样坦诚，他这时像个族长一样坐在大餐桌的另一头；索菲则坐在他对面的主位上对他微笑，两人中间那些亮闪闪的餐具不再是不列颠合金的了。

当我开始克制自己恋恋不舍的心情，即将完成我的任务的时候，那些脸庞都消失了。不过，有一张脸却像天国之光一样照在我身上，使我看清所有。这张脸高出一切之上，超出一切之外，永不消逝。

我一扭头，就看见了这张面孔，它就在我身边，是多么的美丽和恬静！我的灯光黯淡下去了，我已写到深夜了，但那张我挚爱的面孔仍陪伴着我，没有它就没有我。

　　哦，艾妮斯，哦，我的灵魂！当我走到人生的尽头，但愿你的脸庞也像这样伴在我身边；当现实的一切都像我此时抛开的影子那样在我眼前烟消云散时，但愿我仍能看到你在我身边，手指向上指着！

（完）

名师导读

一、名著概览

1. 主要内容

大卫·科波菲尔尚未出生时，父亲就去世了，由母亲和女仆裴果提照管。不久，母亲改嫁，冷酷、残暴的商人摩德斯通成了他的继父，摩德斯通小姐随之全面掌管了家务，母亲所有的权利被剥夺，大卫成了累赘，稍有不慎就要被教训，虽然曾去萨伦学堂学习，但那里的克里克尔校长和继父一样狠毒。

十岁那年，母亲去世，大卫立即被送去当洗刷酒瓶的童工，不堪忍受如此耻辱生活的他，想起了姨奶奶贝西小姐，于是，历尽艰辛找到了她。生性怪僻但心地善良贝西小姐，收留了大卫，让他上学深造。大卫求学期间，寄宿律师威克菲尔家里，与他的女儿艾妮斯结下了深厚的情谊。

毕业后，大卫邂逅了童年时代的同学斯蒂福。两人一起来到亚茅斯，拜访裴果提一家。不料，已经和哈姆订婚的艾米丽，经受不住斯蒂福的引诱，竟在结婚前夕与他私奔。裴果提先生痛苦万分，发誓要找回艾米丽。

大卫回到伦敦，在律师事务所做见习生，爱上了斯彭洛律师的女儿朵拉。不想，贝西小姐濒临破产，大卫陷入困境，为了生活，工作之余他开始写作，终于成为一名作家，并与朵拉结了婚。不久，朵拉患病离开了人世，大卫痛心不已，出国旅行散心。其间，艾妮斯始终与他保持联系，当他三年后返回英国时，才发觉艾妮斯一直爱着他。两人最终走到了一起，与姨奶奶贝西小姐、老奶妈裴果提愉快地生活着。

2. 作者成就

狄更斯：本名查尔斯·狄更斯（1812～1870），是十九世纪英国最伟大的批判现实主义文学奠基人，被后世奉为"召唤人们回到欢笑和仁爱中来的明灯"，是继莎士比亚之后对世界文学产生巨大影响的小说家。

狄更斯写小说，并不拘泥于临摹实际发生的事，而是充分发挥想象力，利用素材进行崭新创造，特别注意描写英国底层社会生活，深刻剖析"小人物"的艰难命运。他以高度的艺术概括力、生动的细节描写、妙趣横生的幽默和细致入微的理性分析，塑造了许多令人难忘的形象，具有巨大的感染力和认识价值，形成独特的艺术风格。他善于从生活中汲取生动的语言，使人物具有鲜明的性格特征；善于运用夸张的艺术手法，突出人物的某些形象特性，用他们习惯性的动作、姿势等，揭示他们的内心生活和思想面貌，并不采用说教的概念化方式表现他的倾向性。他的创作具有浪漫主义气息，体现他博爱、宽恕的人道主义精神。

二、知识梳理

1. 我出生在萨福克郡布伦德斯通镇，出生时父亲就去世了，因此我成了遗腹子。出生的那天，父亲的姨妈贝西小姐来到我家，准备照料我的母亲。她的名字叫特洛乌德。

2. 为了母亲与摩德斯通先生结婚，老奶妈裴果提把我带到了亚茅斯裴果提先生的家，在那里我遇到了他的外甥女艾米丽和侄子哈姆，我们一起住在那个旧船的屋子里，度过了一段令人神往的日子。

3. 萨伦学堂的校长克里克尔先生，经常抽打特拉德，我非常同情但无能为力。不过在那里我结识了斯蒂福，他成了我的好朋友。母亲去世后，我不得不离开，到摩德斯通—格林伯公司做了童工。那时，我住在米考伯先生家里，很快我们成了忘年交。

4. 姨奶奶把我介绍威克菲尔先生，让他帮我找到一家好的学校继续学习。因为一时没有合适的住处，我就租住在威克菲尔先生家里，于是我与他女儿艾妮斯认识了，从此她成了我的美丽天使。

5. 大卫回到伦敦，在律师事务所做见习生，爱上了斯彭洛律师的女儿朵拉。不想，贝西小姐濒临破产，大卫陷入困境，为了生活，工作之余他开始写作，终于成为一名作家，并与朵拉结了婚。

6. 裴果提先生和哈姆经过多方奔波，终于找到艾米丽，决定把她带到澳大利亚。然而起航前夕，大海突然风狂雨骤，一艘来自西班牙的客轮在亚茅斯遇险，哈姆见状下海救人，不幸被巨浪吞没。当人们捞起他的尸体时，发现船上那名旅客的尸体原来是斯蒂福。艾米丽为哈姆的行动深深地打动了，到了澳大利亚后，她终日在劳动中寻找安宁，并且终身未嫁。

7. 特拉德告诉我，他收到一封老校长克里克尔先生寄给我的信，说他现在是一治安法官。于是，我们接受邀请，前往巴比塔参观，在巡视期间，老校长告诉我们，他这里收了两个犯人，二十七号叫尤利亚·希普，将因为欺诈银行罪被流放，而二十八号也是我们熟悉的黎摩提。

三、你问我答

1. 小说中作者用了哪些描写手法对人物进行塑造？请举例说明。

2. 通过对小说的阅读，请描述亚茅斯老船屋的生活场景，并说明其在文中的作用。

3. 在小说中的众多女性中，你喜欢哪一位？为什么？

4. 通过对小说的阅读，你认为作者在文中体现了什么样的思想情怀？

图书在版编目（CIP）数据

大卫·科波菲尔／（英）狄更斯著；于雷改写. —
南京：南京大学出版社，2015.1
（新课标经典名著：学生版）
ISBN 978－7－305－14301－4

Ⅰ. ①大… Ⅱ. ①狄… ②于… Ⅲ. ①长篇小说－英
国－近代 Ⅳ. ①I561.44

中国版本图书馆 CIP 数据核字（2014）第 267387 号

出版发行 南京大学出版社
社 址 南京市汉口路22号 邮编 210093
出 版 人 金鑫荣

丛 书 名 新课标经典名著·学生版
书 名 大卫·科波菲尔
著 者 （英）查尔斯·狄更斯
改 写 于 雷
责任编辑 丁 杰 蔡冬青

照 排 江苏南大印刷厂
印 刷 北京北方印刷厂
开 本 880×1230 1/32 印张 11.125 字数 199 千
版 次 2015 年 1 月第 1 版 2015 年 1 月第 1 次印刷
ISBN 978－7－305－14301－4
定 价 23.00 元

网 址：http：∥www.njupco.com
官方微博：http：∥weibo.com/njupco
官方微信号：njupress
销售咨询热线：(025)83594756